Erst wenige Wochen arbeitet Oberkommissar Max Bischoff beim KK11, der Mordkommission in Düsseldorf, als eines Morgens ein stark verwirrter Mann auf dem Polizeipräsidium auftaucht. Er hat keine Erinnerung mehr daran, was in der Nacht zuvor geschehen ist, und ist von oben bis unten voller Blut. Der Mann heißt Harry Passeck, ein bekannter Enthüllungsjournalist, der schon so manchen Skandal aufgedeckt hat. Und er kann Max Bischoff zumindest noch seinen letzten Aufenthaltsort nennen: eine Wohnung in Unterbilk. Als Bischoff und sein erfahrener Partner Horst Böhmer dort ankommen, scheint es sich auf den ersten Blick nicht um einen Tatort zu handeln. Bis sie das Schlafzimmer betreten. Hier ist alles voller Blut. Das Blut stammt jedoch nicht von Passeck, sondern von einer Frau, die seit über zwei Jahren als vermisst gilt. Die Schauspielerin Miriam Winkel war von einem Tag auf den anderen spurlos verschwunden. Hat Passeck sie damals entführt, gegen ihren Willen festgehalten und sie jetzt, in dieser Wohnung, getötet? Aber wo ist dann ihre Leiche? Und weshalb sollte Passeck zur Polizei gehen und behaupten, man habe ihn bei seinen aktuellen Recherchen unter einem Vorwand in eine Falle gelockt und in diese Wohnung bestellt?
Für Max Bischoff ist schnell klar, dass in diesem Fall alles anders liegt, als es zunächst den Anschein hat. Und er ahnt zu diesem Zeitpunkt noch nicht, dass das Ganze sehr bald zu einer ziemlich persönlichen Angelegenheit für ihn selbst werden wird …

Der erste Fall für Oberkommissar Max Bischoff in Düsseldorf

Arno Strobel, 1962 in Saarlouis geboren, gehört zu den erfolgreichsten deutschen Thrillerautoren. Alle seine Romane sind Bestseller. Bevor er sich ganz auf das Schreiben konzentrierte, arbeitete er lange bei einer großen deutschen Bank in Luxemburg. Arno Strobel lebt mit seiner Familie in der Nähe von Trier.
Mehr unter www.arnostrobel.de

Außerdem bei FISCHER Taschenbuch erschienen:
»Der Trakt«, »Das Wesen«, »Das Skript«, »Der Sarg«, »Das Rachespiel«, »Das Dorf«, »Die Flut«

Besuchen Sie Arno Strobel auch auf Facebook.

ARNO STROBEL

Im Kopf des Mörders –

TIEFE NARBE

Thriller

FISCHER Taschenbuch

MIX
Papier aus verantwortungsvollen Quellen
FSC® C083411
www.fsc.org

Originalausgabe

Erschienen bei FISCHER Taschenbuch
Frankfurt am Main, Februar 2017

Dieses Werk wurde vermittelt durch die Literarische Agentur
Thomas Schlück GmbH, 30827 Garbsen.
Redaktion: Ilse Wagner

Satz: pagina GmbH, Tübingen
Druck und Bindung: CPI books GmbH, Leck
Printed in Germany
ISBN 978-3-596-29616-3

Es ist oft nur der Anschein, der blendet.
Erhard Horst Bellermann

Prolog

Ich genieße den Augenblick der Stille nach dem Sturm. Kraftlos, aber glücklich. Du liegst in meinen Armen, so dicht an mir, dass unsere Haut sich überall berührt. Ich halte dich, drücke dich immer wieder an mich und wünschte, wir könnten bis in alle Ewigkeit so liegen bleiben.

Noch immer jagen die Wellen durch meinen Körper wie kleine Nachbeben, lassen ihn erzittern in wohligen Schauern.

Ich streichle über dein Haar, fahre mit meiner Hand die Konturen deines Kopfes nach. Küsse deinen Nacken und nehme dabei noch einmal den Duft deiner Haut in mir auf.

Mit geschlossenen Augen lasse ich die letzten Stunden Revue passieren. Bedingungslose Liebe, gipfelnd in einer Leidenschaft nie geahnter Intensität. Ich bin dir so unendlich dankbar, denn du hast mir den Weg dahin gezeigt.

Ich verstehe, was ihm an dir gefallen hat. Und doch hatte er dich nicht verdient, denn er wusste dich nicht so zu schätzen, wie ich es tue. Völlig unbegreiflich sind mir auch deine Gefühle für ihn. Er ist so … gewöhnlich.

Langsam und vorsichtig schiebe ich dich Stück für Stück von mir weg. Die Stellen, an denen sich deine Haut von meiner löst, fühlen sich plötzlich kalt an. Als vermissten sie die Berührung mit dir schon in dem Moment, in dem sie nicht mehr zu spüren ist.

Ich rücke ein Stück von dir ab, damit ich dich betrachten kann.

Deine Augen sind geschlossen, eine Haarsträhne hängt dir ins Gesicht. Ganz behutsam streiche ich sie zur Seite.

Wie schön du bist. Es kostet mich Willenskraft, dich nicht sofort wieder an mich zu ziehen, dich zu streicheln, zu küssen … zu spüren.

Ich widerstehe, schaue dich stattdessen an, während meine Gedanken auf die Reise gehen. Zwei, drei Stunden in die Vergangenheit. Diese kurze, gerade erst verstrichene Zeitspanne, die sich so sehr in mein Gedächtnis eingebrannt hat, dass ich sie in meinem ganzen Leben nicht mehr vergessen werde. Ich durchlebe sie noch einmal, Minute für Minute.

Mir wird bewusst, dass ich irgendwann die Augen geschlossen habe. Ich öffne sie, weiß nicht, wie lange ich so dagelegen habe, neben dir. Ich berühre deinen nackten Arm. Es muss schon eine ganze Weile gewesen sein. Vielleicht eine Stunde?

Du hast dich verändert, bist nun bleich und kalt. Und doch umgibt dich noch immer diese einzigartige Aura. Noch. Ich weiß, sie wird verblassen, so wie deine Haut schrecklich schnell fahl geworden ist. Deine Anmut, deine Schönheit … sie sind vergänglich. Ich muss dich bedecken und dafür sorgen, dass ich dich so in Erinnerung behalten kann, wie du in diesem kurzen Moment des vollkommenen Glücks ausgesehen hast. Nur so kann ich zukünftig in Gedanken reproduzieren, was ich mit dir erleben durfte.

Ich streiche über deine Wange, lasse meine Hand an deinem schlanken Hals entlangwandern, berühre dich dabei nur mit den Fingerspitzen. Die speziellen Stellen lasse ich aus, umkreise sie, ohne die Berührung dabei zu unterbrechen. Ich betrachte deine Brüste. Sie sind jetzt kleiner. Fast wirken sie knabenhaft.

Schließlich reiße ich meinen Blick von dir los. Es wird Zeit. Ich muss dir dein neues Zuhause schaffen.

1

Dienstag

Als der Mann die Eingangshalle des Polizeipräsidiums Düsseldorf betrat, richteten sich sofort die Blicke der Anwesenden auf ihn. Gespräche verstummten, irgendwo wurde ein unterdrückter Schrei ausgestoßen. Männer und Frauen erstarrten, als hätten sie das Haupt der Medusa erblickt.

Auch Oberkommissar Max Bischoff, der gerade ein paar Worte mit dem Portier gewechselt hatte, starrte die große, schlanke Gestalt an, die bis zur Mitte der Halle schlurfte und dort stehen blieb. Reglos, stumm. Den Kopf gesenkt, den Blick auf einen Punkt vor seinen nackten Füßen gerichtet. Die Arme hingen schlaff neben seinem Körper herab wie Fremdkörper, die man ihm provisorisch angeheftet hatte. Das Hemd steckte nur noch halb in der Hose.

Doch das wirklich Bizarre war nicht die Art, wie der Mann das Präsidium betreten hatte. Auch nicht die Tatsache, dass er barfuß war. Was Max ebenso wie die anderen Menschen im Eingangsbereich erstarren ließ, war das Blut, mit dem seine Kleidung durchtränkt und seine dunklen Haare verklebt waren. Auch Gesicht und Hände waren überzogen mit Schlieren und Spritzern.

Max brauchte einen Moment, bis er auf diese grausige Situation reagieren konnte. Mit vorsichtigen Schritten näherte er sich dem Mann, der keinerlei Notiz von ihm nahm. Als er bis auf zwei Meter an ihn herangekommen war, blieb er stehen.

Der süßliche Geruch getrockneten Blutes legte sich schwer auf seine Atemwege. Max versuchte, ihn zu ignorieren und sich auf die Situation zu konzentrieren.

Er konnte keine sichtbaren Wunden an dem Mann entdecken. Seine Haltung und sein ganzer Zustand ließen nicht auf einen allzu großen Blutverlust schließen, doch darauf durfte Max sich nicht verlassen. Ebenso wenig wie darauf, dass sein Gegenüber unbewaffnet war.

»Kann ich Ihnen helfen?«, sprach er den Mann mit ruhiger Stimme an. »Sind Sie verletzt?«

Langsam hob der Mann den Kopf, wandte ihm das blutverschmierte Gesicht zu. Als ihre Blicke sich trafen, hatte Max das deutliche Gefühl, dieses verkrustete Gesicht irgendwoher zu kennen.

»Ich weiß nicht, was geschehen ist.« Die Stimme klang fest, aber auf eine seltsame Weise emotionslos.

»Haben Sie Schmerzen, sind Sie verletzt?«, versuchte Max es erneut.

Der Blick des anderen Mannes richtete sich an Max vorbei auf einen Punkt hinter ihm.

»Nein, ich glaube nicht.«

»Woher kommt dann das viele Blut?«

Der Mann sah Max wieder an, und obwohl ein stumpfer Schleier über ihnen zu liegen schien, stachen seine wasserblauen Augen aus dem dunkel verschmierten Gesicht ungewöhnlich hell heraus.

»Ich weiß es nicht.«

»Ich werde Hilfe holen. Einen Arzt, in Ordnung?«

Max wartete die Antwort nicht ab, sondern wandte sich zu dem Portier um, der mittlerweile seinen Raum verlassen hatte und vor der Sicherheitsschleuse stand. »Rufen Sie einen Notarzt. Und geben Sie oben Bescheid. Hauptkommissar Böhmer.«

Durch die Glaswand, die einen Teil der Abtrennung zum Eingangsbereich bildete, sah Max zwei junge Kollegen in Uniform. Sie standen mit versteinerten Gesichtern da und starrten zu ihm herüber. Mit einem knappen Kopfnicken deutete er ihnen an, den inneren Bereich zu verlassen und zu ihm kommen. Dann wandte er seine Aufmerksamkeit wieder dem Mann zu, dessen Blick erneut auf den Boden gerichtet war.

»Bitte, denken Sie nach. Woher stammt das Blut auf Ihrer Kleidung? Und in Ihrem Gesicht und an den Händen? Hatten Sie vielleicht einen Unfall?«

»Ich weiß es nicht. Nein … ich glaube nicht.«

»Können Sie mir sagen, wie Sie heißen?«

»Harry Passeck.«

Als er den Namen hörte, wusste Max, warum ihm das Gesicht bekannt vorgekommen war. Passeck war ein recht bekannter Journalist. Sein Foto tauchte immer mal wieder in der Presse auf, wenn er einen politischen oder wirtschaftlichen Skandal aufgedeckt hatte.

Die beiden Kollegen hatten sich zwischenzeitlich links von Max postiert. Nachdem er einen kurzen Blick mit ihnen gewechselt hatte, machte er einen weiteren Schritt auf den Mann zu. Er legte ihm die Hand auf den Oberarm, an eine Stelle, die halbwegs frei von Blut war. Passeck zuckte weder zusammen noch zeigte er überhaupt irgendeine Reaktion.

»Tragen Sie eine Waffe bei sich?«

»Nein.«

»Meine Kollegen werden sich trotzdem davon überzeugen müssen.«

»Ja«, stimmte Passeck zu und rührte sich nicht, während die beiden jungen Polizisten ihre Hände mit sichtbarem Abscheu über seine blutige Kleidung wandern ließen.

Als sie damit fertig waren, schüttelten sie den Kopf. »Keine Waffen.«

»Kommen Sie, setzen wir uns.« Max deutete auf die dunklen Sessel, die wenige Meter von ihnen entfernt in zwei Gruppen vor der Wand standen. »Gleich da vorn. Der Arzt wird sofort hier sein und Sie untersuchen.«

Mit einigen Sekunden Verzögerung setzte Passeck sich in Bewegung und ging auf die Sitzgruppe zu. Noch immer waren keine Anzeichen für eine Verletzung zu erkennen. Vor einem der Sessel blieb der Mann stehen und sah Max an, als erwarte er eine Anweisung, was er zu tun habe.

»Bitte, setzen Sie sich.«

Max wartete, bis Passeck seiner Aufforderung gefolgt war, zog dann einen der anderen Sessel näher heran und ließ sich nieder. »Von wo sind Sie gerade gekommen? Wissen Sie das?«

Die Stirn des Mannes legte sich in Falten. Er schien angestrengt nachzudenken. »Aus einer Wohnung.«

Wie von selbst spannten sich Max' Muskeln an. »Aus welcher Wohnung? Wo ist diese Wohnung?« Wenn Passeck ihm die Adresse nennen konnte, würden sie schnell erfahren, was passiert war.

»Ich …« Passeck starrte vor sich hin, als koste es ihn große Mühe, sich zu erinnern.

»Denken Sie nach. Es ist wichtig. Waren Sie allein in dieser Wohnung? Ist sie Ihnen bekannt vorgekommen?«

»Nein, ich war da noch nie. Aber … die Adresse. Ich habe die Adresse.«

»Was ist denn hier los?«

Böhmer blieb neben ihm stehen und musterte Passeck. Max stand auf und zog seinen Partner ein Stück zur Seite.

Die beiden waren ein ungleiches Paar. Im Gegensatz zu Max, der über eins achtzig groß war und sich durch regelmäßigen Sport fit hielt, war Böhmer leicht untersetzt und einen halben Kopf kleiner. Auch in der Art, wie sie sich kleideten, unterschieden sie sich. Während Max Jeans, Shirt und dazu sportliche Sakkos mochte, bevorzugte Horst Böhmer die klassische Variante mit Anzug und Hemd. Auf eine Krawatte verzichtete allerdings auch er meist. Der unterschiedliche Geschmack in Kleidungsfragen mochte dem Altersunterschied zwischen ihnen geschuldet sein. Mit Anfang dreißig war Max rund zwanzig Jahre jünger als sein Seniorpartner.
»Das versuchen wir gerade herauszufinden. Der Mann heißt Passeck. Du kennst ihn vielleicht, er ist Enthüllungsjournalist und hat mit seinen Reportagen schon für einige Skandale gesorgt.«

Böhmer strich über seinen kurzgestutzten Vollbart, eine für ihn typische Reaktion.

»Er kam eben hier rein, so, wie er jetzt da sitzt. Er

kann sich nicht erinnern, woher das viele Blut an ihm stammt. Verletzungen konnte ich auf den ersten Blick keine entdecken. Er sagt, er war in einer Wohnung in der Nähe. Und er kann uns die Adresse nennen.«

Böhmer musterte den sitzenden Mann ausgiebig, bevor er sich wieder an Max wandte. »Habt ihr einen Arzt gerufen?«

»Ja, der müsste jeden Moment hier sein.«

»Und was wollte er in der Wohnung?«

»Keine Ahnung. Bevor er antworten konnte, bist du aufgetaucht.«

»Gut, ich übernehme ihn, bis der Arzt hier ist. Sorg du in der Zwischenzeit dafür, dass die Leute verschwinden, sofern sie nicht zu uns gehören.«

Max wollte entgegnen, dass sich darum doch wohl die beiden Kollegen kümmern konnten und dass er Passecks Befragung selbst weiterführen wollte, entschied sich dann aber dagegen. Sie mussten schnellstmöglich zu dieser Wohnung und nachsehen, was dort geschehen war. Für Diskussionen über Böhmers Chefgehabe war keine Zeit.

Trotzdem informierte er die beiden Kollegen, bat sie, sich um die Leute zu kümmern, und kehrte dann zu seinem Partner zurück, der nun auf dem Platz saß, auf dem Max selbst gerade noch gesessen hatte.

»Böhmer ist mein Name. Ich bin Kriminalhauptkommissar. Mein Kollege sagte, Sie kommen gerade aus einer Wohnung. Können Sie mir die Adresse geben?«

»Konkordiastraße.«

Böhmers Brauen hoben sich. »Und die Hausnummer?«

Mit ausdruckslosem Gesicht nannte Passeck die Nummer und fügte hinzu: »Erster Stock.«

Max notierte die Angaben auf seinem Block und ließ ihn wieder in der Innentasche seiner Jacke verschwinden.

»Was haben Sie dort gemacht?«

Passeck sah Böhmer an, als erzähle dieser ihm gerade eine Geschichte und mache lediglich eine kleine Pause.

»Herr Passeck?« Böhmer legte den Kopf schief. »Haben Sie verstanden, was ich Sie gefragt habe?«

»Ja«, kam es nach einigem Zögern.

»Und?«

»Da war dieser Anruf. Der Mann sagte, er habe wichtige Informationen zu … zu einer Sache, an der ich gerade arbeite.«

»Was ist das für eine Sache?«

»Das … kann ich nicht sagen.«

Böhmer tauschte einen schnellen Blick mit Max, bevor er Passeck wieder ansah. »Können Sie nicht, oder wollen Sie nicht?«

Passecks Blick wurde glasig, als sei er in Gedanken ganz woanders. »Da war dieses Zimmer. Und Blut. Überall war Blut. Ich bin rausgelaufen. Dann war ich hier.«

»Herr Passeck.« Böhmer rutschte ein Stück nach vorn, auf den Mann zu. »Denken Sie mal scharf nach. War außer Ihnen noch jemand in der Wohnung?«

»Nein … doch. Als ich in die Wohnung kam … Ich glaube, ich bin niedergeschlagen worden.«

»Sind Sie verheiratet?«, wollte Max wissen.

»Ja … das bin ich.«

»Weiß Ihre Frau, wo Sie sind? Haben Sie sie angerufen, bevor Sie zu uns kamen?«

»Nein, ich …« Passecks Hände glitten fahrig über sein Hemd, dann zu den Hosentaschen. »Mein Telefon. Es ist weg. Vielleicht liegt es noch in der Wohnung.«

Geräusche hinter ihnen ließen Max und Böhmer herumfahren. Ein Notarzt kam in Begleitung von zwei Pflegern auf sie zu.

Während Böhmer sich erhob und dem Arzt die Situation erklärte, notierte Max sich die Handynummern von Passeck und seiner Frau und ihre Adresse im Villenviertel von Meerbusch, etwa zwanzig Minuten vor der Stadt.

Entweder verdiente man als erfolgreicher Journalist weitaus mehr, als Max es für möglich gehalten hätte, oder Passecks Frau war sehr vermögend. Wer ein Haus in dieser Gegend besaß, hatte im Allgemeinen keine Geldsorgen.

Recht schnell war klar, dass der Mann außer einer Beule am Hinterkopf tatsächlich keine Verletzungen hatte. Zumindest keine sichtbaren.

»Wissen Sie, woher die Schwellung an Ihrem Kopf stammt?«, wollte der Arzt wissen, während er Passecks Hemdsärmel hochschob und ihm die Manschette eines Blutdruckmessgerätes überstreifte.

»Ja. Ich wurde niedergeschlagen.«

Böhmer erhob sich und wandte sich an die beiden Kollegen in Uniform. »Kümmern Sie sich um den Mann, wenn der Arzt mit ihm fertig ist. Falls er ins Krankenhaus muss, begleiten Sie ihn und bleiben dort, bis ich mich melde.« Und an Max gewandt: »Los, wir fahren zu dieser Wohnung.«

Max hatte sich gerade abgewandt, als Passeck mit brüchiger Stimme sagte: »Dieses Blut … überall. An mir, auf dem Bett. Und in dem Zimmer … Vielleicht habe ich einen Menschen getötet.«

2

Während sie zum Wagen gingen, telefonierte Max mit den Kollegen der Spurensicherung und bestellte sie zu der Adresse, die Passeck ihnen genannt hatte. Die Konkordiastraße lag keinen Kilometer vom Präsidium entfernt, ein Weg, den sie auch zu Fuß hätten gehen können. Mit dem Auto erreichten sie das Haus nach drei Minuten.

Es gab zwei Türen im ersten Stock. Die auf der linken Seite des Treppenhauses war nur angelehnt. Max wechselte einen Blick mit Böhmer und drückte sie auf dessen Nicken hin langsam auf. »Hallo? Jemand da?«

Als sich drinnen nichts tat und auch kein Geräusch zu hören war, betraten sie die Wohnung vorsichtig und mit gezogenen Waffen.

Ein geräumiges, hell und modern eingerichtetes Wohnzimmer mit einer integrierten Küche im hinteren Bereich schloss sich gleich an die offene Diele an. Es sah aufgeräumt und sauber aus, Blutspuren waren ebenso wenig zu sehen wie die Auswirkungen eines Kampfes. Links gingen zwei Türen ab, eine weitere auf der anderen Seite in Höhe der Küche.

Max öffnete die erste Tür und warf einen Blick in das dahinter liegende Badezimmer. Die Utensilien auf Ablagen und Regalen, kleine Figuren, Parfümflakons und

Gläser mit bunten Badesalzen … Das alles deutete darauf hin, dass hier eine Frau wohnte. Der Bereich rund um das ovale Waschbecken war allerdings leer. Typische Alltagsgegenstände wie Zahnbürste oder Cremetuben fehlten.

»Max?« Die Art, wie Böhmer seinen Namen rief, ließ Max vermuten, dass er etwas entdeckt hatte.

Mit wenigen schnellen Schritten hatte er die offen stehende Tür Nummer zwei erreicht und blieb schräg hinter Böhmers stämmiger Gestalt stehen. »O mein Gott …«

Gemessen an der Menge Blut, die sich auf dem französischen Bett, dem weißen Schleiflacknachttisch und sogar am Kleiderschrank und der Wand verteilte, musste in diesem Raum ein wahres Massaker stattgefunden haben. Große Teile der Bettwäsche waren durchtränkt, oberhalb des Kopfendes zogen sich vier parallele, dunkle Streifen diagonal über die Wand – die gespreizten, blutigen Finger einer Hand, die dort vielleicht verzweifelt Halt gesucht hatte. Auf dem Teppichoden waren dunkle Spuren von nackten Füßen zu sehen. Kräftig und deutlich unmittelbar neben dem Bett, zur Tür hin schwächer werdend.

»Verdammte Schweinerei«, stieß Böhmer aus. »Von wem auch immer dieses Blut stammt …« Er ließ den Satz unvollendet, aber Max verstand ihn auch so. Die Wahrscheinlichkeit, dass jemand nach diesem Blutverlust noch lebte, war äußerst gering. Zumal die Verletzung, die dazu geführt hatte, entsprechend schwer sein musste.

»Die spannende Frage ist: Wo ist diese Person jetzt? Und da sie den Raum wahrscheinlich nicht auf eigenen

Beinen verlassen hat – wie hat man sie hier rausgeschafft?«

Böhmer betrachtete den Teppich, auf dem weder Schleifspuren noch sonstige Hinweise zu sehen waren, und strich dabei über seinen Bart. »Keine Ahnung.«

»Ich höre mich mal um, ob jemand was gesehen hat.« Max wandte sich ab und verließ die Wohnung. Im Vorbeigehen warf er einen Blick auf das Namensschild neben der Tür und klingelte dann an der Wohnung gegenüber, deren Schild nur einen weißen Papierstreifen enthielt. Es dauerte eine Weile, bis eine wohl weit über siebzigjährige Frau öffnete.

»Guten Morgen, mein Name ist Bischoff, Kripo Düsseldorf«, stellte Max sich vor und zeigte ihr seinen Dienstausweis, woraufhin die Frau die Augen aufriss. »Kriminalpolizei? Ist ein Verbrechen geschehen?«

»Das wissen wir noch nicht.« Er deutete zu dem unbeschrifteten Namensschild. »Dürfte ich Ihren Namen erfahren?«

»Scheuer. Marie-Luise Scheuer.«

»Gut. Frau Scheuer, können Sie mir sagen, wer dort gegenüber wohnt? Wer ist D. Martiny?«

»O mein Gott, ist ihr etwas zugestoßen?«

»Wie ich schon sagte, wir wissen es noch nicht. Können Sie mir jetzt bitte sagen, wer sie ist?«

Mit einer theatralischen Geste schüttelte die Alte den Kopf. »Ich habe immer gewusst, dass das kein gutes Ende mit ihr nimmt. Sie ist Schauspielerin, müssen Sie wissen. Am Theater. Und sie hat auch schon in kleinen Filmchen mitgespielt. Nichts Großes, aber gelebt hat sie wie ein Hollywoodstar. Partys gefeiert mit lauter Musik.

Und Herrenbesuche hat sie gehabt, immer andere. Die kamen und gingen wie im Taubenschlag. Ja, ich habe es kommen sehen. Aber die lassen sich ja nichts sagen, diese jungen …«

»Frau Scheuer, bitte, wie ist der Name der Frau?«

»Ach so, ja, sie heißt Dagmar Martiny. Oder soll ich sagen, sie *hieß* Dagmar Martiny?«

»Ist Ihnen heute Morgen oder in der letzten Nacht etwas aufgefallen? Geräusche aus der Wohnung vielleicht? Oder sonst etwas?«

Die Falten auf der Stirn der Frau gruben sich noch etwas tiefer in die Haut, während sie auf die angelehnte Tür gegenüber starrte, als könne das ihrer Erinnerung auf die Sprünge helfen.

»Geräusche«, murmelte sie. »Nein, keine Geräusche. Wie auch? Sie ist doch bereits seit Wochen weg. Und kommt auch erst in zwei Monaten wieder. Oder ist sie etwa schon früher zurückgekommen?«

»Sie ist weg? Wissen Sie auch, wohin?«

»Hamburg. Sie hat da eine Rolle am Theater für drei Monate. Das hat sie mir erzählt, kurz, bevor sie gefahren ist. Aber glauben Sie nicht, das hat sie getan, weil sie sich mit mir unterhalten wollte. Das macht sie sonst auch nie.« Max musste sich zusammenreißen, um den Redeschwall der Frau nicht zu unterbrechen. »So, wie die meisten. Mit alten Menschen wollen die jungen Leute sich nämlich nicht unterhalten. Dazu ist diese Generation doch viel zu oberflächlich. Die wollen nur Partys feiern.«

»Aber Frau Martiny hat Ihnen trotzdem erzählt, dass sie nach Hamburg geht.«

»Ja, weil sie jemanden gebraucht hat, der ab und an

da drüben nach dem Rechten sieht und ihre Pflanzen gießt.«

»Das heißt, Sie haben einen Schlüssel zu der Wohnung?«

»Ja, wie schon gesagt, hat sie sich nur mit mir unterhalten, weil sie jemanden …«

»Und Sie haben ihn auch noch? Darf ich ihn mal sehen?«

»Wen?«

»Den Schlüssel.«

»Ach so, ja, warten Sie.« Sie machte ein paar wackelige Schritte bis zu einer Kommode im Flur, öffnete die oberste Schublade und zog ein breites, orangefarbenes Band heraus. An dessen Ende hing ein Schlüssel, den sie, den Arm ausgestreckt, vor sich baumeln ließ, während sie zurückkam.

»Danke. Nachher wird ein Kollege von mir Ihnen noch ein paar Fragen stellen. Es wäre gut, wenn Sie zu Hause blieben.«

»Wo soll ich denn hin, junger Mann? Ich gehe zweimal in der Woche zum Einkaufen, das ist mühselig genug. Aber einer alten Frau wie mir hilft ja niemand. Die jungen Leute …«

»Ja, also dann, vielen Dank für Ihre Hilfe«, fiel Max ihr ins Wort und wandte sich schnell ab.

Vor der Wohnung gegenüber blieb er stehen und versicherte sich, dass die Alte ihre Tür geschlossen hatte, bevor er sich bückte und das Schloss begutachtete. Keine Kratzspuren, keine sichtbaren Beschädigungen.

Während er die Wohnung wieder betrat, zog er sein Telefon aus der Tasche und wählte die Nummer des Präsidiums. Er erfuhr, dass der Arzt Passeck ins Universitätsklinikum hatte bringen lassen, und bat darum, einige Kollegen zu schicken, die die Nachbarn befragen und die Umgebung des Hauses nach einer Leiche absuchen sollten.

Zurück in der Wohnung, berichtete er Böhmer gerade von den Gesprächen, als die Kollegen der Spurensicherung eintrafen.

Sie waren zu viert, steckten in weißen Overalls und trugen dünne blaue Überschuhe.

»Ich brauche die Fotos schnellstmöglich«, sagte Böhmer zu einem von ihnen. Patschett, erinnerte sich Max. Der Mann hieß Jens Patschett. In den wenigen Wochen seit seinem Wechsel vom KK22, organisierte Kriminalität, zum KK11 hatte er zwar sehr viele neue Gesichter gesehen und Namen gehört, aber sein Personengedächtnis funktionierte Gott sei Dank hervorragend.

»Ja klar, wie immer«, entgegnete Patschett mürrisch. »Du bekommst die Fotos, noch bevor ich sie gemacht habe. Ihr seid hoffentlich nicht schon überall rumgetrampelt.«

»Und ich brauche schnellstmöglich eine DNA-Analyse des Blutes zum Abgleich.« Böhmer ignorierte Patschetts Bemerkung. »Mit der DNA der Mieterin und der Datenbank. Und natürlich Fingerabdrücke, wenn es welche gibt.« Damit nickte er Max zu und wandte sich ab. »Gehen wir.«

Im Hinausgehen blieb Max noch einmal stehen. »Und bitte, schaut euch das Schloss genau an. Ich möchte wissen, ob jemand gewaltsam eingedrungen ist.« Dann eilte er Böhmer hinterher.

»Das ist alles sehr merkwürdig.« Böhmer wartete auf eine Lücke in dem fließenden Verkehr und fuhr dann so zügig los, dass die Reifen kurz quietschten.

Max nickte. »Ja, vor allem Passecks Rolle bei der Sache. Entweder möchte ihm jemand etwas anhängen …«

»Oder der Kerl verarscht uns nach Strich und Faden«, fiel Böhmer ihm ins Wort.

Max wiegte den Kopf hin und her. »Warum sollte er das tun? Auf diese Art?«

»Zum Beispiel, weil er jemanden umgebracht hat und seinen Auftritt für einen cleveren Schachzug hält.«

»Immer vorausgesetzt, es gibt überhaupt eine Leiche: Wenn Passeck in dieser Wohnung wirklich jemanden getötet hätte, dann hätte er die Leiche verschwinden lassen müssen. Das stelle ich mir extrem schwierig vor. Er hätte die Wohnung mit ihr verlassen und sie irgendwo entsorgen müssen. Blutüberströmt, wie er war. Und danach soll er dann zu uns aufs Präsidium gekommen sein? Das widerspräche jeder Logik und allen psychologisch fundierten Verhaltensmustern bei Gewaltverbrechen.«

Böhmer verzog das Gesicht, als hätte er in eine Zitrone gebissen. »Vielleicht passt das nicht zu dem, was in irgendwelchen schlauen Büchern steht oder was du von schlauen Dozenten gehört hast. Aber es widerspricht nicht meiner Erfahrung von über dreißig Jahren als Polizist. Die hat mich nämlich gelehrt, dass die Phantasie dieser Scheißkerle grenzenlos ist, wenn es darum geht, uns an der Nase herumzuführen.«

Max verspürte wenig Lust, sich schon wieder auf eine Diskussion über sein theoretisches Wissen oder seine

Vorliebe für das Profiling einzulassen, und verkniff sich deshalb eine Antwort. In den wenigen Wochen ihrer Zusammenarbeit war es nicht das erste Mal, dass Böhmer und er unterschiedliche Ansichten hatten. Mit seiner Versetzung zum KK11 hatte Max sein erstes großes Ziel erreicht. Jetzt brannte er geradezu darauf, sein Wissen über Fallanalysen und die Psychologie von Gewaltverbrechern in der Praxis anwenden zu können, und war überzeugt, dass er Böhmer trotz dessen langjähriger Erfahrung zumindest in diesem Bereich einiges voraus hatte. Böhmer war ein Polizist vom alten Schlag, was von Vorteil sein konnte, wenn er bereit war, seine Praxiserfahrung mit Max' Wissen über moderne Ermittlungsmethoden zu kombinieren.

Sie schwiegen sich eine Weile an, bis die ersten Takte des Songs *Mandy* in der Version von Westlife ertönten. Das Klingelzeichen, das Max für Kirsten eingestellt hatte, weil es ihr Lieblingslied war.

»Hallo, Lieblingsschwester«, meldete er sich, und nicht zum ersten Mal hörte er selbst, wie der Klang seiner Stimme sich veränderte, wenn er mit Kirsten telefonierte. Sie wurde weicher.

»Das ist nicht schwierig, ich bin ja auch die einzige«, antwortete sie.

Max lachte. »Du wärst auch meine Nummer eins, wenn ich noch zehn andere Schwestern hätte.«

»Schmeichler. Wo bist du gerade?«

»Im Auto. Wir sind dienstlich unterwegs.«

»Ist dein grummeliger Partner bei dir?«

»Ja, warum?«

»Dann störe ich dich nicht länger. Ich mache gerade

Pause und wollte nur fragen, ob du heute Abend vorbeikommst. Ich könnte uns eine Kleinigkeit kochen.«

»Gerne. Aber bitte nicht so früh. Ist acht Uhr okay?«

»Natürlich. Ich freu mich. Bis dann.«

»Meine Schwester«, sagte Max, während er das Telefon wieder einsteckte.

»Ja, das habe ich gehört. Geht es ihr gut?«

»Ja, alles gut.«

In Wahrheit wusste er, dass nicht alles gut war. Kirsten litt sehr unter der Trennung von Jan, mit dem sie über zwei Jahre zusammen gewesen war. Ebenso wie ihre Eltern hatte auch Max gehofft, dass Jans Liebe zu Kirsten stark genug sein würde, die Belastung auszuhalten, die die Beziehung zu einem querschnittsgelähmten Menschen mit sich bringt. Es hatte auch lange danach ausgesehen. So lange, dass selbst Kirsten angefangen hatte, daran zu glauben. Dann, es war ein knappes halbes Jahr her, hatte Jan sich in eine Frau verliebt, mit der er Hand in Hand spazieren gehen konnte.

Der Gedanke daran, wie sehr seine jüngere Schwester noch immer unter der Trennung litt, zerriss Max fast das Herz. Er fühlte sich für sie verantwortlich, denn sie war nicht erst seit ihrem schlimmen Unfall der wichtigste Mensch in seinem Leben.

»Wenn wir keine Leiche finden, werden wir Passeck nicht mehr allzu lange festhalten können«, sagte Böhmer und riss Max unvermittelt aus seinen Gedanken.

»Ja, ich weiß. Wir können ja noch nicht einmal sicher sagen, ob diese Schweinerei tatsächlich mit menschlichem Blut veranstaltet worden ist.«

»Das werden wir bald erfahren«, murmelte Böhmer.

3

Meine Gedanken sind schon wieder bei dir. Wie sooft.

Es war so unglaublich schön mit dir.

Ich hätte es niemals für möglich gehalten, dass es etwas Derartiges gibt. Ein Gefühl, das nicht von dieser Welt zu sein scheint. Glück in einer Vollkommenheit, wie es wohl nur ganz wenige Menschen erleben, da bin ich mir sicher. Und du hast es mir geschenkt, als du dich mir bedingungslos hingegeben und damit alle Frauen vor dir zu Statisten degradiert hast in ihren lächerlichen Versuchen, mir Befriedigung zu verschaffen.

Wie poetisch meine Gedanken werden, wenn sie bei dir sind. Es ist schon sonderbar, was die Liebe mit einem anstellt, findest du nicht auch?

Wie du mich in diesem einen, viel zu kurzen Moment angesehen hast. Nackte, reine Lust, die ihre Vollendung im süßen Schmerz fand.

Der Blick deiner Augen auf dem Gipfel der Lust … ich habe mir gewünscht, dieser Augenblick würde niemals enden.

Vollkommene Befriedigung. Jetzt erst weiß ich, welche Bedeutung dieses Wort hat. Und gleichzeitig empfinde ich Mitleid mit all denen, die eben diese wahre Befriedigung nie erfahren werden. Weil sie nie einer Frau wie dir begegnen.

Ja, du hast mir den Weg zur Vollendung gezeigt. Er war lang, und wir wissen beide, er war auch anstrengend. Für dich ebenso wie für mich. Aber selbst, wenn er zehnmal länger gewesen wäre, und selbst, wenn er mich noch näher an den Abgrund gebracht hätte – ich würde es nicht bereuen, ihn mit dir gegangen zu sein.

Jetzt bist du für immer bei mir, aber ich weiß, ich werde diesen Moment mit dir nicht mehr haben können. Einmaligkeit in ihrer reinsten Form.

Aber ich möchte ihn wieder erleben. Ich muss *ihn wieder erleben. Jetzt, wo ich weiß, was möglich ist.*

Die Frage ist also, ob angesichts des Wissens um diese Lust nun eine andere Frau dazu in der Lage sein wird, mir einen ähnlichen Moment zu schenken.

Es wäre kein Verrat an dir. Du weißt, du wirst in meinem Herzen immer die Erste sein.

4

Nach zwanzig Minuten erreichten sie das Universitätsklinikum, weitere zehn Minuten benötigten sie, um Passeck zu finden. Er saß in Begleitung der beiden uniformierten Beamten in einem separaten Raum neben der Notaufnahme an einem weißen Tisch, ein halbvolles Wasserglas vor sich, die Unterarme auf der Tischplatte, die Finger ineinander verschränkt. Gesicht, Arme und Hände waren oberflächlich gereinigt worden.

Als Böhmer und Max den Raum betraten, richtete er sich auf. »Und?«

Nun, wo er Passeck zum ersten Mal ohne blutverschmiertes Gesicht vor sich sah, fielen Max die leicht gebräunte Haut und das kantige, männlich wirkende Kinn des Mannes auf. Im Zusammenspiel mit seinen wasserhellen Augen würde der Anblick bei vielen Frauen für romantische Gedanken sorgen.

Böhmer wandte sich an die Polizisten. »Was ist mit ihm?«

»Verdacht auf Gehirnerschütterung. Wir warten auf die Auswertung der Röntgenbilder.«

»Bitte, sagen Sie mir doch, ob Sie irgendetwas gefunden haben«, versuchte Passeck es erneut, woraufhin Böhmer ihm einen ungnädigen Blick zuwarf.

»Ja, Blut. Wissen Sie, wem die Wohnung gehört?«

»Nein, wie ich Ihnen schon sagte …«

»Wer ist dieser Mann, der Sie angerufen hat?«

»Das kann ich Ihnen nicht sagen.«

Max machte einen Schritt auf Passeck zu. »Herr Passeck, wenn Ihre Geschichte wahr ist, dann haben Sie eine fremde Wohnung betreten, weil Sie dort einen Informanten treffen wollten. Der hat Sie niedergeschlagen, als Sie ankamen, und so, wie es aussieht, hat er anschließend ein fürchterliches Blutbad angerichtet, das er Ihnen in die Schuhe schieben möchte. Denken Sie nicht, das wäre Grund genug, uns den Namen dieses Mannes zu nennen? Schon, um sich selbst zu entlasten?«

Passeck schüttelte den Kopf. »Sie verstehen mich nicht. Ich kann Ihnen den Namen nicht nennen, weil ich ihn nicht kenne.«

»Sie kennen Ihren eigenen Informanten nicht?«, brauste Böhmer auf. »Das wird ja immer verrückter. Ich werde das dumme Gefühl nicht los, dass Sie uns hier ein ziemlich abgedrehtes Märchen auftischen. Aber ich kann Ihnen versichern, dass das für Sie nach hinten losgeht.«

Die Tür wurde geöffnet, und ihre Aufmerksamkeit wurde von Passeck abgelenkt.

»Dass was nach hinten losgeht?« Der Ankömmling blieb im Eingang des Raums stehen und sah ihnen ernst entgegen. Max schätzte ihn auf Anfang vierzig. Sein dunkelgrauer Anzug wirkte durch das schwarze Hemd, dessen oberster Knopf offen stand, sportlich und trotzdem elegant. Auf eine Krawatte hatte der Mann verzichtet. Untypisch für einen Anwalt, und doch war Max sicher, dass er genau das war.

»Mir scheint, ich komme gerade zum richtigen Zeitpunkt.« Während er weitersprach, machte er einen Schritt in den Raum und schloss die Tür hinter sich. »Als Erstes wüsste ich gerne, warum mein Mandant solch plumpen Bedrohungen seitens eines Polizeibeamten ausgesetzt ist, nachdem er das Opfer einer Gewalttat wurde und infolgedessen verletzt ist.«

Böhmer verzog das Gesicht. »Nun übertreiben Sie mal nicht, Dr. Farscheidt, das war keine Drohung. Und ob Herr Passeck ein Opfer ist, wird sich noch herausstellen.«

Die beiden kannten sich also. Und wie es schien, waren sie keine Freunde. Als der Blick des Anwalts sich nun auf Max richtete, nickt der ihm zu. »Bischoff, Kripo Düsseldorf.«

»Sie haben einen neuen Partner?« Die Frage war an Böhmer gerichtet. »Die Zusammenarbeit mit Ihnen war Hauptkommissar Theurer auf Dauer wohl zu harmonisch. Und jetzt hat man Ihnen also einen Kollegen zur Seite gestellt, an den Sie Ihre geballte Kompetenz weitergeben können.«

Die subtile Anspielung auf sein Alter entging Max ebenso wenig wie die Tatsache, dass Farscheidt über ihn sprach, als sei er nicht im Raum.

»Soweit ich weiß, hat sich mein Vorgänger aus familiären Gründen versetzen lassen«, sagte er, bevor Böhmer reagieren konnte. »Aber das können Sie – ebenso wie die Kompetenzfrage – getrost uns überlassen. Und jetzt würden wir gerne mit der Befragung Ihres Mandanten fortfahren, wenn Sie gestatten.«

Farscheidt hob eine Braue, wodurch sich kleine Falten

auf seiner gebräunten Stirn zeigten. »Was genau werfen Sie ihm denn vor?«

»Wie Sie ja sicher wissen, ist Ihr Mandant blutüberströmt auf dem Präsidium aufgetaucht.« Böhmer übernahm wieder. »Auch in der Wohnung, aus der er kam, haben wir eine ganze Menge Blut gefunden. Vieles deutet auf ein Gewaltverbrechen hin. Und der Einzige, der uns im Moment etwas dazu sagen kann, ist er. Reicht das, um ihm ein paar Fragen stellen zu dürfen?«

»Schon gut.« Passeck wandte sich an seinen Anwalt. »Ich weiß zwar nicht, was in dieser Wohnung geschehen ist, möchte aber helfen, so gut ich kann.« Der Klang seiner Stimme hatte sich verändert, wirkte selbstsicherer.

»Herr Passeck, ich rate Ihnen …«, setzte Farscheidt an, wurde aber unterbrochen.

»Nein, lassen Sie mich. Es reicht, wenn Sie dabei sind.«

Als Farscheidt schließlich nickte, wandte Passeck sich ab und starrte an die Wand. Es schien, als überlege er, wie er beginnen sollte.

Sie ließen ihm Zeit, bis er schließlich nickte.

»Also gut. Ich sage Ihnen alles, was ich weiß: Ich recherchiere in einer Sache im Bankenbereich. Hier in Düsseldorf. Es geht um Beihilfe zur Steuerhinterziehung im großen Stil. Holdings in sogenannten Steueroasen, in die Schwarzgelder in dreistelliger Millionenhöhe geflossen sind. Unter den Kunden sind etliche bekannte Namen. Größen aus Industrie und Politik. Dieser Mann, der mich gestern angerufen hat, behauptete, ein Angestellter dieser Bank zu sein und vertrauliche Unterlagen in seinem Besitz zu haben. Papiere, die beweisen, dass die Bank nicht nur in solche Transaktionen verwickelt ist, sondern potenten Kunden diese Geschäfte auch aktiv angeboten hat. Solche Leute stellen sich nicht mit ihren Namen am Telefon vor.«

»Welche Bank ist das?«, hakte Böhmer sofort nach.

Passeck schüttelte den Kopf und fuhr sich mit den Händen durch die Haare. »Hören Sie, ich habe noch keine stichfesten Beweise. Ich komme in Teufels Küche, wenn ich unbewiesene Verdächtigungen dieser Art über eine Bank äußere. Die werden mich dermaßen mit Klagen überziehen, dass ich mein Leben lang …«

»Wenn Sie uns nicht helfen, kann es sein, dass Sie im Knast landen. Falls es Ihnen noch nicht aufgefallen ist: Sie stecken knietief im Schlamassel. Also?«

»Ich fordere Sie nochmals auf, jede Art von Drohungen zu unterlassen«, mischte Farscheidt sich ein. »Zumal es nicht den geringsten Beweis dafür gibt, dass Herr Passeck sich eines Verbrechens schuldig gemacht hat.«

Böhmer ignorierte den Anwalt und hielt seinen Blick auf Passeck gerichtet. Der zögerte noch einen Moment, doch schließlich nannte er ihnen den Namen der Bank und die Namen von drei leitenden Angestellten, die – gemäß seinen Informationen – aktiv an den Machenschaften beteiligt waren.

»Was, wenn mein Informant unvorsichtig war, und jemand hat von dem geplanten Treffen mit mir gewusst? Jemand, der auf alle Fälle verhindern wollte, dass ich diese Informationen bekomme? Derjenige könnte einen Profi beauftragt haben, den Informanten in der Wohnung zu beseitigen, mich niederzuschlagen und es so zu arrangieren, wie es war. Dann hätte derjenige zwei Fliegen mit einer Klappe geschlagen. Ich habe nicht nur die Unterlagen nicht bekommen, sondern werde vielleicht sogar verdächtigt, ein Verbrechen begangen zu haben.« Er hielt kurz inne und fügte dann hinzu: »Werde ich denn verdächtigt?«

»Lassen Sie uns mal die Spekulationen hintanstellen«, sagte Max. »Befassen wir uns mit Ihrer Verletzung. Sie sagen, Sie sind niedergeschlagen worden, als Sie die Wohnung betraten. Wann war das?«

»Um zehn«, antwortete Passeck, ohne zu zögern.

»Gestern Abend um zehn also. Heute Morgen sind Sie um halb neun hier aufgetaucht. Das bedeutet, Sie müssen etwa zehn Stunden bewusstlos gewesen sein. Und jetzt sitzen Sie hier – bitte nicht falsch verstehen –, lediglich mit dem Verdacht auf eine Gehirnerschütterung. Ich bin kein Mediziner, aber das passt für mich nicht so recht zusammen.«

Farscheidt schüttelte den Kopf. »Herr Passeck, ich rate Ihnen, darauf nicht zu antworten.«

»Ich weiß nicht, was man mit mir gemacht hat. Ich glaube, ich bin ein-, zweimal aufgewacht. Alles um mich herum war unangenehm feucht. Mir war schwindlig und furchtbar übel, und ich hatte das Gefühl, vollkommen verschwitzt zu sein. Alles war sehr seltsam. Wie in einem Albtraum. Vielleicht war es ja auch ein Traum. Ich weiß es einfach nicht.«

»Und dann?« Erneut übernahm Böhmer. »Erzählen Sie uns, was geschah, als Sie heute Morgen aufwachten.«

»Ich hatte wahnsinnige Kopfschmerzen und wusste nicht, wo ich bin. Als ich mich aufsetzte, habe ich das viele Blut gesehen.« Passeck stockte, zuckte zum wiederholten Mal mit den Schultern.

»Weiter«, drängte Böhmer.

»Ich kann mich nicht erinnern, was ich dann gemacht habe. Herrgott … Können Sie sich nicht vorstellen, dass ich vollkommen neben mir stand? Ich bin offensichtlich aus der Wohnung gelaufen.«

»Ich nehme an, Sie sind gestern Abend nicht barfuß zu diesem Treffen gegangen«, bemerkte Max.

»Nein, natürlich nicht. Wie kommen Sie …«

Max deutete auf Passecks Füße, die mittlerweile in hellen Frotteepantoffeln steckten, wie man sie aus guten Hotels kannte. »Da stellt sich die Frage, wo Ihre Schuhe und Ihre Strümpfe geblieben sind.«

Statt einer Antwort zuckte Passeck nur resigniert mit den Schultern.

Das Klingeln von Böhmers Handy kam Max unnatürlich laut vor. Im Verlauf des kurzen Gesprächs nickte sein Partner mehrmals. »Aha … ja, gut … okay … ja.«

Nachdem er aufgelegt hatte, sah er zu Max hinüber. »Die Kollegen haben alle Krankenhäuser im Umkreis überprüft. Nirgendwo ist in der letzten Nacht jemand mit großem Blutverlust eingeliefert worden. Auch hier nicht.«

»Was wird jetzt mit mir?«, erkundigte sich Passeck.

Bevor Böhmer antworten konnte, fragte Farscheidt: »Wird mein Mandant verdächtigt, eine Straftat begangen zu haben?«

Böhmer zögerte, bevor er schließlich den Kopf schüttelte. »Nein. Im Moment nicht.«

»Dann hängt das nur von den Ärzten ab. Wenn die

keine Einwände haben, können Sie nach Hause gehen. Habe ich recht, Herr Hauptkommissar?«

Max sah, dass Böhmer sich zusammenreißen musste, als er sich an Passeck wandte: »Das stimmt. Ich bitte Sie aber, sich zu unserer Verfügung zu halten.«

Damit nickte er dem Anwalt wortlos zu und ging zur Tür.

Max folgte ihm. »Du kennst diesen Farscheidt?«, fragte er, als sie nebeneinander über den glänzenden Linoleumboden auf den Ausgang zugingen.

Böhmer erwiderte grimmig: »Ich hatte hier und da schon mal das Vergnügen mit ihm. Er macht vielleicht nicht den Eindruck, aber der Kerl ist ein ganz fieser Hund. Beim geringsten Anlass hat der Staatsanwalt eine Beschwerde über uns auf dem Tisch liegen. Und wenn der nicht sofort reagiert, geht's eine Etage höher.«

»Ja, so in etwa habe ich ihn auch eingeschätzt.«

Nachdem sie das Gebäude verlassen hatten, rief Max im Präsidium an. Torsten Bauer nahm das Gespräch an, ein ruhiger Kollege Anfang fünfzig, mit dem Max bisher noch nicht viel zu tun hatte und der zu den wenigen zählte, mit denen er noch nicht per du war.

»Bischoff hier«, meldete er sich. »Ich habe eine Mobilfunknummer, zu der ich alle Verbindungen der letzten Tage brauche.« Er las Passecks Nummer von seinem Notizblock ab, wiederholte sie anschließend noch mal. »Gibt es schon etwas von den Kollegen, die die Anwohner des Hauses in der Konkordiastraße befragen und die Umgebung absuchen?«

»Nein. Nichts, das uns weiterbringen würde. Aber ein Kollege von der SpuSi hat angerufen. Ich soll euch ausrichten, das Türschloss sei völlig intakt. Die Tür muss mit einem Schlüssel geöffnet worden sein.«

»Okay, danke. Ach, und ich brauche die Nummer, unter der ich die Wohnungsinhaberin erreichen kann. Dagmar Martiny. Schicken Sie sie mir doch bitte per SMS.« Nachdem Bauer zugesagt hatte, sich gleich um alles zu kümmern, bedankte Max sich und legte auf.

»Findest du es nicht auch seltsam, dass Passecks Frau bisher nicht aufgetaucht ist?«, fragte Max, während er das Telefon wegsteckte. »Passeck hat seinen Anwalt angerufen. Da wird er sie doch sicher auch darüber informiert haben, was in der letzten Nacht passiert ist.«

Böhmer nickte grimmig. »Allerdings. Deshalb werden wir ihr jetzt auch einen Besuch abstatten.«

5

»Was hältst du von Passeck?«, fragte Max, als Böhmer vom Klinikgelände in die Himmelgeister Straße einbog.

»Ich denke, er sagt die Wahrheit. Du hast es vorhin selbst schon gesagt. Warum sollte er sich so eine abgedrehte Geschichte ausdenken, statt einfach zu verschwinden?«

Max überlegte eine Weile. »Ja, das habe ich auch gedacht. Aber irgendwie … ich weiß nicht. Als er heute Morgen ins Präsidium kam, wirkte er vollkommen apathisch, was in der Situation eine normale Reaktion war. Und gerade eben … Ich finde, er hat sich verdammt schnell gefangen, angesichts dessen, was er angeblich erlebt hat. Meiner Erfahrung nach steckt man so was nicht so schnell weg.«

Böhmer musste an einer roten Ampel halten und sah zu Max hinüber. »Deiner Erfahrung nach? Welche Erfahrung meinst du? Die aus Büchern? Da spricht wieder einmal die blanke Theorie aus dir, mit der man dir den Kopf an der Uni so vollgestopft hat, dass kein Platz mehr für Instinkt darin frei ist.«

Max nervten diese immer gleichen Kommentare, aber diesmal schaffte er es einfach nicht, Böhmers Bemerkungen unwidersprochen zu lassen.

»Du täuschst dich. Mein Instinkt funktioniert ganz

hervorragend, und ich lasse mich auch oft von ihm leiten. *Obwohl* in den von dir so gerne zitierten Büchern steht, dass wir uns an Fakten halten sollen.« Und aus reiner Freude an der Provokation fügte er hinzu: »Neuerdings arbeitet man sogar schon nach Methoden, denen wissenschaftliche Erkenntnisse zugrunde liegen. Zum Beispiel aus dem Bereich der Psychologie.«

»Spar dir das Gelehrtengequatsche, Herr Oberkommissar, und denk lieber mal nach. Dieser Mann ist investigativer Journalist. Er war bei seinen Recherchen mit Sicherheit schon öfter in brenzligen Situationen. Der ist nicht so leicht aus dem Gleichgewicht zu bringen.«

Max wiegte den Kopf hin und her. »Das mag stimmen. Und trotzdem … *mein* Instinkt sagt mir, dass etwas an Passeck seltsam ist. Nur was es ist, weiß ich noch nicht.«

In diesem Moment sprang die Ampel auf Grün um, und Böhmer konzentrierte sich schweigend auf den Verkehr.

Als sie wenig später die Friedrich-von-der-Leyen-Straße in Moorbach entlangfuhren und anschließend in die Florastraße abbogen, warf Böhmer immer wieder Blicke in die weitläufigen Vorgärten. Meist lagen sie hinter hohen Mauern, in die große, schmiedeeiserne Tore eingelassen waren, die die Zufahrt zu den edlen Villen versperrten.

»Schau dir das an. Hier könnte unsereins sich nicht mal 'ne Hundehütte leisten.«

»Die Frage ist, ob man das überhaupt wollte«, entgegnete Max und riss seinen Blick von der Zufahrt der Villa los, an der sie gerade vorbeifuhren. Ein parkartiger Garten, Rosenbeete, griechisch wirkende Säulen. Jemand hatte sich die Mühe gemacht, den Weg im Schachbrettmuster zu pflastern, hell- und dunkelgrau.

Max grinste. Die einzigen Farbtupfer, die es im Eingangsbereich zu seinem Elternhaus gegeben hatte, waren Hundehaufen gewesen. Hinterlassenschaften des Boxers ihrer versoffenen Nachbarn, die er allabendlich durch die papierdünnen Wände hatte streiten hören.

Eine völlig andere Welt, die er glücklicherweise hinter sich gelassen hatte. Seine Wohnung war hell und freundlich, die Lage gut. Trotzdem glaubte er nicht, dass er das Lebensmodell von Menschen, die mehrere Millionen für ein Haus in dieser Gegend zahlen konnten, jemals begreifen würde.

Die Villa der Passecks lag etwa in der Mitte der Florastraße. Sie war nicht von einer Mauer umgeben, wirkte dadurch aber keineswegs weniger luxuriös als die umliegenden Anwesen. Von einem fünf bis sechs Meter breiten Durchgang im dichten Bewuchs aus Sträuchern und Bäumen führte ein großzügiger, mit sandfarbenen Natursteinen gepflasterter Weg auf das Haus zu. Auf den letzten zwanzig Metern ging er in eine Kreisfläche über, in deren Mittelpunkt ein von Rosenstöcken umgebener steinerner Brunnen thronte.

Vier runde, über zwei Stockwerke reichende Säulen trugen einen mächtigen Vorbau über dem Eingangsbereich und erinnerten Max an die Herrenhäuser der amerikanischen Südstaaten.

Böhmer parkte den Wagen direkt vor dem Eingang und warf Max einen vielsagenden Blick zu, bevor er ausstieg.

»Ich würde mich nicht wundern, wenn uns gleich ein

Dienstmädchen mit weißer Spitzenschürze die Tür öffnet.«

Doch es war keine Angestellte, die ihnen kurz danach gegenüberstand, sondern eine schlanke, fast schon hagere Frau. Ihr beigefarbener Hosenanzug war so raffiniert geschnitten, dass er trotz aller Schlichtheit elegant wirkte. Ihre hellblonden Haare waren streng zurückgekämmt und am Hinterkopf zu einem Dutt zusammengefasst. Max tat sich schwer damit, das Alter der Frau zu schätzen. Sie war sehr gepflegt, schien aber etwas älter als Passeck zu sein.

»Guten Tag«, begrüßte sie sie und machte einen Schritt zur Seite. »Ich schätze, Sie sind von der Polizei. Ich weiß, was geschehen ist, mein Mann hat mich angerufen. Bitte, kommen Sie herein.« In ihrer Stimme war dabei ebenso wenig eine Regung erkennbar wie in ihrem Gesicht.

Verwundert betrat Max hinter Böhmer das Haus. Als er an der Frau vorbeiging, nahm er ihr dezentes Parfüm wahr.

Sie standen in einem großzügigen Raum, in dessen Mitte eine gut vier Meter breite Treppe aus dunklem Holz in die obere Etage führte. Vom hinteren Bereich gingen mehrere Türen ab, die meisten von ihnen waren geschlossen. Gleich auf der rechten Seite führte ein breiter, offener Durchgang in einen Raum, eine Art Wohnzimmer, soweit Max das von seinem Standort aus erkennen konnte.

»Bitte, kommen Sie«, sagte die Frau und ging voraus.

Das Zimmer war mindestens hundert Quadratmeter groß und unterteilt in einen Wohn- und einen Essbereich. Die Einrichtung war eine gelungene Mischung aus alt und neu. Schwere, antike Möbel waren mit hellen, modernen Elementen so kombiniert, dass sie einen angenehmen Kontrast bildeten. Der rotbraune Parkettboden war hier und da mit wahrscheinlich sündhaft teuren Teppichen bedeckt. Zentraler Blickfang des Wohnbereiches war ein riesiger, gemauerter Kamin, vor dem eine wuchtige Couchgarnitur aus braunem Leder stand.

»Bitte, nehmen Sie Platz.« Die Frau deutete auf die Sessel und ließ sich selbst auf der Couch nieder.

»Sie wissen also, was mit Ihrem Mann geschehen ist«, begann Böhmer.

»Ja.«

»Wann hat er Sie angerufen?«

»Vor etwa zwei Stunden.«

»Und? Was denken Sie über diese Sache?«

»Ich weiß nicht, was ich darüber denken soll. Ich habe gehofft, Sie würden mir etwas dazu sagen können.«

»Frau Passeck, wir …«

»Von Braunshausen.«

»Was?«

»Mein Nachname ist von Braunshausen. Ich habe ihn bei unserer Hochzeit behalten. Meinem Vater zuliebe.«

Aus irgendeinem Grund schien Böhmer den Faden verloren zu haben. Er sah die Frau an und suchte offenbar nach Worten, also übernahm Max. »Wir kommen aus der Uniklinik, wo Ihr Mann gerade untersucht wird. Wie es aussieht, ist er mit einer leichten Gehirnerschütterung davongekommen.« Er machte eine Pause, in der er auf eine Reaktion der Frau wartete. Sie blieb aus.

»Der Anwalt Ihres Mannes ist auch dort. Wir haben

uns gefragt, ob es einen bestimmten Grund dafür gibt, dass Sie nicht nach Ihrem Mann sehen wollten. Immerhin ist er niedergeschlagen worden und in einem Zimmer voller Blut aufgewacht.«

»Hat er etwas mit diesem Blut zu tun?« Noch immer war der Ton in ihrer Stimme unverändert monoton. Gleichgültig. Sie zeigte weder Anzeichen von Aufgeregtheit noch von Besorgnis.

»Wie ist das Verhältnis zwischen Ihnen und Ihrem Mann?«, erkundigte sich Böhmer, woraufhin sie ihre Augen auf ihn richtete.

»Wir sind gut organisiert.«

Böhmer schürzte die Lippen. »Gut organisiert? Ich muss gestehen, mit dieser Antwort habe ich nicht gerechnet. *Wir sind glücklich. Unsere Ehe ist langweilig. Wir streiten oft* … so was eben. Aber gut organisiert? Was meinen Sie damit?«

»Ich hoffe, Sie sehen es mir nach, wenn ich Details zu meiner Ehe nicht mit zwei mir völlig fremden Polizeibeamten besprechen möchte. Würden Sie mir jetzt bitte meine Frage beantworten, ob Harry etwas mit dem Blut zu tun hat?«

»Sehr gerne, nachdem Sie uns die Frage beantwortet haben, warum Sie hier zu Hause sitzen, anstatt bei Ihrem Mann im Krankenhaus zu sein.«

Zum ersten Mal glaubte Max, eine Regung in ihrem Gesicht zu erkennen. War das Unsicherheit?

»Solche Dinge erwarten wir nicht voneinander. Was sollte es auch bringen? Wenn mein Mann im Krankenhaus fertig ist, wird er nach Hause kommen und mir alles erzählen, was ich wissen muss.«

Max wechselte einen Blick mit Böhmer, dessen Brauen kurz zuckten.

»Also, was hat mein Mann mit dieser Sache in der Wohnung zu tun, außer, dass er niedergeschlagen wurde?«

Böhmer stützte sich auf die Armlehnen und erhob sich. »Ich denke, das wird Ihr Mann Ihnen erzählen, wenn er nach Hause kommt. Danke für Ihre Zeit. Wir möchten Sie nicht weiter stören bei … was auch immer Sie gerade getan haben. Wir finden allein raus.«

Max beobachtete das Gesicht der Frau genau, während er aufstand. Dann folgte er seinem Partner.

Er wartete, bis sie wieder im Auto saßen, bevor er sagte: »Ich habe selten einen emotionsloseren Menschen gesehen als diese Frau. Sogar jetzt zum Schluss, als du sie hast auflaufen lassen … nicht die geringste Regung.«

Böhmer fuhr los. »Ich schätze, das liegt an ihrer Erziehung. Ich dachte eben, ich hätte mich verhört. Sagt dir der Name von Braunshausen nichts?«

Max überlegte einen Moment und schüttelte den Kopf. »Nein, sollte er?«

»Alter Geldadel. Ihr Vater ist Marius von Braunshausen. Schwerreicher Industrieller. Der könnte sich die ganze Straße hier kaufen und aus der Portokasse bezahlen. In diesen Kreisen zeigt man wohl keine Gefühle.«

»Das mag sein, aber ich finde die Reaktion dieser Frau trotzdem sehr sonderbar. Oder besser gesagt, die Nicht-Reaktion. *Wir sind gut organisiert* … Das hört sich nicht nach einer glücklichen Ehe an.« Und mit einem Seitenblick zu Böhmer fügte er grinsend hinzu: »Das sagt mir mein Instinkt.«

6

Als Max wenig später einen Blick auf das Display seines Telefons warf, fand er die Benachrichtigung über eine neue SMS. »Bauer hat mir die Telefonnummer von dieser Dagmar Martiny geschickt. Ich versuche mal, sie zu erreichen.«

Er hatte Glück. Nach nur zweimaligem Klingeln hatte er die Frau am Telefon.

»Guten Tag, Frau Martiny, mein Name ist Bischoff, Kripo Düsseldorf. Wären Sie so freundlich, mir eine Frage zu beantworten?«

»Ehm … was? Wer spricht da?«

»Kriminalpolizei Düsseldorf, Oberkommissar Max Bischoff. Wenn ich richtig informiert bin, sind Sie zurzeit beruflich in Hamburg?«

»Ja, ich habe hier ein Engagement am Thalia Theater bis Ende August. Aber ich verstehe nicht …« In ihrer Stimme schwangen Unsicherheit und Überraschung mit.

»Wann waren Sie zum letzten Mal in Ihrer Wohnung in Düsseldorf?«

»Das war … bevor ich nach Hamburg gegangen bin, vor fünf Wochen. Aber warum wollen Sie das wissen? Ist etwa eingebrochen worden?«

»Das versuchen wir gerade herauszufinden. Hat noch

jemand außer Frau Scheuer einen Schlüssel? Oder hat jemand Sie gefragt, ob er Ihre Wohnung nutzen darf?«

»Nein, niemand sonst hat einen Schlüssel, und es wollte auch keiner in die Wohnung. Aber nun sagen Sie mir doch, was los ist. Ist etwas passiert?«

Max wunderte sich, dass Martinys geschwätzige Nachbarin sie nicht schon längst informiert hatte. Mit sorgsam gewählten Worten beschrieb er, was vorgefallen war. Martiny stieß zwischendurch ein »o mein Gott« aus, schwieg aber, als Max seine Schilderung beendet hatte.

»Frau Martiny, kennen Sie Harry Passeck?«

»Harry Passeck? Ist das nicht dieser Journalist? Warum fragen Sie mich nach ihm? Mein Gott, ich bin völlig durcheinander.«

»Wie gut kennen Sie ihn? Haben Sie privat mit ihm zu tun?«

»Nein. Ich habe ihn hier und da mal auf Veranstaltungen gesehen, aber kaum ein Wort mit ihm gewechselt.«

»Er ist der Mann, der angibt, in Ihrer Wohnung niedergeschlagen worden zu sein.«

»Um Himmels willen, das ist ja furchtbar. Aber wie kommt er in meine Wohnung? Wie ich schon sagte, ich kenne ihn persönlich so gut wie überhaupt nicht.«

»Er behauptet, jemand hat ihn dorthin gelockt. Mehr kann ich Ihnen leider nicht sagen.«

»Das ist doch verrückt. Warum sollte jemand Harry Passeck in meine Wohnung locken?«

»Sie wissen also von alledem nichts?«

»Nein, natürlich nicht. Ich bin vollkommen durcheinander. Was soll ich denn jetzt tun? Muss ich zurückkommen? Mein Engagement hier …«

»Nein. Im Moment können Sie nichts tun. Ihre Wohnung ist versiegelt. Wir melden uns wieder bei Ihnen.«

»Ja … ich … danke.«

Nachdem Max aufgelegt hatte, schilderte er Böhmer die Reaktion der Frau.

»Und? Klingt sie glaubwürdig?«

»Ich denke schon. Sie schien wirklich überrascht.«

Böhmer warf einen Blick auf die Uhr am Armaturenbrett. »Halb drei. Na, Herr Kollege, was schlägst du vor?«

»Wie wäre es, wenn wir uns mal mit den Leuten von dieser Bank unterhalten, die Passeck genannt hat?«

»Genau das werden wir tun.«

Nachdem sie von der Frau am Empfang angemeldet worden waren, mussten sie etwa eine Viertelstunde warten, bis Martin Wollner sie empfing. Er war Leiter des Wealthmanagement und einer der drei von Passeck genannten Personen.

Das große Büro in der vierten Etage, in das sie von einer hübschen jungen Frau in anthrazitfarbenem Business-Kostüm geführt wurden, war auf eine für Max' Empfinden sehr sterile Art eingerichtet. Die beiden großformatigen Bilder an der freien, weiß getünchten Wand – dunkelblaue, geometrische Figuren auf ebenfalls weißem Hintergrund – verstärkten diesen Eindruck noch.

Wollner erhob sich lächelnd hinter seinem wuchtigen, gläsernen Schreibtisch mit chromblitzendem Unterbau und kam ihnen entgegen. »Guten Tag, die Herren. Was verschafft mir die Ehre eines Besuches der Polizei?«

Es kam nicht häufig vor, dass Max jemanden bei der

ersten Begegnung in eine gedankliche Schublade steckte, aber dieser Mann im dunkelblauen Nadelstreifenanzug war ihm auf Anhieb unsympathisch. Er wusste nicht, ob es an den streng zurückgegelten schwarzen Haaren lag oder an dem aalglatten Lächeln, an dem nur die untere Gesichtshälfte beteiligt war.

Böhmer ergriff die ihm entgegengestreckte Hand. »Böhmer, Kripo Düsseldorf. Das ist mein Kollege Bischoff. Wir würden uns gerne mit Ihnen über Herrn Passeck unterhalten.«

Wollner überging Böhmers Worte und deutete noch immer lächelnd auf eine Gruppe schwarzer Lederstühle auf dünnen Chrombeinen, die um einen gelben Kubus aus undefinierbarem Material herumstanden. »Bitte, setzen Sie sich doch.«

Er wartete, bis sie beide saßen, bevor er sich auch niederließ.

»Entschuldigung … wie war der Name des Herrn, über den Sie reden möchten?«

»Harry Passeck«, wiederholte Böhmer, wobei Max erste Anzeichen von Ungeduld bei seinem Partner erkannte.

Wollner legte die Stirn in Falten und senkte den Blick, wohl zur Verdeutlichung seines angestrengten Nachdenkens.

»Passeck … Passeck … Ist er ein Kunde? Dann darf ich Ihnen leider keine Auskunft geben. Das werden Sie sicher verstehen.«

Böhmer setzte an, etwas zu sagen, doch noch bevor er den ersten Ton herausgebracht hatte, hob Wollner die Hand. »Nein, warten Sie, jetzt weiß ich's. Er ist Journalist, nicht wahr?«

Und du bist ein mieser Schauspieler, dachte Max. *Mies und schmierig.*

Böhmer nickte. »Genau das ist er. Hatten Sie schon mal mit ihm zu tun?«

»Ja, ich erinnere mich. Er war mal hier. Tischte mir eine ganz verrückte Geschichte auf von Steuerhinterziehung und Schwarzgeld.«

»Wie lange ist das her?«

»Hm … etwa vier Wochen. Vielleicht auch erst drei.«

»Sie wissen also, dass er für eine Story in diese Richtung recherchiert. Auch gegen Ihre Bank.«

Wollners Lächeln war nicht verschwunden, doch es hatte sich verändert. Hatte es vorher auf Max bemüht gewirkt, so kam nun ein Hauch von Arroganz hinzu.

»Ich weiß, dass Herr Passeck wohl ziemlich verzweifelt auf der Suche nach einer Story gewesen sein muss, wenn er sich eine derart verrückte Räuberpistole ausgedacht hat. Aber es ist ja hinlänglich bekannt, dass die schreibende Zunft mit einer blühenden Phantasie ausgestattet ist. Fast hat er mir ein bisschen leidgetan. Was Sie allerdings auf den Plan ruft, ist mir schleierhaft.«

»Erzählen Sie uns von dem Gespräch mit ihm«, forderte Max den Banker auf und musste darauf achten, in seiner Stimme keine Aggression mitschwingen zu lassen.

»Oh, da gibt es nicht viel zu erzählen. Im Grunde kam gar kein Gespräch zustande. Wie schon gesagt, phantasierte er etwas über Schwarzgeld unserer Kunden. Er hat uns quasi die Beihilfe zur Steuerhinterziehung unterstellt. Ich habe ihn daraufhin natürlich gebeten, zu gehen.«

»Es stimmt also nicht, dass Sie oder Mitarbeiter dieser

Bank Kunden dabei geholfen haben, Gelder ins Ausland zu schaffen und dort in irgendwelchen Briefkastenfirmen zu verstecken?«

Wollner sah Böhmer an wie ein Insekt und schaffte es, noch eine Schicht Arroganz auf sein Lächeln draufzupacken. »Mein lieber Herr Kommissar, allein die Frage ist eigentlich schon eine Beleidigung meines Ehrgefühls. Aber ich sehe es Ihnen nach, weil ich ja weiß, dass jemand wie Sie von unseren Geschäften und Gepflogenheiten natürlich keinen blassen Schimmer haben kann. Also ein klares Nein. Das ist vollkommener Unsinn.«

Max sah, wie Böhmers Wangenknochen sich bewegten, und auch ihn selbst kostete es Mühe, diesem Fatzke nicht zu sagen, was er von seiner herablassenden Art hielt.

»War das Ihre einzige Unterhaltung mit Herrn Passeck?«, fragte er in einem halbwegs normalen Ton.

»Ja. Er versuchte es danach noch ein-, zweimal, aber ich habe mir weitere Gespräche dieser Art erspart.«

»Wo waren Sie in der letzten Nacht?«, fragte Böhmer unvermittelt.

»Was? Wo ich … Warum möchten Sie das wissen?«

»Herr Passeck ist niedergeschlagen worden, und wir versuchen herauszufinden, wer ein Interesse daran haben könnte, ihn zu verletzen.«

»Und da fragen Sie mich?« Wollner erhob sich und schüttelte theatralisch den Kopf. »Sagen Sie, was ist das hier? Saure-Gurken-Zeit? Keine Storys, keine Verbrechen? Anders kann ich mir nicht erklären, dass Sie mir meine kostbare Zeit mit solchen Fragen rauben.«

Auch Max und Böhmer standen auf. »Also? Wo waren Sie?«

Zum ersten Mal, seit sie den Raum betreten hatten, verschwand das Lächeln aus Wollners Gesicht.

»Das ist meine Privatsache und geht Sie nichts an. Falls Sie weitere Fragen haben, wenden Sie sich an den Anwalt der Bank. Seine Telefonnummer und seine Adresse finden Sie im Impressum unserer Website. Und jetzt gehen Sie bitte. Ich habe weiß Gott wichtigere Dinge zu tun. Ich wünsche Ihnen einen schönen Tag und viel Erfolg bei der Verbrechensbekämpfung.«

Damit wandte er sich ab, ging ein paar Schritte bis zu dem großen Fenster, das sich über die Hälfte der gegenüberliegenden Wand zog, und verharrte dort, als gäbe es draußen etwas Interessantes zu beobachten.

Als sie Minuten später das Gebäude durch die breite Glastür verließen, blieb Max stehen und atmete tief durch. »Was für ein Idiot.«

Böhmer stieß ein humorloses Lachen aus, in dem seine ganze Wut mitschwang. »Ein Idiot? Das ist kein Idiot, sondern ein arrogantes Arschloch, und eines ist sicher: Er lügt, dass sich die Balken biegen.«

7

Sie fuhren zurück ins Präsidium, wo man ihnen mitteilte, dass Passeck das Krankenhaus verlassen hatte und zu Hause war.

Während Böhmer zur Berichterstattung im Büro ihres Chefs, Polizeirat Alexander Gorges, verschwand, klemmte Max sich ans Telefon und rief den Chefredakteur der Zeitung an, bei der Passeck angestellt war. Hans-Peter Lanz bestätigte, dass Passeck an einer Story über systematische Steuerhinterziehung arbeitete, und zeigte sich zu Max' Verwunderung nicht sonderlich überrascht, als er hörte, was seinem Mitarbeiter angeblich passiert war.

»Wissen Sie«, erklärte er, als Max ihn darauf ansprach, »Harry hat sich Feinde gemacht. Mächtige Leute, die er mit seinen Artikeln in Schwierigkeiten gebracht hat. Die haben einen langen Arm … und alle Möglichkeiten, die man für Geld bekommen kann. Investigativer Journalismus ist kein ungefährliches Geschäft.«

»Was muss man für ein Mensch sein, um diesen gefährlichen Job zu machen?«

Lanz stieß ein Lachen aus. »Sie wollen von mir wissen, was für ein Mensch Harry ist? Er ist einer der besten Journalisten, die mir je begegnet sind.«

»Und privat?«

»Privat ist privat, Herr Kommissar. Ich mag Harry

und schätze seine Arbeit. Alles andere interessiert mich nicht.«

»Verstehe«, sagte Max. *Alles andere interessiert mich nicht*, konnte vieles bedeuten. Er bedankte sich bei Lanz und beendete das Gespräch.

Um kurz vor fünf hörte er ein Poltern und gleich darauf Böhmers wütende Stimme. »Verdammt!«

Max warf einen Blick in den Flur, wo Böhmer wutschnaubend vor einem umgekippten Mülleimer stand, dessen gesamter Inhalt über den Boden verteilt war.

Max war nicht der Einzige, den das Szenario aus dem Büro gelockt hatte. Immer mehr Kolleginnen und Kollegen versammelten sich auf dem Flur, die meisten grinsten ganz unverhohlen.

»Welcher Hirnakrobat hat seinen vollen Mülleimer auf den Flur gestellt?«

»Sorry, das war ich«, gestand Martin Kaufmann, der in diesem Moment den Kopf aus seinem Büro streckte. Er war Oberkommissar wie Max, aber schon seit zwei Jahren beim KK11. Max sah ihm an, dass auch er sich das Lachen nur mit Mühe verkneifen konnte. »Ich wollte ihn gleich wegbringen.«

Böhmer funkelte ihn wütend an. »Und da stellst du das Scheißding mal eben im Flur ab, so dass der nächste Kollege, der vorbeikommt, darüberstolpern *muss*. Wirklich eine tolle Idee.«

»Horst, du solltest dringend an deiner Art der Kommunikation arbeiten.« Manfred Hauck, einer der dienstältesten Kollegen im Kommissariat, trat zu Böhmer. »Diese Beschimpfungen führen nur dazu, dass alle sich schlecht fühlen.« Er legte Böhmer eine Hand auf die

Schulter, bevor er mit ruhiger Therapeutenstimme weitersprach. »Das würde dir genauso gehen. Wenn ich aber stattdessen zu dir sage: ›Du, ich bin gerade gegen deinen Mülleimer gestoßen, den du sicher aus Versehen hier abgestellt hast. Bist du so freundlich und hilfst mir beim Aufsammeln?‹ Mal ehrlich, wie fühlst du dich dann?«

Böhmer sah Hauck an, als hätte der den Verstand verloren. Nach einer Weile angespannter Stille sagt er: »Verarscht«, woraufhin alle in schallendes Gelächter ausbrachen. Auch Böhmer selbst konnte sich ein Grinsen nicht verkneifen, als er an Max vorbei ins Büro ging.

Eine halbe Stunde später beschlossen sie, Feierabend zu machen.

Auf dem Weg zu seiner Wohnung in Unterbilk ließ Max die Ereignisse des Tages noch einmal Revue passieren.

Passecks seltsamer Auftritt im Präsidium, seine Schilderungen, das viele Blut im Schlafzimmer von Dagmar Martinys Wohnung ... Wie passte das alles zusammen? War in diesem Zimmer wirklich ein Mord geschehen? Und wenn ja – wo war die Leiche, und wie hatte der Mörder es angestellt, sie unbemerkt aus der Wohnung zu schaffen? Selbst nachts waren die Straßen in dieser Gegend nur selten menschenleer.

Welche Rolle spielte Passeck tatsächlich in dieser ganzen Geschichte?

Max fuhr in die Tiefgarage, parkte den CC auf seinem Stellplatz und fuhr mit dem Lift in die oberste Etage des viergeschossigen Hauses. Im Flur seiner 70-Quadratmeter-Wohnung warf er den Schlüssel auf die Kommode und ging in die Küche. Er hatte seit Stunden nichts mehr getrunken und freute sich auf ein kaltes Bier.

Nachdem er die Flasche geleert hatte, ging er ins Bad und zog sich aus. Er wollte den Tag von sich abwaschen, bevor er zu Kirsten fuhr.

Die Hände auf dem Rand des Waschbeckens aufgestützt, betrachtete er sein Gesicht im Spiegel. Seine blauen Augen wirkten müde, und er stellte fest, dass seinen dunkelblonden Haaren ein Friseurbesuch guttun würde. Aus der modischen Kurzhaarfrisur war schon wieder jeglicher Schnitt herausgewachsen.

Unter der Dusche schloss er die Augen und genoss das Gefühl der prasselnden Wassertropfen auf seiner Haut.

Kirsten. Im Laufe der Jahre hatte er gelernt, die feinen Nuancen ihrer Stimme zu unterscheiden und daraus Rückschlüsse auf ihren Gemütszustand zu ziehen. Bei ihrem Telefonat am Nachmittag hatte sie zwar vordergründig fröhlich geklungen, aber er hatte gespürt, dass etwas sie bedrückte. Wahrscheinlich wieder ein Sehnsuchtsanfall nach Jan.

Obwohl seine Schwester der wichtigste Mensch in Max' Leben war, konnte er Jan nicht böse sein, der ihm nach der Trennung weinend gestanden hatte, Kirsten noch immer zu lieben, aber die Kraft für ein Leben mit ihr einfach nicht aufzubringen.

Max wusste, dass diese Trennung für Kirsten das schlimmste Ereignis seit dem Unfall war, bei dem ein Betrunkener sie vom Fahrrad gerissen und in den Rollstuhl katapultiert hatte. Bruch des vierten Brustwirbels, Verletzung des Rückenmarks. Acht Jahre alt war sie da gewesen. Er hatte noch immer den Ausdruck auf ihrem

Kindergesicht vor Augen, als ihr nach der Notoperation klarwurde, dass sie wohl nie wieder würde herumrennen können.

Max stellte die Dusche aus und trocknete sich ab. Er freute sich darauf, seine Schwester wiederzusehen, auch wenn sein letzter Besuch erst fünf Tage zurücklag.

Kirsten wohnte ebenfalls in Unterbilk, was neben den guten Möglichkeiten zum Joggen ein ausschlaggebender Grund für Max gewesen war, in diesen Stadtteil zu ziehen. Das Laufen war für Max nicht nur ein perfekter Ausgleich zum Job, sondern fast schon eine Lebenseinstellung. Er zog sich mindestens dreimal die Woche die Joggingschuhe an und drehte seine Runden durch den kleinen Park und am Rheinufer entlang. Wenn er krank war oder aus einem anderen Grund mehrere Tage lang nicht dazu kam, fühlte er sich unwohl.

Kirstens lichtdurchflutete Wohnung lag im Erdgeschoss eines Dreifamilienhauses. Sie empfing ihn mit weit ausgebreiteten Armen, als er die Wohnungstür hinter sich geschlossen hatte. »Hallo, Bruderherz, einmal feste drücken, bitte.«

Er bückte sich zu ihr herunter und umarmte sie lange. Als er sich wieder von ihr löste, sah sie ihn mit einem spitzbübischen Grinsen an. »Hast du alle bösen Jungs gefangen, hinter denen du her warst?«

Max zuckte mit den Schultern und schaffte ein Lächeln, obwohl er sofort den blutbeschmierten Passeck vor sich sah. »Na klar. Du weißt doch, dass kein Verbrecher eine Chance gegen mich hat.«

»Dann wirst du sicher Hunger haben. Komm, das Essen ist fertig.«

Der runde Tisch im Wohn- und Essbereich war perfekt gedeckt, wie immer, wenn Kirsten ihn einlud. Selbst die silbernen Serviettenringe fehlten nicht. Sie legte großen Wert auf diese Dinge. Ein Ausgleich für die Perfektion, die ihrem Körper fehlte.

Max setzte sich an den Tisch und sah seiner Schwester zu, wie sie in der offenen Küche hantierte. Er wusste, sie würde es nicht zulassen, dass er ihr half.

Als Kirsten die Auflaufform aus dem Backofen nahm und sie auf der Holzplatte abstellte, die auf ihren Oberschenkeln lag, zog Max ein unwiderstehlicher Duft in die Nase und machte ihm bewusst, wie hungrig er tatsächlich war.

Die überbackenen Medaillons schmeckten so hervorragend, dass er erst aufhören konnte zu essen, als nichts mehr übrig war. Mit einem Seufzen lehnte er sich zurück und legte sich die Hand auf den Magen. »Das war phantastisch. Wenn ich jeden Tag bei dir essen würde, wäre ich innerhalb kürzester Zeit kugelrund.«

Sie lächelte verlegen. »Das glaube ich nicht.« Und mit ernsterem Gesichtsausdruck fügte sie hinzu. »Außerdem hätte ich nichts dagegen, wenn du jeden Tag da wärst. Dann müsste ich nicht allein hier sitzen.«

Max legte seine Hand auf ihre. »Jan? Vermisst du ihn immer noch?«

Kirsten zuckte mit der Schulter. »Ich kann nichts dagegen tun.«

»Ja, ich weiß.« Aus einem Impuls heraus sah er ihr in die braunen Augen. »Ist sonst alles in Ordnung?«

»Ja … alles gut.« Die Verzögerung, mit der die Antwort kam, und der Schatten, der sich über Kirstens hübsches Gesicht legte, ließen Max daran zweifeln, dass sie die Wahrheit sagte.

»Sicher?« Wieder entstand eine kurze Pause.

»Ja, ganz sicher. Ich vermisse eben Jan.«

»Also gut«, gab Max sich widerwillig zufrieden, obwohl er es nicht war. Aber vielleicht täuschte er sich tatsächlich und interpretierte zu viel in Kirstens Mimik hinein.

»Wann hast du Mama und Papa zuletzt gesehen?«, fragte sie und wechselte damit das Thema.

Max dachte kurz nach. »Das ist sicher zwei Wochen her. Wie geht es ihnen?«

Er wusste, dass zusätzlich zu einer jungen Frau vom Pflegedienst, die Kirsten regelmäßig unterstützte, ihre Mutter zweimal in der Woche zu ihr kam und ihr beim Putzen der Wohnung half. »Ach, die üblichen Geldsorgen, und Papa hängt wohl den ganzen Tag zu Hause herum und geht Mama auf die Nerven.«

Max nickte lächelnd. Die knappe Rente seines Vaters reichte gerade so aus, dass die beiden halbwegs über die Runden kamen. Zumindest, solange nichts Außergewöhnliches geschah.

Von seinem eher bescheidenen Gehalt als Schlosser hatte er keine großen Beiträge in die Rentenkasse gezahlt und von den Jahren, die seine Mutter als ungelernte Verkäuferin in einer Metzgerei gearbeitet hatte, kam auch kaum etwas dazu.

Schon als Kind hatte Max die Sorgen seiner Eltern miterlebt, wenn eine nicht vorhersehbare Rechnung bezahlt werden musste und das Geld am Monatsende hinten und vorn nicht reichte. Damals hatte er sich fest vorgenommen, dass es ihm einmal bessergehen würde.

»Ja, seit er nicht mehr …« Beim Klingeln seines Telefons unterbrach sich Max. Der Arbeits-Klingelton. Der Anruf kam entweder aus dem Präsidium oder von Böhmers Handy.

Es war Böhmer.

»Ich habe gerade die Ergebnisse der DNA-Analyse bekommen.«

Max spürte, dass sein Pulsschlag sich beschleunigte. Nun würde sich vielleicht herausstellen, ob sie es mit einem Mordfall zu tun hatten oder nicht. »Und? Konnte das Blut zugeordnet werden?«

»Allerdings konnte es das«, bestätigte Böhmer in einem Ton, der Max ahnen ließ, dass er gleich mit einer Überraschung rechnen durfte. »Das Blut gehört zu einer Frau. Einer Schauspielerin namens Miriam Winkel.«

Max hörte diesen Namen nicht zum ersten Mal, konnte ihn aber nicht zuordnen.

»Sagt dir der Name was?«, hakte Böhmer nach, als Max erwartungsvoll schwieg.

»Ich glaube schon, aber ich weiß nicht, aus welchem Zusammenhang ich ihn kenne.«

»Das kann ich dir sagen. Miriam Winkel ist vor rund zweieinhalb Jahren spurlos verschwunden und allgemein für tot gehalten worden.«

8

Ich kann es nicht vergessen.

Ich suche die Zerstreuung, unternehme alles Mögliche, um meine Gedanken in andere Bahnen zu lenken, stürze mich in die Arbeit, und trotzdem … Dieser unbeschreibliche Moment ist bei jedem meiner Schritte präsent. Bei jedem meiner Gedanken.

Was habe ich da nur mit deiner Hilfe aufgestoßen? Ist es die Pforte zur Hölle oder das Himmelstor? Wird jetzt für den Rest meines Lebens das Verlangen nach diesem Moment in mir brennen, weil er so einzigartig war und nicht reproduzierbar ist? Oder werde ich das, was ich mit dir hatte, wiederholen können und zukünftig von einem Zustand der vollkommenen Ekstase in den nächsten taumeln? Wenn ich nur daran denke …

Ich weiß, es gibt nur einen Weg, das herauszufinden. Und ich weiß, ich muss es versuchen, wenn mein Leben nicht zu einem tristen Dasein verkommen soll, jetzt, wo ich erfahren habe, dass es etwas so Wundervolles gibt. Ich darf nicht zögern und muss meine Gewissensbisse überwinden, diese wispernde Stimme, die mir zuflüstert, dass es Betrug an dir ist. Ja, ich habe dich geliebt wie nie einen anderen Menschen zuvor und tue es noch immer. Durch dich ist mir erst klargeworden, dass ich bisher noch nie wirklich geliebt habe. Alles, was ich dafür hielt, war ein kleines Aufflackern, ein Teelicht gegen den Feuersturm, den du in mir ausgelöst hast. Aber war es letztendlich diese unsterbliche Liebe, die das möglich gemacht hat, was wir beide miteinander hatten? Dieses Erdbeben der Lust?

Ich weiß, du wirst verstehen, dass ich nicht in dieser Ungewissheit leben kann und dass ich versuchen muss, das herauszufinden. Du willst doch, dass ich glücklich bin.

Weil du nun für immer bei mir bist.

9

Mittwoch

Als Max um kurz vor acht im Büro ankam, saß Böhmer schon am Schreibtisch. »Wir werden uns noch mal mit Passeck unterhalten«, begann er, noch bevor Max ihm einen guten Morgen wünschen konnte. »Bin gespannt, ob er Miriam Winkel kennt.«

Max setzte sich und schaltete den Monitor an. »Schon verrückt, diese Geschichte. Was war denn damals mit ihr? Ich kann mich nicht mehr erinnern.«

Böhmer ließ sich gegen die Rückenlehne fallen und strich sich mit der Hand über die Wange. »Ihr Agent hat sich an die Kollegen gewandt und eine Vermisstenanzeige aufgegeben, weil sie plötzlich verschwunden ist. Du kennst es ja, wie das ist, wenn eine erwachsene Person verschwindet. Man weiß eben nie, ob da nicht einfach jemand keine Lust mehr auf sein bisheriges Leben hatte und beschlossen hat, zu verschwinden. Allerdings fragte man sich, warum jemand, der erfolgreich, berühmt und sehr wohlhabend ist, einfach so verschwinden und sein ganzes Hab und Gut zurücklassen sollte. Inklusive des Bankkontos.

In der Presse wurden natürlich alle möglichen Spekulationen darüber angestellt, was mit ihr passiert sein könnte.

Jedenfalls tauchte sie nicht mehr auf, und man ging davon aus, dass sie entweder einen Unfall hatte, irgendwo, wo man sie nicht finden konnte, oder einem Gewaltverbrechen zum Opfer gefallen ist. Tja, und jetzt haben wir da plötzlich Blut von ihr. Verdammt viel davon.«

Während Max den Ausführungen seines Partners zugehört hatte, war er im Internet bei der Bildersuche fündig geworden. »Ich denke, die Frage, ob Passeck und Winkel sich gekannt haben, erübrigt sich.« Mit einem Klick startete er die Druckausgabe, und legte die Seite dann auf Böhmers Schreibtisch. Auf dem Foto war Passeck zu sehen, der lächelnd einer sehr gutaussehenden Frau gegenüberstand, deren Gesicht Max bekannt vorkam und die der Beschreibung nach Miriam Winkel war. Beide trugen Abendkleidung und hielten Champagnergläser in den Händen. »Das Foto stammt von einer Wohltätigkeitsveranstaltung vor etwa drei Jahren. Wie es aussieht, unterhalten die beiden sich recht angeregt.«

Böhmer warf einen kurzen Blick auf das Foto und erhob sich schwungvoll. »Auf geht's. Statten wir Herrn Passeck einen Besuch ab.«

Als der Journalist ihnen die Tür der Villa öffnete, war er offensichtlich nicht sonderlich überrascht, sie zu sehen.

»Guten Morgen«, begann Max, »wir haben da noch ein paar Fragen an Sie.«

Passeck nickte. »Bitte, kommen Sie rein.« Obwohl er in sauberer Kleidung wie ein anderer Mensch wirkte, sah er müde und niedergeschlagen aus, gerade so, als hätte er in der Nacht nicht viel geschlafen. Als er die Haustür hinter ihnen schloss, kam seine Frau die breite

Treppe herunter und schaute ihnen ernst entgegen. Sie trug ein enganliegendes, dunkelgraues Kostüm, in dem sie noch schlanker wirkte als am Vortag. Die blonden Haare fielen ihr an diesem Morgen locker bis über die Schultern, was sie etwas jünger und femininer aussehen ließ. Dennoch war sie von einer Aura der Unnahbarkeit umgeben. »Guten Morgen. Es ist noch sehr früh. Sie scheinen nicht viel Rücksicht auf die Privatsphäre anderer Menschen zu nehmen.«

Max hob den Arm, sah auf die Uhr und wiegte den Kopf hin und her. »Gleich neun. Ich denke, das ist eine vertretbare Uhrzeit für ein paar Fragen.«

Mittlerweile war Beate von Braunshausen unten angekommen und blieb vor ihnen stehen. »Sagt Ihnen der Name Miriam Winkel etwas?«

In dem Moment, in dem er die Frage stellte, war sich Max sicher, dass Passeck die Schauspielerin kannte. Es waren nur Nuancen, um die sich seine Miene veränderte, dann erstarrte sein Gesicht.

»Miriam Winkel?«, wiederholte der Journalist. »Ja, sie war eine Schauspielerin. Sie ist vor über zwei Jahren verschwunden.«

»Sie war?«, hakte Böhmer nach.

»Ja, sie … soweit ich weiß, gehen alle davon aus, dass sie tot ist.«

Passeck fühlte sich äußerst unwohl in seiner Haut, das war unverkennbar. Er hatte die Hände in die Hosentaschen gesteckt, doch Max sah durch den Stoff, wie sich die Finger bewegten. Zudem hatte er Mühe, Augenkontakt zu einem von ihnen zu halten. »Haben Sie sie persönlich gekannt?« Max beobachtete Passecks Gesicht genau.

»Persönlich? Nein, warum?«

»Sind Sie sicher?«

Passecks Blick wanderte zu seiner Frau, die ihn mit unbewegter Miene ansah, und wieder zu Max zurück.

»Ja, doch. Ich bin sicher.«

Mit einem Griff in die Innentasche seiner Jacke zog Max das zusammengefaltete Blatt Papier mit dem Foto heraus und hielt es Passeck so hin, dass auch seine Frau einen Blick darauf werfen konnte. »Dieses Foto ist drei Jahre alt. Es stammt von einer Wohltätigkeitsveranstaltung. Stimmen Sie mir zu, dass das ganz danach aussieht, als ob Sie sich mit Frau Winkel gut unterhalten?«

Erneut warf Passeck einen Blick zu seiner Frau, die das Foto mit ausdrucksloser Miene betrachtete.

»Ja, das kann schon sein, aber das bedeutet doch nicht, dass wir uns persönlich gekannt haben. Bei solchen Veranstaltungen unterhält man sich mit allen möglichen Leuten. Smalltalk. Ich kann mich an diese Begegnung noch nicht einmal erinnern.«

»Wie ist es mit Ihnen?« Böhmer wandte sich an Beate von Braunshausen, die erst daraufhin ihren Blick von dem Foto losriss.

»Für mich haben Veranstaltungen dieser Art keinen Reiz, tut mir leid. Da geht es nur um sehen und gesehen werden, nicht um Kultur, von Kunst ganz zu schweigen. Ich fühle mich in diesen Kreisen nicht wohl. Meine Antwort lautet also: Nein, ich kenne diese Frau nicht. Falls das Ihre Frage war.«

»Ja, das war meine Frage.«

»Worauf ich allerdings allerhöchsten Wert lege, ist, dass mein Name nicht in Zusammenhang mit einer solchen Geschichte gebracht wird. Meine Familie genießt einen ausgesprochen guten Ruf, und ich werde gegen jede Art von Rufschädigung mit allen Mitteln vorgehen.«

»Frau von Braunshausen.« Max war bemüht, sich möglichst nicht anmerken zu lassen, wie sehr ihm die Art dieser Frau gegen den Strich ging. »Das, was Sie als eine *solche Geschichte* bezeichnen, könnte ein Gewaltverbrechen sein, in das Ihr Mann verwickelt ist, ob Ihnen das nun gefällt oder nicht. Der Ruf Ihrer Familie ist eine Sache, unsere Arbeit eine ganz andere, und im Zweifelsfall hat sie Priorität.«

Böhmers Telefon klingelte. Er ging ein paar Schritte zur Seite und nahm das Gespräch an. Max wandte sich wieder der Frau zu, doch noch bevor er ein Wort sagen konnte, hatte sein Partner das Telefonat schon wieder beendet.

»Die Kollegen von der Spurensicherung. In dem Zimmer gibt es massenweise Fingerabdrücke von Frau Winkel.« Böhmers Blick richtete sich auf den Journalisten. »Und von Ihnen, Herr Passeck. Haben Sie sich gestern Abend mit Miriam Winkel in dieser Wohnung getroffen?«

»Nein!« Auf Passecks Gesicht zeichnete sich Fassungslosigkeit ab. »Ich sagte doch schon, ich kannte sie überhaupt nicht. Und bis eben war ich wie jeder andere davon überzeugt, dass sie seit fast drei Jahren tot ist.«

Eine Weile sah Böhmer dem Journalisten in die Augen, dann nickte er Max zu. »Gehen wir.«

Max konnte es sich nicht verkneifen, Beate von Braunshausen die Hand entgegenzustrecken. »Also dann, auf Wiedersehen.« Er hatte es richtig eingeschätzt.

Zögerlich und mit sichtlichem Widerwillen legte sie ihre Hand in seine, so zaghaft, dass Max das Gefühl hatte, ein Stück totes Fleisch zu drücken.

Während Böhmer losfuhr, zog Max sein Telefon aus der Tasche.

Böhmer bedachte ihn mit einem Seitenblick. »Na, was denkst du?«

»Passeck? Er lügt. Zumindest, was Miriam Winkel betrifft.«

»Ich weiß nicht. Was er sagte, kann doch sein. Dass er zufällig bei diesem Event auf sie getroffen ist.«

»Ich glaube es nicht. Aber jetzt rufe ich noch mal die Martiny an.«

»Warum?«

»Weil mein Gefühl mir etwas sagt, das ich überprüfen möchte.«

»Ah, das Gefühl. Geschult in vielen Vorträgen auf der Uni.«

Max ignorierte die Anspielung. Böhmer konnte es einfach nicht lassen, ihm seinen Mangel an Erfahrung bei jeder Gelegenheit unter die Nase zu reiben.

Dieses Mal musste er lange warten, bis Dagmar Martiny endlich abhob. »Max Bischoff, Kripo Düsseldorf.«

»Ah … ja … guten Morgen.« So wie sie klang, hatte Max sie aus dem Schlaf gerissen.

»Kennen Sie eine Schauspielerin namens Miriam Winkel?«

Stille. Drei Sekunden, vier … nicht einmal ihr Atem war zu hören. »Frau Martiny?«

Wieder verging eine Weile, bis sie antwortete. »Ja, Miriam war meine beste Freundin. Warum fragen Sie nach ihr?«

Volltreffer, dachte Max. Seine Ahnung war also richtig gewesen.

»Ihre beste Freundin also. Haben Sie eine Idee, wo sie sich seit ihrem Verschwinden aufgehalten haben könnte?«

»Das … was soll das?« Sie sprach jetzt so leise, dass sie kaum noch zu verstehen war. »Miriam ist ganz sicher tot.«

»Wie kommen Sie zu dieser Annahme?«

»Weil … Sie hätte mich nie … Sie wäre nie einfach so verschwunden, ohne mir Bescheid zu sagen. Und wenn doch, dann hätte sie sich bei mir gemeldet. Da bin ich ganz sicher.«

»Wie können Sie da so sicher sein?«

»Wenn sie noch leben würde, wüsste sie, wie sehr ich durch ihr Verschwinden leide. Das würde sie nicht ertragen. Sie hätte mir ein Lebenszeichen zukommen lassen, irgendwas, damit ich weiß, es geht ihr gut.«

»Frau Martiny, das Blut in Ihrer Wohnung stammt eindeutig von Miriam Winkel. Außerdem haben wir überall Fingerabdrücke von ihr gefunden. Wir können also mit ziemlicher Sicherheit sagen, dass die Frau in Ihrer Wohnung war. Und dort entweder schwer verletzt oder sogar getötet worden ist.«

»Was … sagen Sie da?« Ein Flüstern, kaum zu verstehen. »Miriam? In meiner Wohnung? Aber das … das kann doch nicht …« Ihre Stimme brach, und sie begann zu schluchzen.

Max ließ ihr einen Moment Zeit. Wenn die Frau ihm gerade etwas vorspielte, war sie äußerst talentiert.

»Frau Martiny?«

Es dauerte eine Weile, bis sie antwortete. »Ja?«

»Es geht vielleicht um den Mord an Ihrer Freundin. Ich frage Sie also noch einmal: Sind Sie ganz sicher, dass Sie seit Miriam Winkels Verschwinden vor zweieinhalb Jahren nichts mehr von ihr gehört haben?«

»Ja.« Schluchzen.

»Danke, ich werde mich bestimmt noch einmal bei Ihnen melden. Kann sein, dass Sie nach Düsseldorf kommen müssen.«

»Moment noch …«

»Ja?«

»Sie hatten mich danach gefragt, wer einen Schlüssel zu meiner Wohnung hat … Miriam hatte einen. Das hatte ich ganz vergessen, weil sie …«

»Haben Sie seitdem das Schloss austauschen lassen?«

»Nein.«

»Gut, danke.«

Max beendete das Gespräch und steckte das Telefon weg.

»Frau Martiny ist wieder eingefallen, dass das Opfer einen Schlüssel zu der Wohnung hatte. Das erklärt die fehlenden Einbruchsspuren. Außerdem behauptet sie, nicht zu wissen, wo die Winkel die ganze Zeit über war. Hört sich so an, als sage sie die Wahrheit.«

Böhmer bremste vor einer Ampel, die gerade auf Rot gesprungen war, und stieß ein humorloses Lachen aus. »Was die Sache nicht gerade einfacher macht. Wir haben es mit verdammt vielen ungeklärten Fragen zu tun. Warum ist die Frau verschwunden? Wo war sie? Wenn sie in dieser Wohnung ermordet wurde, wie hat es der

Täter geschafft, sie dort rauszubekommen, ohne dass jemand etwas bemerkt hat?«

»Und ganz spannend …« Max schnalzte mit der Zunge. »Wo wird die Leiche versteckt gehalten, und wer ist der Täter?«

10

»Wir müssen uns die Akten von damals noch mal vornehmen.«

Böhmer bog an einer Kreuzung in Richtung Stadtmitte ab.

»Vielleicht gibt es einen Zusammenhang zwischen Winkels Verschwinden und der Sache, an der Passeck gerade dran ist, diese Steuerhinterziehungsgeschichte.«

»Hm …«, brummelte Max. »Das würde ja bedeuten, dass Passeck sich schon damals mit dieser Geschichte beschäftigt hat. Ich weiß nicht … außerdem bin ich fest davon überzeugt, dass er uns nicht die Wahrheit sagt. Seine Mimik hat eine deutliche Sprache gesprochen.«

Böhmer warf ihm einen vielsagenden Blick zu. »Ja, diese sprechenden Gesichter …«

Max tat so, als hätte er die Bemerkung nicht gehört, und zog sein Telefon heraus. »Seit wann Passeck an dieser Steuersache arbeitet, sollte ja schnell herauszufinden sein.«

Er rief im Präsidium an, ließ sich die Telefonnummer von Hans-Peter Lanz geben und wählte sie. Lanz nahm das Gespräch schon nach dem ersten Klingeln an.

»Guten Morgen, hier ist noch mal Max Bischoff, Kripo Düsseldorf. Sagen Sie, seit wann arbeitet Harry Passeck an dieser Bankensache?«

»Hm … seit etwa drei Monaten, warum?«

»Sind Sie sicher?«

»So sicher, wie man als sein Chef sein kann.«

»Hat er vielleicht zu einem früheren Zeitpunkt schon mit seinen Recherchen begonnen und sich zwischendurch mit etwas anderem beschäftigt? Vor zwei, drei Jahren?«

»Um Gottes willen, woher soll ich wissen, womit Harry sich vor drei Jahren nebenbei beschäftigt hat? Keine Ahnung, tut mir leid.«

»Also gut, das war's auch schon, vielen Dank.« Max war bereits im Begriff, das Gespräch zu beenden, als ihm noch etwas einfiel. »Ach, Moment, warten Sie.«

»Ja?«

»Eine Frage habe ich noch, kleinen Augenblick.« Mit einem Griff hatte Max das ausgedruckte Foto von Passeck und Miriam Winkel in der Hand und studierte die kleingedruckte Bildunterschrift. »Kennen Sie einen Fotografen namens P. Matuschka?«

»Ja, klar«, erwiderte Lanz ohne Zögern. »Patrick Matuschka. Der arbeitet hin und wieder für uns.«

»Können Sie mir sagen, wo ich ihn erreichen kann?«

»Hm … ich war zwar selbst noch nicht dort, aber sein Büro befindet sich in seiner Privatwohnung, soweit ich weiß.«

»Sie haben doch sicher seine Telefonnummer.«

»Ja, Moment bitte.«

Während Max dem klackenden Geräusch tippender Finger auf einer Computertastatur zuhörte, zog er mit der freien Hand sein Notizbuch hervor und notierte die Nummer, die der Chefredakteur ihm gleich darauf diktierte.

»Haben Sie vielen Dank.«

»Gerne. Aber sagen Sie, was ist denn jetzt mit Harry?«

»Dazu kann ich Ihnen im Moment leider keine Auskunft geben, das werden Sie sicher verstehen.«

Lanz stieß ein bellendes Lachen aus. »Ja, sicher. In meinem Beruf ist es eben anders. Da werden häufig Informationen von Informanten an uns und dann von uns an die Leser weitergegeben. Schönen Tag noch.«

»Und?«, fragte Böhmer, nachdem Max das Gespräch beendet hatte.

»Lanz sagt, Passeck ist seit etwa drei Monaten an der Geschichte dran. Wenn er sich vorher schon damit befasst hat, dann ohne Wissen seines Chefs. Für sehr wahrscheinlich halte ich das aber ehrlich gesagt nicht. Ich rufe jetzt mal den Fotografen an, der das Bild von Passeck und Winkel geschossen hat. Vielleicht kann der uns etwas dazu sagen, ob die beiden sich kannten oder nicht.«

Er konnte.

Max hatte Glück und erreichte Matuschka bei sich zu Hause.

»Ja, ich erinnere mich«, erklärte er Max. »Ich habe Miriam Winkel öfter fotografiert, weil sie ein gutes Motiv abgegeben hat. Eine wunderschöne Frau, fotogen und sehr glamourös. Das wollen die Menschen sehen, wenn sie Berichte über gesellschaftliche Events lesen. Aber ich dachte, die Polizei hätte die Suche nach ihr längst aufgegeben. Sie wurde doch allgemein für tot gehalten.«

»Die Akte ist nie geschlossen worden«, wich Max aus und fragte: »Archivieren Sie diese Fotos?«

»Ja, natürlich. Ich habe eine Datenbank, in der alles

abgespeichert ist, was ich in den letzten zehn Jahren fotografiert habe.«

»Können Sie gezielt nach Fotos von Miriam Winkel suchen?«

Matuschka lachte. »Aber natürlich. In dieser Datenbank sind über hunderttausend Fotos gespeichert. Wie sollte ich da etwas finden ohne Suchindex?«

Max war zufrieden. »Das klingt sehr gut. Wir sind … Moment …« Er warf einen Blick nach draußen und orientierte sich. Sie würden gleich die Theodor-Heuss-Brücke erreichen. Bis zum Stadtbezirk 7, wo Matuschkas Haus stand, waren es noch sechs oder sieben Kilometer quer durch die Innenstadt. »Wir sind in etwa zwanzig Minuten bei Ihnen. Vielleicht können Sie bis dahin eine Suche nach Miriam Winkel und Harry Passeck starten.«

»Sicher, kein Problem. Aber darf ich fragen, wonach Sie eigentlich suchen?«

»Das weiß ich noch nicht genau«, antwortete Max wahrheitsgemäß und beendete das Gespräch.

Das Haus des Fotografen stammte vermutlich aus den Siebzigern und lag idyllisch am Ende eines schmalen Weges, der von der Rennbahnstraße abzweigte. Unmittelbar dahinter begann der Wildpark Grafenberger Wald.

Max schätze den Mann, der die Tür öffnete und ihnen freundlich entgegenlächelte, auf Anfang vierzig. Er war mittelgroß und schlank, ohne dabei einen besonders sportlichen Eindruck zu machen. Sein Gesicht wirkte weich und wurde eingerahmt von aschblonden, lockigen Haaren, die bis über die Ohren reichten. Alles in allem war Matuschka ein durchschnittlicher, unauffälliger Typ.

»Kommen Sie, mein Büro ist gleich hier nebenan«,

erklärte er, während er Max und Böhmer durch das geräumige Wohnzimmer führte. Die Einrichtung schien zum größten Teil noch aus der Zeit zu stammen, in der das Haus erbaut worden war.

»Schön wohnen Sie hier«, sagte Max, während er die Terrasse, den Garten und den dahinter beginnenden Wald durch die großflächigen Glasfenster betrachtete.

Matuschka nickte. »Ja, ich habe das Haus von meinen Eltern geerbt. Ich verdiene mit meinen Fotos zwar nicht schlecht, aber in dieser Lage könnte ich mir keines leisten.«

»Hatten Sie Erfolg bei der Suche nach den Fotos?« Böhmer wechselte das Thema.

»Ja, die Datenbank hat einige Treffer ausgespuckt, aber ich habe sie mir noch nicht angesehen. Ich weiß ja nicht, wonach Sie suchen.«

Der Raum, den sie betraten, war etwa fünfzig bis sechzig Quadratmeter groß. Wie im Wohnzimmer hatte man auch von dort einen herrlichen Blick in den Garten. An zweien der Wände standen deckenhohe Regale, die voll waren mit fototechnischem Equipment, Aktenordnern, Büchern und verschiedenfarbigen Pappkartons, die genau die richtige Größe hatten, um zwischen die Regale zu passen. An der freien Wand hingen Fotografien von Menschen, von denen Max einige kannte. Politiker, Schauspieler, Sänger …

Dominiert wurde das Zimmer jedoch von einem riesigen Schreibtisch aus dunklem Holz, der in der Mitte stand und überhäuft war mit Dokumenten und Kamerazubehör. Nur vor dem großen Display eines iMac gab es einen freien Platz für Tastatur und Maus.

»So, einen kleinen Moment noch.« Matuschka setzte sich an den Schreibtisch und klickte einige Male mit der Maus, woraufhin ein Mosaik von etwa dreißig Fotos auf dem Monitor erschien.

Max beugte sich vor, um auf den verkleinerten Bildern etwas erkennen zu können.

Sie zeigten ähnliche Situationen, wie sie auch auf dem Ausdruck zu sehen waren, den Max in der Tasche hatte. Galas, Dinner, Vernissagen, Premieren … Menschen in schicker Kleidung, lachend, mit mehr oder weniger gefüllten Gläsern in den Händen. Auf den meisten Bildern entdeckte Max Miriam Winkel und stellte dabei fest, dass sie wirklich eine sehr gutaussehende Frau gewesen war. Lange, schwarze Haare, die ein fast südländisch wirkendes Gesicht mit hohen Wangenknochen einrahmten. Dazu eine umwerfende Figur, die sie durch entsprechende Kleider zu betonen verstand.

»Das ist alles, was ich habe«, erklärte Matuschka mit Blick auf die Miniaturen.

»Können Sie die Fotos bitte mal durchgehen und vergrößern?«, fragte Max.

Der Fotograf nickte und klickte den ersten der sogenannten Thumbnails mit Miriam Winkel an, woraufhin das Foto die gesamte Bildschirmfläche einnahm.

Max betrachtete die Szene genau, und auch Böhmers Blick konzentrierte sich auf das Display. Etwa zehn Menschen waren neben Winkel auf dem Foto zu sehen, von denen Max niemanden kannte. »Weiter, bitte.«

So gingen sie Bild für Bild durch. Das sechste Foto zeigte einen herzhaft lachenden Harry Passeck in dunklem Anzug, weißem Hemd und mit dezenter Krawatte.

Er stand in einer Runde mit anderen Männern und hatte eine qualmende Zigarre zwischen den Fingern. Auch hier erkannte Max keinen der anderen.

Beim dreizehnten oder vierzehnten Foto fand er dann, wonach er gesucht hatte. Zwischen tanzenden Paaren sah man im Hintergrund Harry Passeck und Miriam Winkel sitzen. Ihre Gesichter waren etwas verpixelt, aber es bestand kein Zweifel, dass es sich um die beiden handelte. Sie hatten sich zueinander gebeugt und sahen sich in die Augen. Passecks Hand lag auf dem Tisch direkt neben der der Schauspielerin. Ob sie sich berührten, konnte man allerdings nicht erkennen.

»Da sieh mal einer an«, sagte Böhmer und strich sich gleich mehrmals über den Bart. »Wie zwei Turteltäubchen in trauter Zweisamkeit. Scheint so, als habe dein Gefühl dich dieses Mal nicht getäuscht.«

Max sah grinsend zu ihm hinüber. »Diesmal?« Der kleine Triumph tat ihm gut.

Es fanden sich noch zwei weitere Fotos, auf denen Passeck und Winkel gemeinsam abgebildet waren, und auf beiden standen sie eng beisammen.

Sie ließen sich die relevanten Bilder von Matuschka ausdrucken, was über dessen hochwertigen Farblaserdrucker zu Ergebnissen in echter Fotoqualität führte.

Nachdem sie sich von dem Fotografen verabschiedet hatten, sagte Böhmer grimmig: »So, und jetzt zurück zu Passeck. Ich bin schon sehr auf seine Erklärung gespannt. Du hattest recht, der Kerl hat Dreck am Stecken, sonst hätte er nicht gelogen.«

Genau darüber grübelte Max gerade nach. »Ich weiß nicht …«

»Wie jetzt? Du warst doch derjenige mit dem komischen Gefühl wegen Passecks sprechendem Gesicht.«

»Ja, aber da ging es darum, dass er in Bezug auf Miriam Winkel nicht die Wahrheit sagt. Ob er dadurch wirklich Dreck am Stecken hat, sei dahingestellt. Wir sollten Passeck ins Präsidium kommen lassen.«

Böhmer schüttelte den Kopf. »Das halte ich für keine gute Idee. Dann hat er hundertprozentig wieder Farscheidt im Schlepptau, der nach jedem Satz dazwischenquatscht.«

»Ja, mag sein«, entgegnete Max nachdenklich. »Trotzdem glaube ich, wir werden auf diese Art mehr von Passeck erfahren als bei ihm zu Hause. Auf dem Präsidium ist nämlich seine Frau nicht dabei.«

11

Auf dem Weg zu ihrem Büro kam ihnen im Flur Oberkommissar Kaufmann entgegen. »Seid ihr gerade erst zurückgekommen?«, fragte er.

»Ja, warum?«

»Hier ist was los, kann ich euch sagen. Gorges dreht am Rad.«

Böhmer blieb so abrupt stehen, dass Max fast gegen ihn geprallt wäre. »Warum?«

Eine Frage, die sich auch Max stellte. Ihr Chef war nicht so leicht aus der Ruhe zu bringen.

»Die Pressefritzen belagern uns seit einer halben Stunde massiv. Telefon, Mail, Fax. Auf YouTube ist ein Video von Passeck aufgetaucht. Offenbar hat ihn jemand gefilmt, als er gestern Morgen auf dem Weg hierher war.«

»Mist«, stieß Böhmer aus und marschierte los. Max nickte Kaufmann zu, und beide folgten ihrem Kollegen. Im Büro hockte Böhmer sich sofort an den Schreibtisch und schaltete den Monitor ein. Keine zwei Minuten später hatte er das Video gefunden.

Es war etwa zwei Minuten lang und zeigte Passeck, der barfuß und von Kopf bis Fuß blutverschmiert den Gehweg entlangschlurfte wie ein Zombie. Die Qualität des offenbar mit einem Smartphone gefilmten Videos war nicht sonderlich gut, aber sicher ausreichend, um den Betrachtern einen Schauder über den Rücken zu jagen.

»Das Ding steht offenbar schon seit gestern Mittag da drin«, erklärte Kaufmann, der ebenso wie Max hinter Böhmer stand und auf dessen Monitor starrte. »Hat aber wohl kaum jemanden interessiert. Bis vor etwa einer Stunde irgendeiner Passeck erkannt und seinen Namen unter das Video geschrieben hat. Seitdem hat es schon Tausende von Klicks und entwickelt sich bei Facebook gerade zum Hit.«

»Wusste gar nicht, dass Passeck überregional so bekannt ist«, knurrte Böhmer.

»Das ist er wahrscheinlich auch nicht«, entgegnete Max. »Der Mechanismus ist ganz einfach: Wenn ihn lokal ein paar Leute kennen und das Video deshalb auf Facebook gestellt haben, genügt es, wenn es anschließend auf einer oder zwei gut frequentierten Seiten geteilt wird. Von den Leuten, die es dort sehen, teilen es dann bereits mehrere, und schon hast du den Schneeballeffekt. Und dann ist es längst egal, wer auf dem Video zu sehen ist.«

»Der Herr Professor wieder …«, murmelte Böhmer, an Kaufmann gerichtet.

Als das Video zu Ende war, griff Max an Böhmer vorbei, nahm die Maus und scrollte das Bild ein Stück herunter, so dass sie die Kommentare lesen konnten, die zu dem Video geschrieben wurden. »Da, schaut es euch an.«

– Und es gibt doch Zombies ☺
– Wer is das?

– Ey Leute, is der übel verprügelt worden oder was?
  – Antw: Ich kenn den. Selber schuld, wenn man die Nase in Sachen steckt, die einen nichts angehen.
  – Antw: Ja der passeck aus der zeitung wer weiß vielleicht hat er seine alte gekillt lol soll ja kohle ohne ende haben.
– Das ist doch gestellt, oder? Der Typ ist doch nicht wirklich so durch Düsseldorf gelaufen?
  – Antw: Ist bestimmt vom Karneval ☺

»Böhmer, Bischoff, da sind Sie ja.« Alle fuhren herum und sahen Polizeirat Alexander Gorges an, der in der Tür zu ihrem Büro stand. Ihr Chef brauchte weder eine laute Stimme noch sonstiges Gehabe. Mit seinen raspelkurzen, eisgrauen Haaren und der mittelgroßen und für sein Alter von Mitte fünfzig sehr sportlichen Gestalt strahlte er die Art von unaufdringlicher Autorität aus, die man von der ersten Begegnung an spürte und akzeptierte.

»Wir geben eine Pressemitteilung heraus. Kurze Darstellung der Situation, ein Aufruf nach Informationen zu Miriam Winkels Aufenthaltsort in den letzten zweieinhalb Jahren, ein Foto von ihr. Vielleicht haben wir Glück. Auf jeden Fall gibt dann die Presse Ruhe. Zumindest für den Moment. Wie sieht es bei Ihnen aus?«

Böhmer berichtete in knappen Sätzen von ihren Besuchen bei Passeck und Matuschka und endete damit, dass sie den Journalisten aufs Präsidium beordern wollten.

Gorges nickte. »Tun Sie das. Und anschließend bitte den Bericht zu mir.« Damit verschwand er wieder.

Es dauerte fast eine Stunde, bis Passeck ihnen in einem Raum gegenübersaß, der eigentlich ein normales, leerstehendes Büro war, den sie aber auch als Verhörzimmer nutzten. Sie hatten auf der Etage auch einen klassischen alten Verhörraum mit beige getünchten Wänden, stumpfem, grauem Linoleumboden und einem Tisch und drei Stühlen als einzigen Einrichtungsgegenständen.

Es war Max' Idee gewesen, den anderen Raum zu benutzen. Er hoffte, dass die etwas freundlichere Atmosphäre in dem ehemaligen Büro Passecks Bereitschaft erhöhte, ihnen die Wahrheit über Miriam Winkel und darüber hinaus vielleicht ein paar andere Dinge zu sagen, die er ihnen bisher verschwiegen hatte.

Zu ihrer Überraschung war der Journalist ohne seinen Anwalt aufgetaucht. Max interessierte es, warum er auf Farscheidts Anwesenheit verzichtete.

»Wo ist Dr. Farscheidt?«, war deshalb die erste Frage, die er Passeck stellte.

Passeck zuckte mit den Schultern. »Brauche ich den? Sie sagten am Telefon, Sie wollen mir noch ein paar Fragen stellen. Ich habe Ihnen gestern schon erklärt, dass ich Ihnen helfen möchte, so gut ich kann. Dafür brauche ich keinen Anwalt.«

Max wechselte einen Blick mit seinem Partner, dann wandte sich Böhmer an Passeck. »Sie haben gestern angegeben, Miriam Winkel nicht persönlich zu kennen und ihr nur dieses eine Mal begegnet zu sein. Bleiben Sie dabei?«

Max sah, dass der Mann sich unwohl fühlte, auch wenn er versuchte, es zu verbergen. Er griff zu der Mappe, die vor Böhmer lag, und zog sie zu sich herüber, dann klappte er sie so auf, dass Passeck den Inhalt nicht sehen konnte, und betrachtete das Foto, das obenauf lag. »Beantworten Sie bitte die Frage meines Kollegen?«

Passecks Blick flog schnell zwischen dem Deckel der Aktenmappe und Max' Gesicht hin und her. »Also gut, es kann sein, dass ich sie noch mal woanders getroffen habe, aber das ist doch bei diesen Anlässen normal.«

»Aber persönlich gekannt haben Sie sie nicht?«

»Was heißt schon persönlich? Nein, habe ich nicht.«

Max beugte sich nach vorn, legte die Mappe vor sich ab und hielt das oberste Foto hoch, auf dem Passeck und Winkel beieinanderstanden und plauderten. Passeck wand sich.

»Wie ich schon sagte, es kann sein …«

Nacheinander zeigte Max dem Journalisten die Fotos. Als Letztes hielt er das Bild verdeckt in der Hand, auf dem die beiden zusammen am Tisch saßen. Bedeutungsvoll sah er sein Gegenüber an, sekundenlang, dann legte er es vor ihn auf den Tisch und sagte: »Sieht das für Sie nach einem zufälligen Treffen mit jemandem aus, den man nicht persönlich kennt?«

Passeck starrte eine Weile schweigend auf das Foto, dann stieß er den Atem aus und nickte. »Ja, okay. Sie haben recht. Ich habe Miriam besser gekannt, als ich zugegeben habe. Aber das hat sich nur auf irgendwelche dämliche Feiern beschränkt, das müssen Sie mir glauben. Sie fand dieses langweilige Rumgestehe genauso blöd wie ich. Also haben wir uns zusammengetan und diese Abende damit um einiges erträglicher gemacht. Das ist alles.«

»Wenn das alles ist, warum haben Sie uns dann heute

Morgen angelogen?« Böhmers Stimme hatte einen scharfen Unterton bekommen.

Erneut zuckte Passeck mit den Schultern. »Wegen meiner Frau.«

»Sie können Ihrer Frau gegenüber nicht zugeben, sich auf irgendwelchen Empfängen mit einer Schauspielerin unterhalten zu haben?«

»Sie kennen Beate nicht. Sie ist rasend eifersüchtig.«

Wenn es stimmte, was Passeck gerade erzählte, musste Max sein Bild von ihm ein wenig korrigieren. Es ärgerte ihn, dass er sich in dem Mann geirrt haben sollte, den er sicherlich nicht für jemanden gehalten hätte, der Angst vor seiner Frau hat. Zudem schätzte er Beate von Braunshausen als sehr kühle Person ein, zu der eine starke emotionale Regung wie Eifersucht nicht so recht passen wollte.

»Den Eindruck hatte ich ganz und gar nicht«, sagte Max deshalb. »Im Gegenteil, ich habe Ihre Frau als sehr beherrscht und selbstbewusst erlebt.«

»Ich kann mich nur wiederholen: Sie kennen sie nicht.«

Das stimmte ohne Zweifel. Aber so sehr konnte Max sich nicht täuschen, da war er sicher. Weder in Passeck noch in dessen Frau.

»Fassen wir also mal zusammen.« Böhmer legte die Unterarme auf den Tisch und verschränkte die Finger ineinander.

»Sie tauchen bei uns auf, von oben bis unten voller Blut, und wissen angeblich nicht, was geschehen ist. In der Wohnung, aus der sie kommen, ist offensichtlich ein Gewaltverbrechen verübt worden, und zwar an einer

Frau, die seit zweieinhalb Jahren verschwunden ist und als tot galt. Sie behaupten, diese Frau nicht zu kennen, müssen dann aber zugeben, dass Sie uns nicht die Wahrheit gesagt haben. Wir finden in der Wohnung überall Fingerabdrücke von ihr. Und von Ihnen. Sie waren also beide dort.« Böhmer betrachtete seine Fingernägel. »Nun sagen Sie mir, was schätzen Sie, wie das auf uns wirkt?«

Passeck stieß die Luft aus. »Ja, ich weiß, aber Sie müssen mir einfach glauben, dass ich nichts mit dieser Sache zu tun habe. Was immer da auch geschehen sein mag.«

»Warum?«, fragte Max und wiederholte nach einer Weile: »Warum müssen wir Ihnen das glauben?«

»Herrgott nochmal!« Passeck schlug mit der Hand auf den Tisch. »Ich bin freiwillig zu Ihnen gekommen, haben Sie das schon vergessen? Warum sollte ich das wohl tun, wenn ich vorher Miriam Winkel umgebracht hätte?«

Max sah ihm in die Augen. »Genau aus diesem Grund. Das wäre ein genialer Schachzug, wenn Sie vorher Miriam Winkel umgebracht hätten.«

12

Nachdem Passeck das Präsidium verlassen hatte, ließ Böhmer sich eine Liste mit damaligen Freunden und Bekannten von Miriam Winkel kommen, die er schon am frühen Morgen in Auftrag gegeben hatte.

»Und? Was denkst du nun über unseren Freund Passeck?«, fragte er, während er die Namensaufstellung betrachtete.

»Ich weiß nicht. So clever, wie ich es ihm gegenüber eben dargestellt habe, wäre sein Schachzug gar nicht, das weißt du. Immerhin bringt er sich damit freiwillig selbst ins Spiel. Und dann diese Sache mit dem Blut in Martinys Wohnung … Wenn er Miriam Winkel umbringen möchte, warum tut er das dann in einer Wohnung, wo die Blutspuren zwangsläufig gefunden werden? Viel einfacher wäre ein versteckter Ort, wo er die Leiche anschließend verbuddeln kann, ohne sie durch ein Treppenhaus und über die Straße schleppen zu müssen.«

»Affekt!«, entgegnete Böhmer, ohne von seiner Liste aufzusehen. »Sie hatten Streit.«

Max schüttelte den Kopf. »Nein, das glaube ich nicht. Nehmen wir an, die beiden haben sich tatsächlich in Martinys Wohnung getroffen. Warum auch immer. Und dann hat es Streit gegeben …« Er machte eine kurze Pause. »Du hast doch selbst gesehen, wie es dort aussieht. Das muss ein fürchterliches Gemetzel gewesen sein. Würde man so was im Affekt anrichten?«

Nun sah Böhmer von dem Blatt auf. »Das ist die falsche Fragestellung, Herr Professor. Du kannst in solchen Fällen die Fragen, die du dir stellst, nicht mit *man* formulieren. Diese durchgeknallten Typen denken und funktionieren nämlich nicht wie *man*. Würden sie das tun, würden sie niemanden umbringen. Wir wissen nicht, was im Kopf eines Mörders im Moment der Tat vor sich geht, weil wir uns nicht in seine verdrehte Gedankenwelt hineinversetzen können.«

»Das sehe ich etwas anders. Es gibt massenhaft wissenschaftliche Abhandlungen und Persönlichkeitsstudien, die uns durchaus in die Lage versetzen …«

»Ja, ja, ich weiß«, fiel Böhmer ihm ins Wort. »Wissenschaftliche Abhandlungen.« Er verdrehte die Augen. »Max, im Ernst. Ich finde es toll, dass sie euch jungen Kerlen diesen modernen, theoretischen Kram beibringen. Damit habt ihr uns Altgedienten sicher was voraus. Leider scheinen sie dabei aber zu vergessen, euch die simpelsten Grundsätzlichkeiten unseres Berufes aufzuzeigen. Zum Beispiel Folgendes: Wenn etwas aussieht wie eine Orange, riecht wie eine Orange und schmeckt wie eine Orange, sollte man zuerst einmal davon ausgehen, dass es sich um eine Orange handelt. Und zwar, *bevor* man darüber nachdenkt, dass jemand vielleicht in einem komplizierten Verfahren einen Apfel gefärbt und in seiner Konsistenz und seinem Geschmack verändert haben könnte, damit wir ihn für eine Orange halten.«

Sie sahen sich eine Weile wortlos in die Augen, bis Max nicht mehr anders konnte, als zu lächeln. »Das ist so ziemlich das dämlichste Beispiel, das mir jemals irgendwer als Erklärungsmodell serviert hat.«

»Aber du hast verstanden, was ich meine?«

»Ja, klar.«

Nun grinste auch Böhmer. »Dann hat es funktioniert.« Er schlug sich auf die Oberschenkel und stand auf. »Also los, hören wir uns mal im Freundeskreis von Miriam Winkel um.«

Auch Max erhob sich. »Okay. Fangen wir mit ihrem Freund an?«

»Freund? Sie hatte einen Freund?«

»Ja, einen Musiker. Rockmusiker. Nennt sich Joe Replay.«

»Woher weißt du das?«

»Aus der alten Akte. Die habe ich mir gestern Nachmittag angesehen, während du beim Chef warst.«

Böhmer warf einen längeren Blick auf die Liste in seiner Hand. »Aber der Name taucht hier nirgends auf.«

»Such mal nach Andreas Maier. Das ist sein bürgerlicher Name.«

»Ja, der steht hier. Und woher weißt du, dass Andreas Maier und Joe Replay die gleiche Person sind?«

»Aus dem Internet. Google. Wir jungen Kerle nutzen so was.«

Mit einem Lächeln zwinkerte er Böhmer zu und ging an ihm vorbei aus dem Büro.

Sie waren schon ein paar Minuten unterwegs. Dieses Mal fuhr Max, was eher selten vorkam. Entgegen der allgemeinen Gepflogenheit bestand Böhmer meist darauf, selbst zu fahren, obwohl er der Dienstältere war.

»Du irrst dich übrigens, wenn du denkst, ich würde

das Internet nicht zur Recherche nutzen. So alt bin ich nun auch wieder nicht.«

Erneut konnte Max sich ein Grinsen nicht verkneifen. Er hätte gewettet, dass Böhmer die Sache so nicht stehen lassen würde. »Das weiß ich doch. So, wie *du* hoffentlich weißt, dass ich kein theoretisch verpeilter Anfänger bin, der keine Ahnung von Polizeiarbeit hat.«

Es vergingen einige Sekunden, bis Böhmer schließlich nickte.

Andreas Maiers Wohnung lag im vierten Stock eines fünfgeschossigen Hauses in Wersten. Als Maier ihnen die Tür öffnete, trug er eine röhrenförmige Jeans und ein schwarzes T-Shirt mit einem knallbunten Motiv in Brusthöhe. Die – wahrscheinlich gefärbten – blonden Haare waren in der Mitte gescheitelt und fielen ihm bis auf die Schultern.

»Hi«, sagte er und musterte sie von Kopf bis Fuß. »Lassen Sie mich raten: Sie sind Bullen.«

»Nein, das sind wir nicht«, antwortete Böhmer scharf.

Max hätte ihn in diesem Moment zu gerne darauf hingewiesen, dass es nicht sehr schlau war, gleich zu Anfang einen Keil zwischen sich und denjenigen zu treiben, von dem man etwas wissen wollte.

»Nicht?«

»Nein. Wir sind Kriminalbeamte. Oberkommissar Bischoff und Hauptkommissar Böhmer.«

Maier zuckte mit den Schultern. »Sage ich doch.« Damit wandte er sich ab und ließ sie stehen.

»Knalltüte«, flüsterte Böhmer und betrat die Wohnung, gefolgt von Max, der die Tür hinter sich schloss.

Max wusste nicht genau, wie er sich die Wohnung

eines Rockmusikers vorgestellt hatte. Das, was er jedoch vor sich sah, als er an der Tür zum Wohnzimmer stand, hätte er, auch ohne den Eigentümer vorher gesehen zu haben, genau in diese Richtung eingeordnet.

Die dominierende Farbe im ganzen Raum war schwarz. Couch, Sessel, zwei Wände … schwarz. Der Rest variierte zwischen Grau- und Brauntönen. Lediglich eine knallrote E-Gitarre, die an der Wand lehnte, bildete einen farblichen Kontrast.

Maier ließ sich quer in einen der abgewetzten Sessel fallen, legte die Beine über eine der Armlehnen und sah ihnen provokant entgegen. Ihnen bot er keinen Platz an, was Max auch nicht sonderlich tragisch nahm.

»Und jetzt wollen Sie von mir wissen, ob ich Mira umgebracht habe, stimmt's?«

»Woher wissen Sie, dass wir wegen Frau Winkel hier sind? Und wie kommen Sie auf die Idee, dass sie tot ist?«, fragte Max verwundert.

Maier stieß ein Lachen aus. »Halten Sie mich für blöd? Das Internet ist voll davon, dass es irgendwo eine ganze Wohnung, verschmiert mit ihrem Blut, gibt. Und auf Facebook hab ich gesehen, dass dieser Journalisten-Typ – von oben bis unten voller Blut – über die Straße gelaufen ist. Eins und eins macht zwei.«

»Das bedeutet noch lange nicht, dass sie tot ist.«

»Ja, klar. Und wenn ich mich zwischen den Beinen kratze, heißt das auch nicht, dass es mich gejuckt hat.« Er lachte meckernd.

»Sie kennen Harry Passeck?«, unterbrach Böhmer ihn.

»Passeck? Allerdings. Der hat doch angefangen zu sabbern, wenn er Mira irgendwo gesehen hat.«

»Sie denken, er wollte etwas von Ihrer Freundin?«

»Sie denken, er wollte etwas von Ihrer Freundin«, äffte Maier Max nach. »Mann, jetzt machen Sie sich doch mal locker und reden wie normale Menschen. Na klar wollte der was von meiner Mira. Was denn sonst?«

»Und das war Ihnen egal?«

Maier schwang die Beine von der Armlehne herab und setzte sich aufrecht hin. »Scheiße, nein, das war mir nicht egal. Deswegen hab ich dem Typen auch gesagt, dass es richtig Ärger gibt, wenn er Mira nicht in Ruhe lässt.«

»Und? Hat er sie daraufhin in Ruhe gelassen?«, hakte Böhmer nach, als Maier keine Anstalten machte, weiterzureden.

»Keine Ahnung.« Seine Stimme wurde leiser. »Kurz danach war Schluss zwischen Mira und mir.«

Obwohl er es in den Berichten der Kollegen gelesen hatte, fragte Max: »Wann war das?«

Maier verdrehte die Augen. »Mann, sind Sie anstrengend. Das habe ich doch alles schon mal erzählt. Das war etwa einen Monat, bevor sie verschwunden ist.«

»Was war der Grund der Trennung?« Max ließ nicht locker.

»Mann, ich habe wirklich keine Lust, die ganze Scheiße noch mal durchzukauen. Das können Sie alles nachlesen.«

»Haben Sie denn eine Idee, wohin Frau Winkel damals verschwunden sein könnte?«

Maier rutschte auf dem Sessel noch ein Stück nach vorn. »Mira ist nicht einfach so verschwunden, ganz sicher nicht. Sie hatte nämlich gerade ein echt geiles Angebot für eine Rolle in einem Film von dem Schweiger. So karrieregeil, wie Mira war, hätte sie das nie sausen lassen, um einfach so zu verschwinden. Sie ist umgebracht worden, ganz sicher. Von sich aus hätte die nie auf eine Rolle verzichtet. Schon gar nicht bei dem Schweiger. Den fand sie nämlich extrem toll. Aber das habe ich damals alles schon Ihren Kumpels gesagt.« Maiers Beine landeten wieder auf der Armlehne, so dass er schräg in dem Sessel hing.

Und woher kommt dann jetzt ihr Blut, du Schlaumeier?, hätte Max ihn am liebsten gefragt, ließ es aber bleiben.

Stattdessen sah er zu Böhmer hinüber, aber der schien auch keine Fragen mehr zu haben. Also wandte er sich wieder an Maier. »Danke für die freundliche Auskunft. Bleiben Sie hängen, wir schaffen es allein raus.«

»Was für ein abgefuckter Typ«, grummelte Böhmer, während sie die Treppe hinabstiegen, woraufhin Max ihm einen verwunderten Blick zuwarf. Hin und wieder überraschte Böhmer ihn doch.

Die Befragung in Miriam Winkels Freundeskreis ergab nur in einem Punkt etwas Neues für die beiden Ermittler. Mehrfach wurde bei ihrer Frage nach Passeck angedeutet, er sei kein Kind von Traurigkeit, insbesondere in Bezug auf Frauen. Wenn sie aber konkret nachfragten, ob etwas zwischen ihm und der Schauspielerin gelaufen war, wichen alle aus. Niemand wusste etwas. Nur eine von Winkels Schauspielkolleginnen meinte, vorstellen könnte sie es sich durchaus. Sie wisse aus eigener Erfahrung, wie Passeck ticke.

Es war schon kurz vor neunzehn Uhr, als sie die Liste abgearbeitet hatten.

»Was hältst du von einem schönen Steak?« Böhmer strich sich über den Bauch. »Mir knurrt schon seit Stunden der Magen.«

Max hatte eigentlich keine Lust, sich in ein womöglich überfülltes Restaurant zu setzen, wollte Böhmers Vorschlag aber nicht ablehnen. Zudem spürte auch er ein bohrendes Hungergefühl im Magen.

»Ja, gute Idee.«

»Meine Rede. Und dabei denken wir mal angestrengt über die unbeantworteten Fragen in diesem Fall nach.«

»Wie praktisch«, sagte Max. »Dann können wir das Frühstück ja gleich dranhängen.«

13

Böhmer fuhr zu einem italienischen Restaurant in der Innenstadt, wo es seiner Meinung nach die besten Steaks gab.

Sie sprachen nur anfangs über den Fall, gingen alle Fakten noch einmal durch. Doch nach einer Weile wurde klar, dass sie sich im Kreis drehten, und schließlich gaben sie es auf, sich das Hirn zu zermartern.

»Seit wann bist du eigentlich verheiratet?«, fragte Max, als er den letzten Bissen des Steaks gegessen und das Besteck auf den Teller gelegt hatte.

Böhmer sah ihn irritiert an.

Max deutete auf den schlichten, goldenen Ring, den sein Partner trug. »Ich meine … eigentlich weiß ich noch gar nichts über dich. Wir sind Partner, da interessieren einen solche Dinge schließlich.«

»Wir sind seit achtundzwanzig Jahren verheiratet.«

»Wow«, entfuhr es Max, »das ist in unserem Beruf ja eher eine Seltenheit.«

Böhmers Mund verzog sich zu einem schiefen Grinsen. »Das stimmt. Also ist meine Frau entweder extrem leidensfähig, oder ich bin ein außergewöhnlich toller Typ.«

Max lachte. »Habt ihr Kinder?«

»Ja, einen Sohn. Er ist vierundzwanzig und macht gerade seinen Master an der RWTH Aachen. Informatik.«

»Wow! Vierundzwanzig. Nur acht Jahre jünger als ich.« Er legte den Kopf ein wenig schief und grinste. »Das lässt mich dich plötzlich mit ganz anderen Augen sehen.«

Der Kellner brachte ihnen zwei doppelte Espressi.

Max wartete, bis er wieder gegangen war. »Seit wann bist du im KK11?«

»Jetzt willst du es aber genau wissen, was? Also gut. Ich bin seit vierzehn Jahren dabei. Vorher war ich einige Jahre bei der Rauschgiftfahndung und sogar zwei Jahre bei der Sitte. Aber lass uns doch mal über dich reden, du Wunderknabe.«

»Wunderknabe?«

»Ja. Dass du alle Abschlüsse inklusive Laufbahnprüfung mit Auszeichnung bestanden hast, hat sich unter den Kollegen schnell rumgesprochen, wie du dir sicher denken kannst. Und dass nicht alle dich dafür bewundern, dürfte dir ebenso klar sein.«

»Ist das so?« Max war ehrlich überrascht.

»Na klar, was dachtest du denn? Gorges hatte dich schon entsprechend angekündigt, und es gibt eben Kollegen, denen so was suspekt ist.«

»Du meinst, Kollegen wie dich, die nichts von dem ganzen theoretischen Schnickschnack halten?«, sagte Max halb im Scherz.

»Nein, das meine ich nicht«, entgegnete Böhmer mit ernster Miene. »Ich finde sehr wohl, dass diese Ansätze sinnvoll sind, wenn man sie mit guter, alter Polizeiarbeit kombiniert. Aber genau das ist es, was manche Kollegen wohl befürchten. Dass du vollgestopft bist mit theoretischem Wissen, aber keine Ahnung davon hast, wie du es in der Praxis sinnvoll anwenden kannst.«

Max dachte eine Weile über die Worte nach, bevor er antwortete. »Und? Denkst du das auch?«

Böhmer schüttelte den Kopf. »Ich brauche mir darüber keine Gedanken zu machen. Du bist mein Partner und wirst deshalb zwangsläufig lernen, wie gute, praktische Polizeiarbeit funktioniert.«

Sie lachten beide und griffen nach ihren Espressotassen. Aber das Thema war für Max noch nicht erledigt.

»Ich habe bei meinen Eltern gesehen, wie es ist, wenn man kaum berufliche Perspektiven hat. Deshalb war für mich ziemlich schnell klar, dass ich nicht etwas arbeiten werde, das mir keinen Spaß macht. Und dass ich – egal, wofür ich mich entscheide – gut sein möchte in dem, was ich tue. So gut, dass mir alle Wege offenstehen.«

»Na, das hast du bisher ja wohl geschafft.«

»Ja, weil mich dieser Beruf fasziniert. Mir war schon recht früh klar, dass ich zur Polizei wollte. Okay, als Jugendlicher war es vielleicht noch die Vorstellung, wie cool es sein musste, einer von den Guten zu sein, die die bösen Buben jagen und hinter Schloss und Riegel bringen. Und dabei sogar eine Pistole tragen zu dürfen.« Sie lächelten beide. »Aber ganz ehrlich – ich kann mir kaum einen Job vorstellen, der so interessant und vor allem so wichtig ist wie unserer. Und je mehr ich als Ermittler weiß, umso größer sind meine Chancen, die Verbrecher zu durchschauen und sie dingfest zu machen. Das ist einer der Gründe, weshalb ich mich von Anfang an so reingekniet habe.«

Böhmer nahm die Serviette und legte sie locker zusammen.

»Gut. Aber wie siehst du das im aktuellen Fall? Was

nutzte dir bisher dein ganzes theoretisches Wissen über Persönlichkeitsanalyse und Täterprofile?«

»Wenig«, gab Max zu. »Aber ich bin überzeugt, das wird nicht mehr lange so sein. Es fehlt nur noch das Mosaiksteinchen, das uns die Zusammenhänge erkennen lässt.«

»*Nur noch* ist in diesem Fall eine interessante Formulierung.«

»Du hast es eben schon richtig gesagt: Wir sind Partner, und ich kann ganz bestimmt einiges von dir lernen.«

Böhmer nickte übertrieben heftig. »Allerdings.«

Max grinste. »Ja. Und du hast den Vorteil, dass du auf deine alten Tage noch von meinem Wissen über die neuesten wissenschaftlichen Methoden profitieren kannst. Die klassische Win-Win-Situation.«

»Du kannst es nennen, wie du möchtest«, entgegnete Böhmer mit weniger Humor, als Max gedacht hatte. »Schön wäre es, wenn wir *irgendwas* hätten, das uns weiterbringt. Im Moment eiern wir, ungeachtet deines theoretischen und meines praktischen Wissens, ziemlich planlos herum.«

»Ja, ich weiß.« Max seufzte.

Der Kellner kam zu ihrem Tisch und erkundigte sich freundlich, ob er noch etwas für sie tun könnte, woraufhin Böhmer um die Rechnung bat.

Als der junge Mann wieder zur Theke unterwegs war, fragte Max: »Was war eigentlich tatsächlich der Grund dafür, dass Hauptkommissar Theurer sich versetzen ließ?«

Böhmer strich die Tischdecke vor sich glatt. »Er hat sich in den Innendienst versetzen lassen.«

Max kommentierte das nicht, in der Hoffnung, Böhmer würde ihm von sich aus mehr darüber erzählen.

»Vor etwa einem Jahr hatten wir einen Fall, bei dem es um ein zehnjähriges Mädchen ging, das schwerst misshandelt und getötet worden war. Es war relativ schnell klar, dass der Täter aus dem familiären Umfeld kommen musste. Wie sich herausstellte, waren es *die Täter.* Wir sind da auf einen unfassbaren Sumpf gestoßen. Die Eltern haben das Mädchen erst über einen längeren Zeitraum gemeinsam mit einem Bruder des Vaters missbraucht. Dann haben sie es stundenweise an Kerle mit entsprechenden Vorlieben vermietet und dafür Geld kassiert. Einer dieser Kunden hatte sich nicht im Griff und hat sie während seiner abartigen *Liebesbekundungen* getötet.«

Max konnte sehen, dass die Erinnerung seinem Partner noch immer zu schaffen machte. »Ich erinnere mich an den Fall. Er ging ja durch die ganze Presse.«

»Ja. Als die Mutter einknickte und ein volles Geständnis ablegte …« Böhmer schluckte mehrmals. »Sie hat uns in allen Details geschildert, was sie dem Kind angetan haben – sie selbst, ihr Mann, ihr Schwager –, so, als erzähle sie von einem Sonntagsspaziergang. Ich hatte gedacht, die tiefsten menschlichen Abgründe zu kennen, aber was wir damals zu hören bekommen haben …«

Max rutschte auf seinem Stuhl hin und her. Mit einem Mal kam es ihm vor, als sitze er unbequem. Und nicht nur das, er fühlte sich insgesamt nicht mehr wohl. Was Böhmer da erzählte, gehörte zu den wenigen Dingen, vor denen er sich fürchtete. Obwohl Kirsten mittlerweile Ende zwanzig war, sprangen seine Gedanken sofort zu ihr, wenn er etwas von misshandelten Kindern hörte oder las. Er vermutete, das hing mit der Hilflosigkeit von Kindern zusammen, denen diese furchtbaren Dinge angetan wurden. Sie konnten sich gegen die erwachsenen Täter nicht wehren. Ebenso wenig, wie Kirsten sich gegen einen gesunden Erwachsenen wehren könnte.

Der Kellner brachte die Rechnung, die Böhmer übernahm. Als Max Anstalten machte, dagegen zu protestieren, winkte er nur ab und drückte dem Kellner die Geldscheine in die Hand. »Stimmt so.«

Er wartete, bis sie wieder allein waren. »Jedenfalls ist Bernd an dieser Sache zerbrochen. Er war lange in Behandlung und stellte noch in dieser Zeit einen Antrag auf Versetzung in den Innendienst.«

»Und von dieser Geschichte weiß Passecks Anwalt, dieser Dr. Farscheidt, nichts?«

Böhmer ließ sein kurzes, bellendes Lachen hören. »Natürlich weiß er es. Er hat damals im Prozess diese feine Familie vertreten.«

»Was?«, entfuhr es Max lauter, als er beabsichtigt hatte, wofür er sich fragende Blicke vom Nachbartisch einhandelte.

Er beugte sich ein wenig nach vorn und senkte seine Stimme. »Und dann stellt dieser Kerl sich hin und fragt dich, warum dein alter Partner sich versetzen ließ? Ich fasse es nicht.«

Böhmer nickte. »Siehst du? Willkommen im Alltag der Kripo.«

14

Donnerstag

Nach dem Abendessen mit Böhmer war Max am Vorabend noch kurz bei seiner Schwester vorbeigefahren. Kirsten hatte ihm wie immer versichert, dass es ihr gutgehe. Und doch war er auch dieses Mal das Gefühl nicht losgeworden, dass es etwas gab, das sie bedrückte.

Jetzt war es gerade einmal halb neun, Max war noch keine zehn Minuten im Büro, und auch Böhmer war erst seit einer halben Stunde da, als Max' Telefon klingelte. Ein gewisser Patrick Matuschka wolle ihn und Böhmer sprechen, teilte ihm der Pförtner mit.

Fünf Minuten später betrat der Fotograf das Büro. In den Händen hielt er einen grauen Schnellhefter.

»Herr Matuschka«, begrüßte Böhmer ihn und ließ sich gegen die Rückenlehne seines Stuhls sinken. »Was können wir für Sie tun?«

»Ich bin gestern Abend noch mal meine Datenbank mit anderen Suchbegriffen durchgegangen. Diese Schlagworte gebe ich ja für ganze Serien ein. Nachdem Sie weg waren, ist mir eingefallen, dass es durchaus sein kann, dass es Fotos gibt, auf denen mir andere Dinge wichtiger waren als Harry oder Miriam Winkel. Dann tauchen ihre Namen nicht auf.« Er trat an Böhmers

Schreibtisch heran und legte den Schnellhefter ab. »Na ja, ich habe nach verschiedenen Events gesucht, an denen die beiden teilgenommen haben könnten. Und ich habe einige gefunden. Die meisten davon zeigen ähnliche Situationen wie auf den Fotos, die Sie schon kennen, aber da gibt es zwei Aufnahmen von einer Spendengala vor drei Jahren, die sollten Sie sich mal ansehen.«

Er deutete auf den Schnellhefter, der zwischen ihnen lag. Böhmer griff ihn sich, schlug ihn auf und rief: »Eieiei …«

Max ging um den Schreibtisch herum und sah Böhmer über die Schulter. Im nächsten Moment wusste er, was er meinte.

Auf dem Foto, das obenauf lag, saßen der Journalist und die Schauspielerin wieder an einem Tisch. Anders als auf dem Foto, das sie bereits kannten, lag Passecks eine Hand auf Miriam Winkels Oberschenkel, während er mit der anderen offenbar unter den Haaren ihren Nacken streichelte. Die Szene auf der zweiten Fotografie war sogar noch eindeutiger. Dort waren die Gesichter der beiden nur noch Zentimeter voneinander entfernt, und es sah so aus, als würden sie sich in der nächsten Sekunde küssen.

»Wow«, machte Max und schaute zu dem Fotografen hinüber. »Das spricht eine recht deutliche Sprache.« Er ging wieder um den Schreibtisch herum zu seinem Platz. »Vielen Dank, dass Sie deswegen extra hierhergekommen sind. Aber sagen Sie … warum haben Sie sich diese Mühe gemacht?«

Matuschka zögerte einen Moment. »Dafür gibt es zwei Gründe. Erstens hoffe ich darauf, dass mein Name auftaucht, falls diese Fotos irgendwie dabei helfen können, zu klären, was mit Miriam Winkel geschehen ist. Und zweitens … Nun, ich habe Miriam gekannt, und ich kann bis heute nicht glauben, dass sie freiwillig einfach so verschwunden ist.«

»Wie gut haben Sie sie gekannt?« Böhmer schoss seine Frage regelrecht ab.

Matuschka sah ihn offen an. »Freundschaftlich. Und auch nicht so gut, dass sie sich mir anvertraut hätte. Aber ich bin mir trotzdem sicher, dass sie ein paar Wochen vor ihrem Verschwinden unglücklich war. Sie wirkte, als würde irgendetwas sie belasten. Der Grund dafür ist mir nicht bekannt, aber ich habe es ihr angemerkt. Dann hat sie ein Filmangebot bekommen. Eine Rolle. Ihr Traum. Das hat ihr Auftrieb gegeben, und sie war fast wieder so unbeschwert wie zuvor. Und dann verschwand sie.«

Max sah dem Mann an, dass er noch immer damit zu kämpfen hatte. »Ihr muss etwas zugestoßen sein, da bin ich sicher. Damals konnte ich nichts tun, aber wenn ich jetzt eine Gelegenheit habe, dabei zu helfen, dass Sie herausfinden, was mit ihr geschehen ist, setze ich mich dafür gern ein paar Stunden an den Computer.«

»Ja, das verstehe ich«, sagte Böhmer leise. »Haben Sie vielen Dank. Mein Kollege begleitet Sie zum Fahrstuhl.«

Als Max zurückkam, hatte Böhmer eines der neuen Fotos in der Hand und betrachtete es eingehend.

»Ich rufe dann mal Passeck an.« Max setzte sich und zog sein Smartphone aus der Tasche, ohne Böhmers Antwort abzuwarten. Er suchte die letzte Verbindung mit dem Journalisten und drückte auf Wahlwiederholung.

»Für den lieben Herrn Passeck wird es allmählich etwas ungemütlich«, bemerkte Böhmer, während Max dem Freizeichen lauschte. »Für meinen Geschmack hat er uns mindestens einmal zu oft angelogen.«

Max wollte gerade zu einer Antwort ansetzen, als sich Passecks Frau meldete.

»Bischoff hier, guten Morgen. Frau von Braunshausen, könnte ich bitte Ihren Mann sprechen?«

»Nein«, antwortete sie und machte eine Pause. »Der ist nicht hier. Er ist in der Redaktion.«

Diese monotone, gefühlskalte Stimme …

»Er arbeitet wieder?«

»Was sollte er wohl sonst dort tun?«

»Ja, dann … vielen Dank. Auf Wiedersehen.«

Als Max das Telefon wegsteckte, war Böhmer bereits aufgestanden. »Also los. Ich bin gespannt, welches Märchen er uns jetzt auftischt.«

Sie ließen sich bei Hans-Peter Lanz anmelden und gingen zuerst in dessen Büro. Da sie sich bisher nur von einem Telefonat her kannten, stellte Max erst sich selbst und dann Böhmer vor. »Wir würden uns gerne mit Harry Passeck unterhalten«, fuhr er fort. »Wie wir von seiner Frau erfahren haben, arbeitet er wieder.«

»Ja, das tut er. Bitte, setzen Sie sich doch.« Lanz deutete auf zwei Stühle schräg vor seinem Schreibtisch. »So ist er eben. Seine Arbeit ist immer das, was ihm am besten hilft. Warten Sie, ich hole ihn her.« Er wollte schon zum Hörer greifen, doch Max hob die Hand. »Nein, lassen Sie nur. Wir gehen zu ihm, wenn es Ihnen nichts ausmacht. Wo ist sein Arbeitsplatz?«

Während Lanz ihm den Weg erklärte, bemerkte Max aus den Augenwinkeln, dass Böhmer ihn fragend ansah.

Sie mussten einen Gang durchqueren, der sie in das Großraumbüro führte, hinter dem Passecks Einzelbüro, durch eine Glaswand abgetrennt, lag.

»Was soll das?«, wollte Böhmer wissen, während sie den schmalen Flur entlanggingen. »Warum wolltest du zu Passeck gehen? Wir hätten Lanz auch rausschicken können.«

»Ich möchte gerne sehen, wie sein Arbeitsplatz aussieht.«

Als sie den großen Raum betraten, in dem etwa zwanzig Menschen an Schreibtischen saßen oder hin und her eilten, entdeckten sie Passeck sofort. Er stand an einem Wasserspender gleich neben dem Eingang und hielt einen Becher in der Hand.

»Guten Morgen, Herr Passeck«, begrüßte Böhmer ihn, woraufhin Passeck so heftig zusammenzuckte, dass er einen Teil des Wassers verschüttete.

»Oh, Sie … Sie haben mich erschreckt.«

Böhmer nickte. »Ja, ich weiß, das tue ich ab und zu. Wir würden uns gerne noch mal mit Ihnen unterhalten. Wollen wir in Ihr Büro gehen?«

Passeck sah zu den Milchglaswänden auf der gegenüberliegenden Seite, als müsse er sich vergewissern, dass dort sein Büro war. »Ja, natürlich, bitte.«

Als sie zwischen den Schreibtischen durchgingen, beobachtete Max Passecks Kolleginnen und Kollegen. Dabei entgingen ihm nicht die Blicke, die einige der Mitarbeiterinnen Passeck zuwarfen. Er glaubte, darin nicht nur Neugierde zu erkennen.

Passeck hingegen starrte stur geradeaus. Er verstellte sich, so viel stand für Max fest. Und das Bild, das er sich nach und nach von Harry Passeck gemacht hatte, vervollständigte sich.

Nachdem sie das Büro erreicht hatten und die Tür hinter ihnen geschlossen war, kam Böhmer ohne Umschweife zur Sache.

Er legte die beiden neuen Fotos auf Passecks Schreibtisch und sah den Journalisten an.

»Was können Sie uns dazu sagen?«

Passeck warf nur einen kurzen Blick darauf, dann ließ er sich schnaubend auf seinen Stuhl fallen.

»Ich hätte wissen müssen, dass ich es nicht dauerhaft verheimlichen kann. Ja, ich gebe es zu, wir … mochten uns.«

»Definieren Sie *wir mochten uns*«, forderte Max ihn auf und hörte selbst den leicht aggressiven Unterton in seiner Stimme.

Passeck sah erst Böhmer, dann ihn an. »Wir hatten ein Verhältnis.«

Der Knall, mit dem Böhmer auf die Schreibtischplatte schlug, ließ Max genauso zusammenfahren wie den Journalisten.

»Verdammt nochmal, jetzt habe ich aber langsam die Schnauze voll von Ihren Lügenmärchen. Was glauben Sie, was wir hier tun? Schummelmax spielen, oder was?«

»Warum rücken Sie erst jetzt mit der Sprache raus?«, fragte Max deutlich ruhiger, wofür Passeck ihn dankbar ansah.

»Ich weiß, es war ein Fehler, aber … mein Gott, ich … überall an mir war Blut. Miriams Blut. Ich dachte, wenn ich zugebe, dass ich mit ihr ein Verhältnis hatte, bin ich doch noch verdächtiger als sowieso schon.«

»Glaubten Sie ernsthaft, wir finden das nicht heraus?«

»Ja.« Es klang ehrlich. »Es hat auch sonst niemand herausgefunden, als wir noch zusammen waren. Wir waren sehr vorsichtig, weil Miriams Freund ebenso eifersüchtig ist wie meine Frau. Wir haben nur über Mitteilungsdienste wie WhatsApp oder Viber kommuniziert, damit in den Telefonrechnungen nichts auftaucht. Wie konnte ich wissen, dass diese Fotos existieren? Haben Sie die von Patrick Matuschka?«

Max nickte. »Ja. Kennen Sie sich?«

»Wir haben schon mal zusammengearbeitet.«

»Und? Mögen Sie sich?«

»Ja, schon. Er ist ganz in Ordnung.«

Böhmer atmete tief durch und setzte sich auf einen schmalen Hocker an der Wand. »Herr Passeck, ist Ihnen klar, dass Sie durch Ihre Lügen kurz davor sind, wegen Mordverdachts festgenommen zu werden?«

Passeck senkte den Kopf. Nach einer Weile des Schweigens sagte er: »Dann wären wir jetzt wohl fertig. Oder nehmen Sie mich wirklich fest?«

»Ja, wir sind fertig. Für den Moment. Aber halten Sie sich bis auf weiteres zu unserer Verfügung. Und beten Sie, dass wir nicht auf noch mehr Lügen von Ihnen stoßen.«

»Und?«, meinte Böhmer, als sie auf dem Weg nach draußen waren. »Was sagst du?«

»Keine Ahnung. Dass es da etwas gibt, das er uns verheimlicht, habe ich von Anfang an gespürt, aber ich denke trotzdem nicht, dass er die Frau umgebracht hat.«

»Und warum nicht?«

»Es passt einfach nicht.«

»Was auch immer du damit meinst, ich halte es mittlerweile für sehr gut möglich, dass er es war. Ich denke, er hat uns nicht nur wegen des Verhältnisses zu Miriam Winkel verarscht.«

Auf dem Parkplatz kamen sie an einem schwarzen Porsche 911er Cabriolet mit der Buchstabenkombination HP auf dem Nummernschild vorbei.

Harry Passeck. Ich würde zu gerne mal für eine Minute in deinen Kopf sehen können. Was ist deine Rolle in diesem Spiel?

15

Freitag

Max wurde vom Klingeln des Telefons aus einem traumlosen Schlaf gerissen. Noch halb benommen tastete er auf dem Nachttisch nach dem Smartphone und registrierte, dass auf dem Display 6.17 Uhr angezeigt wurde, bevor er das Gespräch annahm.

Es war Böhmer.

»Schieb dich aus dem Bett, Kollege. Wir haben eine Leiche.«

Sofort war Max hellwach. »Miriam Winkel?« Er schlug die Decke zurück und schwang die Beine aus dem Bett.

»Das weiß ich nicht, aber es ist eine Frau, und sie muss übel zugerichtet sein. Wenn es die Winkel ist, hat der Täter sie verdammt weit weggebracht. Sie liegt in einem Gebüsch am Rheinufer bei Urdenbach.« Er beschrieb Max den genauen Fundort und legte auf, nachdem sie abgemacht hatten, dass er ihn in fünfzehn Minuten abholen würde.

Max sprang schnell unter die Dusche und dann in Jeans, Shirt und Sneakers. Dreizehn Minuten nach Böhmers Anruf griff er sich seine Jacke und verließ die Wohnung. Während der ganzen Zeit kreisten seine Gedanken um Miriam Winkel. Er rechnete fest damit, dass es die

Schauspielerin war, deren Leiche am Rheinufer lag. Mehr noch, er hoffte es, denn dass sie tot war, daran gab es fast keinen Zweifel.

Sie konnten nicht erkennen, ob es sich um Miriam Winkel handelte, als sie sich, in den obligatorischen weißen Overalls, der Leiche näherten. Der Mörder hatte dem nackten und fürchterlich zugerichteten Frauenkörper eine Mülltüte über den Kopf gestülpt und am Hals verschnürt, bevor er ihn zwischen den Sträuchern hinter einer hölzernen Bank ablegte. Um den Körper herum lag Müll, als sei er zur Dekoration drapiert worden.

»Er hat sie im wahrsten Sinne weggeworfen«, sagte Max und betrachtete die drei prall gefüllten Müllsäcke, die um die Tote herumlagen. Einer von ihnen war aufgeplatzt, der Unrat quoll daraus hervor wie Innereien aus einer aufgebrochenen Bauchhöhle.

Max machte einen Schritt und ging neben der Leiche in die Hocke. Der Körper war übersät mit Stich- und Schnittverletzungen, die teilweise so tief waren, dass das Fleisch auseinanderklaffte. Am dichtesten waren die Verletzungen im Bereich des Schamhügels und an den Brüsten, die durch das Herausschneiden der Brustwarzen verstümmelt worden waren.

»Was gibt es doch für kranke Arschlöcher«, murmelte Böhmer, der schräg hinter Max stand.

Max sah erst zu ihm und dann zu einem der Kollegen von der Spurensicherung hoch und deutete auf den im Müllsack steckenden Kopf. »Kann ich?« Der Mann nickte und beschäftigte sich weiter damit, die Umgebung zu fotografieren.

Der Knoten des Plastikbandes, mit dem der Müllsack zusammengebunden war, löste sich fast von selbst. Als Max Sekunden später in das bleiche Gesicht der toten Frau blickte, krampfte sich sein Magen zusammen, und er stieß unwillkürlich einen dumpfen Laut aus.

Es war nicht Miriam Winkel, deren gebrochene Augen milchig in die Unendlichkeit zu starren schienen. Aber er kannte die Frau, weil er sich zwei Tage zuvor mit ihr unterhalten hatte. Sie war Journalistin. Und eine Kollegin von Harry Passeck.

»Was ist?«, fragte Böhmer, der über Max' Reaktion offensichtlich überrascht war.

Max richtete sich auf und steckte die Hände in die Taschen. »Kannst du dich nicht an sie erinnern?«

Böhmers Blick heftete sich auf das Gesicht, er schien angestrengt nachzudenken, bevor er den Kopf schüttelte. »Nein, nun sag schon.«

»Sie ist eine von Passecks Kolleginnen. Ich habe vorgestern in der Redaktion mit ihr gesprochen. Warte …« Er zog sein Notizbuch hervor und blätterte darin. Als er die Seite mit seinen Notizen aus der Redaktion gefunden hatte, überflog er die Zeilen. »Da. Ich erinnere mich, das ist sie. Sie sagte, Passeck sei dafür bekannt, gerne zu flirten, aber das würde sie nicht stören. Er sei ein sehr professioneller Kollege, und sie würde gerne mit ihm arbeiten. Ihr Name ist Petra Zedermann.«

Erneut betrachtete Böhmer die Frau. »Scheiße. Da fallen mir doch spontan zwei Dinge ein: Passeck und diese Bankensache. Vielleicht hat sie ihm bei der Story geholfen?«

Max zuckte mit den Schultern. »Das werden wir herausfinden. Aber wenn es etwas mit Passecks Recherchen zu tun hätte, wenn jemand sie zum Schweigen bringen wollte … Warum dann das?« Er deutete auf den zerschundenen Körper. »Warum sticht man dann zigmal auf sie ein und schneidet ihr die Haut vom Körper?«

»Keine Ahnung. Vielleicht, weil der Mörder ein perverses Schwein ist und Spaß daran hat?«

Max ließ seinen Blick noch eine Weile auf der toten Frau ruhen und fragte sich, ob irgendwann der Moment kommen würde, in dem er beim Anblick einer verstümmelten Leiche nicht mehr an der Theorie zweifeln würde, dass der Mensch die höchste Entwicklungsstufe der Evolution darstellte.

»Wer hat sie gefunden?«, hörte er hinter sich Böhme fragen und wandte sich um.

»Die Frau da vorn.« Der uniformierte Kollege vor Böhmer deutete auf eine pummelige Frau um die sechzig, die mit verstörtem Blick etwa zehn Meter entfernt an einem Einsatzfahrzeug lehnte. Vor ihr auf dem Boden saß ein kleiner, struppiger Hund, den Max keiner Rasse zuordnen konnte.

Während sein Partner sich auf den Weg zu der Frau machte, wandte Max sich an den Rechtsmediziner, der neben der Leiche in die Hocke gegangen war. Er hatte ihn erst vor kurzem kennengelernt, als er zum ersten Mal mit Böhmer in der Rechtsmedizin im Uniklinikum gewesen war. Der Mann hieß Dr. Hanno Reinhardt.

»Können Sie schon was sagen?«, fragte Max und kam sich im gleichen Moment vor wie einer dieser Fernsehermittler, die so agierten, wie Drehbuchautoren sich Kommissare vorstellten.

»Noch nicht viel. Auf den ersten Blick sehe ich viele Verletzungen, die nicht tödlich gewesen sein können. Das trifft sogar auf fast alle zu. Ein paar der Stichwunden kann ich nicht einschätzen. Welche Verletzung letztendlich zum Tod geführt hat, werden wir erst bei der Obduktion feststellen.« Er stieß den Atem aus und erhob sich.

»Eines kann ich aber mit Sicherheit sagen: Diese Frau hat ein unbeschreibliches Martyrium durchlitten. Das wird über Stunden gegangen sein. Der Tod muss eine Erlösung für sie gewesen sein.«

»Der Todeszeitpunkt?«

Reinhardt sah noch mal auf die Leiche hinab. »Schon ein paar Stunden her. Ich denke, am Abend, zwischen zehn und zwölf.«

»Fahren wir?« Böhmer kam von der Seite auf Max zu. Der nickte dem Rechtsmediziner zu und ging zusammen mit Böhmer zum Wagen der Spurensicherung, wo sie die Plastiküberschuhe auszogen und sich aus den Schutzanzügen schälten.

»Die Frau hat die Leiche beim Spazierengehen mit ihrem Hund gefunden«, erklärte Böhmer, als sie im Auto saßen. »Ich bin sehr gespannt, was uns Herr Passeck zu erzählen hat.«

Das war Max auch. Er schaffte es einfach nicht, den Journalisten einzuschätzen. Was irritierend war, aber nicht auf belastende Art, sondern auf eine, die seinen Ehrgeiz anstachelte.

Sie erreichten die Villa um kurz vor acht Uhr, und Max dachte mit grimmiger Vorfreude an die Dame des Hauses, die sich schon bei ihrem letzten Besuch über ihr frühes Auftauchen beschwert hatte.

Es dauerte eine Weile, bis Passeck, noch völlig verschlafen, die Tür öffnete. Er trug eine Jogginghose und ein weißes T-Shirt mit V-Ausschnitt.

»Was wollen Sie denn schon wieder?«, knurrte er ungehalten und fuhr sich mit der Hand über das Gesicht. Als sei es ein Begrüßungsritual, ahmte Böhmer ihn nach und strich über seinen Bart.

»Wir möchten uns mit Ihnen über Ihren gestrigen Abend und die letzte Nacht unterhalten«, erklärte Max ungerührt. »Dürfen wir reinkommen?«

Auf Passecks Stirn zeigten sich Falten, als er wortlos den Eingang frei machte. »Warum möchten Sie das wissen? Ist etwas passiert?« Unfreundlichkeit und Müdigkeit waren mit einem Mal verschwunden.

Erst als sie sich gegenübersaßen, sagte Böhmer: »Eine Ihrer Kolleginnen ist heute Morgen am Rheinufer tot aufgefunden worden.« Er warf einen Blick zu Max hinüber, der verstand. »Ihr Name ist Petra Zedermann.«

Passecks Gesichtszüge entgleisten, innerhalb weniger Sekunden schien sämtlich Farbe aus seiner Haut zu weichen.

»Was?« Es war nur ein Hauch.

»Wo waren Sie gestern Abend und heute Nacht?«

»Ich …«

»Er war hier, am Abend und in der Nacht.« Beate von Braunshausen trat zu ihnen. Gewohnt gutgekleidet und mit dem gleichen maskenhaften Gesichtsausdruck wie bei ihren bisherigen Zusammentreffen. »Warum möchten Sie das wissen?«

Sowohl Max als auch Böhmer erhoben sich und nickten ihr zu, als sie vor ihnen stehen blieb.

»Eine Kollegin Ihres Mannes ist in der letzten Nacht getötet worden«, erklärte Max.

»Und Sie sind nun hier, um zu erfahren, ob mein Mann ein Alibi hat.« Es war keine Frage, sondern eine Feststellung, mit kühler Stimme vorgetragen. »Sie glauben, er müsse etwas damit zu tun haben, nachdem man ihn in diese Falle gelockt hat. Wäre das nicht ein bisschen zu einfach? Um es anders auszudrücken: Für wie dumm halten Sie ihn?«

»Nun, Sie sind ja zumindest sofort für ihn in die Bresche gesprungen und haben ihm bereits ein Alibi gegeben, bevor er es selbst tun konnte«, sagte Böhmer.

Eine ihrer Brauen hob sich ein winziges Stück. »Zweifeln Sie an meinen Worten?«

Ohne eine Antwort abzuwarten, drehte sie sich um und verließ den Raum. Max sah ihr nach und wandte sich dann wieder Passeck zu. »Sie waren also den ganzen Abend und in der Nacht zu Hause?«

»Ja … ich …« Passeck stand vollkommen neben sich. Doch noch während Max darüber nachdachte, ob das nur der Tatsache geschuldet war, dass er gerade vom Tod seiner Kollegin erfahren hatte, kam plötzlich Bewegung in Passeck. Mit einem schnellen Blick versicherte er sich, dass seine Frau nicht zurückkam, dann zog er sein Smartphone aus der Tasche. »Warten Sie, ich muss Ihnen etwas zeigen.« Hastig tippte er auf dem Display herum, bis er schließlich gefunden hatte, wonach er suchte. »Hier, schauen Sie. Das habe ich gestern um kurz nach elf bekommen.« Er drehte das Telefon so, dass Max und Böhmer eine SMS lesen konnten, die er geöffnet hatte.

Können wir uns sehen?
Ich warte an der Bank in der Urdenbacher Kämpe.
Du weißt schon. ☺
Petra

»Ist die von Petra Zedermann?«

Passeck schaltete das Smartphone aus und steckte es hastig wieder weg. »Ja. Ich weiß nicht, was das soll, das müssen Sie mir glauben.«

»Haben oder hatten Sie etwas mit Frau Zedermann?«, fragte Max mit gesenkter Stimme, woraufhin Passeck heftig den Kopf schüttelte. »Nein, nie. Ich sagte doch, ich habe keine Ahnung, warum sie mir diese SMS geschickt hat. Ich weiß auch nicht, was sie mit dieser Bank in der Urdenbacher Kämpe meint. Ich war noch nie dort.«

Ein Geräusch ließ sie alle drei herumfahren. Beate von Braunshausen kam zurück und hatte eine junge, südländisch aussehende Frau Anfang zwanzig in Jeans und T-Shirt im Schlepptau. »So, Luisa, jetzt erzähle den Herren von der Polizei bitte, was du mir gerade gesagt hast.«

Alle Blicke richteten sich auf Luisa, die nervös in die Runde blickte. »Herr Passeck war gestern Abend zu Hause. Das habe ich gesehen.« Ihr Deutsch war flüssig mit leichtem Akzent. »Er hat mit Frau von Braunshausen zu Abend gegessen. Sie sind um Mitternacht zu Bett gegangen.«

»Haben Sie ein gemeinsames oder getrennte Schlafzimmer?«, fragte Böhmer Passecks Frau.

»Getrennt. Aber ich hätte es gehört, wenn mein

Mann das Haus verlassen hätte. Ich habe einen sehr leichten Schlaf. Luisa, du kannst gehen.« Dabei sah sie die junge Frau nicht an.

Während des restlichen Gesprächs, bei dem der immer noch verwirrte Journalist erklärte, dass die Ermordete nichts mit der Steuerhinterziehungsstory zu tun hatte, zu der er recherchierte, und es auch sonst beruflich keine Berührungspunkte gab, außer dass sie für die gleiche Zeitung arbeiteten, saß seine Frau schweigend daneben.

16

»Ich kann mir nicht helfen.« Böhmers Hände umklammerten das Lenkrad. »Ich werde das Gefühl nicht los, dass sowohl diese Schweinerei in Martinys Wohnung als auch der Mord an Passecks Kollegin mit seinen Recherchen zu der Schwarzgeldsache zusammenhängen.«

Sie waren auf dem Weg zur Rechtsmedizin ins Uniklinikum.

»Aber Passeck sagte doch, Petra Zedermann hatte nichts mit seinen Recherchen zu tun«, warf Max ein und erntete dafür einen mitleidigen Seitenblick.

»Ja, Passeck hat auch gesagt, er kenne Miriam Winkel nicht. Und dann doch, aber nur ein bisschen. Und dann ein bisschen mehr. Komm mir also nicht mit Erklärungen von Passeck.«

»Aber ein Auftragskiller würde sich niemals stundenlang mit seinem Opfer befassen und es foltern, es sei denn …«

»Es sei denn, er möchte irgendwelche Informationen von diesem Opfer haben«, beendete Böhmer den Satz.

Was zwar richtig war, Max aber trotzdem nicht überzeugte.

»Ich glaube, wir haben es mit einem vollkommen Irren zu tun, der Spaß an dem hat, was er mit der Frau anstellte.«

Böhmer zuckte mit den Schultern. »Wobei das eine das andere nicht ausschließt. Ich möchte mich auf jeden Fall noch mal mit diesen Bankenfritzen unterhalten. Vor allem auf Wollner freue ich mich. Er ist so sympathisch.«

Bevor sie das Uniklinikum erreichten, erhielt Böhmer einen Anruf aus dem Büro, in dem ihr Kollege Bauer ihm Petra Zedermanns Adresse durchgab und ihm mitteilte, die junge Frau habe allein in Düsseldorf gelebt, ihre Eltern wohnten in München. Die Kollegen dort seinen verständigt und würden die Eltern aufsuchen.

»Wie ich schon erwähnte, sind die meisten der vorliegenden Verletzungen nicht tödlich gewesen. Aber sie waren sehr schmerzhaft.« Dr. Reinhardt faltete die Hände auf der Schreibtischplatte und sah die beiden Ermittler an. »Todesursache war eine perforierende Herzverletzung, bei der sowohl die Vorder- als auch die Hinterfläche des Herzens durchstoßen wurden. Mit einer einseitig scharfen Klinge, mindestens achtzehn Zentimeter lang. Vielleicht ein Fleischermesser.« Er ließ seine Worte einen Moment wirken, bevor er fortfuhr: »Kurzum, der Täter hat sie über einen Zeitraum von etwa ein bis zwei Stunden gefoltert, bevor er ihr den tödlichen Stich ins Herz versetzte.«

Er sah hinüber zu dem Frauenkörper, der neben ihnen auf einem verchromten Seziertisch lag. Ein mit groben Stichen vernähter, Y-förmiger Schnitt zog sich über Brust- und Bauchraum. »Man kann nur erahnen, was diese Frau durchleben musste.«

»Ist sie vergewaltigt worden?«, fragte Böhmer.

Reinhardt schüttelte den Kopf. »Dafür gibt es keine

Anzeichen. Zumindest nicht im klassischen Sinn. Es liegen zwar Verletzungen im Bereich der Vagina vor, aber die stammen allesamt von einer Klinge.«

Max konnte den Blick nicht von der Toten losreißen. Sie musste etwa in Kirstens Alter gewesen sein. Er konnte nichts gegen die Vorstellung tun, dass dort auf dem Seziertisch ebenso gut seine Schwester liegen könnte, wenn der Zufall es gewollt hätte, dass der Weg dieses Irren sich mit ihrem kreuzte. Oder ein anderer Irrer ihm den Auftrag, sie zu töten, gegeben hätte. Er versuchte, den Gedanken zu verdrängen, und es gelang ihm auch halbwegs, doch allein diese Vorstellung genügte, um seine Entschlossenheit zu festigen, diesen Kerl zu fassen. Er würde alles daran setzen …

»Max?«

Erschrocken sah er zu Böhmer hinüber. »Ja?«

»Was ist? Meditierst du?«

»Nein, ich habe nur gerade daran gedacht, was diese Frau durchgemacht hat.«

»Ja«, war alles, was Böhmer dazu sagen wollte oder konnte. An den Arzt gerichtet, bat er: »Sind Sie so nett und schicken uns den Bericht schnellstmöglich zu?«

Reinhardt nickte.

»Ach, und könnten Sie mir vielleicht ein paar Fotos ausdrucken? Jetzt?«

Der Arzt klappte einen Schnellhefter auf, entnahm ihm drei oder vier Bilder und hielt sie Böhmer grinsend entgegen. »Man kennt seine Kunden ja mit der Zeit.«

Eine Stunde später saßen sie wieder in der Empfangshalle der Bank und warteten darauf, zu Martin Wollner vorgelassen zu werden. Max hatte sie von unterwegs telefonisch angemeldet und erfahren, dass dieses Mal auch die beiden anderen Mitarbeiter anwesend waren, deren Namen Passeck ihnen genannt hatte.

Als sie schließlich Wollners Büro betraten, saßen alle drei zusammen und sahen ihnen entgegen.

»Ah, die Herren von der Polizei.« Wollner erhob sich und deutete auf die beiden Stühle, die so standen, dass Böhmer und Max den drei Bankern gegenübersaßen. »Ich hoffe, Sie verstehen, dass ich Sie bitten muss, sich zu beeilen. Jede Minute, die wir drei hier herumsitzen, kostet die Bank eine ganze Stange Geld.«

»Die Bank wird es verkraften«, antwortete Böhmer gelassen, während alle sich setzten. »Wenn Sie uns zuerst Ihre Kollegen vorstellen würden …«

Dr. Friedbert Kurze, ein kleiner, untersetzter Mann mit aschblondem Haarkranz, wurde ihnen von Wollner als Leiter der Innenrevision vorgestellt. Burghard Lehmann, schlank, braungebrannt, mit nach hinten gegelten schwarzen Haaren, war gute zehn Jahre jünger als seine beiden Kollegen. Er trug einen perfekt sitzenden dunkelgrauen Anzug und war Chef des Controllings.

»Dürfen wir jetzt erfahren, was der Grund für unser kleines Meeting hier ist?«

»Sagt einem von Ihnen der Name Petra Zedermann etwas?« Max beobachtete die Gesichter der drei genau, während sie sich ansahen und mit den Schultern zuckten, konnte aber nichts Verräterisches entdecken.

»Nein, ich höre den Namen zum ersten Mal, und meinen Kollegen scheint es ähnlich zu gehen. Wer ist das?«

»Eine Kollegin von Harry Passeck.«

Wollner stieß genervt den Atem aus. »Schon wieder dieser Passeck mit seinen Spinnereien. Ich habe alles dazu gesagt, was es zu sagen gibt. Im Übrigen denken wir darüber nach, Herrn Passeck wegen Rufschädigung zu verklagen.« Er stand auf und schlug die Hände zusammen. »Das war's dann ja wohl, und wir können uns wieder wichtigen Themen zuwenden.«

»Das war's noch nicht«, knurrte Böhmer. »Setzen Sie sich wieder hin. *Bitte.* Ich bin nämlich der Meinung, dass der Mord an einer jungen Frau durchaus zu den wichtigen Themen zählt.«

Die Betroffenheit, die sich auf Wollners Gesicht zeigte, schien Max nicht nur übertrieben zu sein, sondern war auch zu schlecht gespielt. Selbst wenn der Manager nichts mit dem Tod der Frau zu tun hatte, interessierte er sich nicht wirklich dafür.

Langsam ließ Wollner sich wieder auf seinen Stuhl sinken. »Ist es diese Kollegin von Herrn Passeck? Ist sie ermordet worden?«

»Ja.«

»Und was sollen wir Ihrer Meinung nach damit zu tun haben?« Zum ersten Mal meldete sich Friedbert Kurze zu Wort.

»Niemand hat behauptet, dass Sie etwas damit zu tun haben«, entgegnete Max sachlich. »Wir möchten Ihnen lediglich ein paar Fragen stellen.«

Mit einer umständlichen Bewegung nestelte Böhmer an der Innenseite seines braunen Sakkos herum und zog dann die Fotos heraus, die er von Dr. Reinhardt erhalten hatte. Nach einem kurzen Blick darauf nahm er das mittlere Bild und legte es so auf den niedrigen Tisch, dass die drei Banker es sehen konnten. »Das ist Petra Zedermann. Ich frage Sie noch mal: Kennen Sie sie?«

Die drei starrten das Foto an, das Kopf und Hals der Toten zeigte und kurz vor den kreisrunden Löchern der herausgeschnittenen Brustwarzen endete. Aber auch das Gesicht, der Hals- und der Brustbereich mit den tiefen Schnittwunden waren kein schöner Anblick. Wollner und Dr. Kurze betrachteten das Foto mit einer Mischung aus Neugierde und Abscheu. Ihr jüngerer Kollege hingegen wendete schon nach einem flüchtigen Blick den Kopf ab und schaute aus dem Fenster. Er war blass geworden, und Max bemerkte, dass es Böhmer ebenso aufgefallen war wie ihm selbst.

»Ja« – Wollner sah von dem Foto auf – »das ist furchtbar. Aber ich kenne diese Frau nicht und verstehe noch immer nicht, was wir damit zu tun haben sollen. Ich bitte Sie erneut, zum Ende zu kommen.«

Max nickte. »Wir würden uns gerne kurz einzeln mit jedem von Ihnen unterhalten.«

»Also wirklich, das geht jetzt aber zu …«

»Wir können Ihnen auch eine Vorladung aufs Präsidium zukommen lassen«, unterbrach Böhmer ihn. »Das wird dann deutlich länger dauern. Aber Sie dürfen selbstverständlich Ihren Anwalt mitbringen. Sie können ihn auch jetzt hinzuziehen. Wir warten gerne.«

Die beiden fixierten einander mit Blicken, als wollten sie den jeweils anderen durch bloße Willenskraft niederringen. Schließlich nickte Wollner. »Also gut. Ich mache den Anfang. Ich gebe Ihnen zwei Minuten.« Und an seine Kollegen gewandt, sagte er: »Würdet ihr bitte so lange draußen bei Frau Kollmann warten?«

»Nein, ich möchte mit Herrn Lehmann beginnen«, erklärte Max und ließ keinen Zweifel daran, dass er darüber nicht diskutieren würde.

Wollner hob die Hände. »Also gut, dann eben so. Ich muss Ihnen sagen, dass mich Ihr Gehabe stark an schlechte Fernsehkrimis erinnert.«

»Die Sie sich ja offensichtlich anschauen«, resümierte Böhmer grinsend.

Max wartete, bis sich die Tür hinter Wollner und Kurze geschlossen hatte, und wandte sich dann Lehmann zu, der sich sichtlich unwohl fühlte. »Kennen Sie die Frau auf dem Foto?«

»Nein, bestimmt nicht. Warum fragen Sie mich das noch einmal?«

»Mir ist aufgefallen, dass Sie nur einen kurzen Blick auf ihr Gesicht geworfen und dann sofort weggesehen haben. Das muss doch einen Grund haben.«

Lehmanns Finger waren in ständiger Bewegung, er wirkte extrem nervös. »Ich kann mir so was nicht ansehen. Tote. Wenn ich mir vorstelle, dass die Frau umgebracht worden ist …«

»Das kann ich verstehen. Trotzdem hatte ich gerade das Gefühl, dass da noch etwas anderes ist. Vielleicht haben Sie Frau Zedermann ja mal privat kennengelernt?«

»Nein, ganz sicher nicht. Ich kenne sie wirklich nicht.«

Böhmer richtete sich in seinem Stuhl auf. »Das ist eine erstaunliche Feststellung. Immerhin ist die Frau auf dem Foto tot und schrecklich zugerichtet. Ihr Aussehen dürfte ziemlich verändert sein. Und doch sind Sie nach einer Sekunde, in der Sie sich das Foto angesehen haben, sicher, dass Sie sie nicht kennen?«

»Ja.«

Max spürte förmlich, wie sehr der Mann sich wünschte, einfach weglaufen zu können. Er wechselte das Thema. »Wie ist das so in der Bank? Weiß jeder von dem anderen, womit der sich gerade beschäftigt?«

»Wie … meinen Sie das?«

»Ich möchte offen mit Ihnen reden, Herr Lehmann«, wagte Max einen Vorstoß. »Ihre drei Namen tauchen im Zusammenhang mit einer … sagen wir mal rechtlich nicht ganz astreinen Steueroptimierungsmethode auf. Wüsste in einem solchen Fall jeder von Ihnen, was die anderen beiden tun?«

Lehmanns Finger verschränkten sich ineinander. »Aber das ist doch Quatsch«, brauste er auf. »Das hat sich dieser Journalist ausgedacht.«

Max hob beschwichtigend eine Hand. »Das mag ja sein, aber es geht hier um Mord, da müssen wir alle Möglichkeiten durchspielen.«

Er beugte sich nach vorn, griff sich das Foto und hielt es Lehmann vor die Nase. »Diese junge Frau ist erst stundenlang gefoltert und dann getötet worden. Es bestehen Verbindungen über Harry Passeck zu Vorgängen in dieser Bank. Nun schauen Sie sich das Foto genau an, und dann sagen Sie mir, dass Sie sicher sind, dass Ihre Kollegen nichts tun oder getan haben, wovon Sie nichts wissen.«

Für einen kurzen Moment hatte Max das Gefühl, Lehmann würde einknicken und hätte tatsächlich etwas zu erzählen. Doch Lehmann stand abrupt auf und sagte: »Ich kann nicht für meine Kollegen sprechen und werde auch ganz bestimmt keine Mutmaßungen über sie anstellen. Das ist dann wohl eher Ihr Job.« Damit wandte er sich ab und verließ den Raum.

»Netter Versuch«, kommentierte Böhmer. Max nickte. »Ja, es war eben ein Versuch. Die beiden anderen können wir uns schenken, von denen werden wir nichts erfahren. Lass uns gehen. Ich denke sowieso, dass wir hier auf dem falschen Dampfer sind.«

»Wie kannst du dir da so sicher sein? Nach dem, was wir gerade gesehen und gehört haben?«

Max stand auf und wiegte den Kopf hin und her. »Instinkt.«

17

Petra Zedermanns Wohnung in der Innenstadt war etwa fünfzig Quadratmeter groß und gemütlich eingerichtet. Sie durchsuchten ihre Schränke und ihren Schreibtisch nach irgendetwas, das ihnen einen Hinweis geben könnte, der sie weiterbrächte. Sie sahen alle Unterlagen durch, die sie fanden, und blätterten in persönlichen Notizen.

Nach etwa einer Stunde gaben sie auf und machten sich auf den Weg zurück ins Präsidium.

Den restlichen Nachmittag verbrachten sie mit Telefonaten und der Sichtung der Berichte von Kollegen. Max war heilfroh, als er gegen sechs Uhr endlich zu Hause eintraf. Für den nächsten Morgen um neun hatte ihr Chef ein Meeting anberaumt, in dem die Zusammensetzung der *BAO Rheinufer* bestimmt werden sollte. Fest stand, dass Polizeirat Gorges Böhmer die Leitung übertragen würde.

Max ging auf direktem Weg ins Schlafzimmer, wo er Jeans und Shirt aus- und seine Laufsachen anzog. Eine Viertelstunde später erreichte er das Rheinufer und lief los. Es gab für ihn keine bessere Möglichkeit, den Kopf freizubekommen, als durch die Natur zu joggen. Selbst im Winter lief er ausschließlich im Freien. Er konnte nicht verstehen, wie man in einem stickigen, sauerstoffarmen Raum auf einem Laufband eine Stunde auf der Stelle treten konnte.

Kurz vor halb acht war er wieder zurück und ging ins Badezimmer, wo er Wasser in die Badewanne einlaufen ließ. Im Sommer duschte er im Allgemeinen zwar lieber, als sich in heißes Wasser zu legen, aber nach den Ereignissen der letzten Tage freute er sich auf ein Glas italienischen Rotwein in der entspannenden Wärme des Wassers.

Danach aß er ein schnell zubereitetes Abendessen aus Feldsalat mit Paprika, gehobeltem Parmesan und scharf angebratenen Putenbruststreifen und setzte sich dann mit seinem Glas Rotwein und der noch halbvollen Flasche an den Computer.

Max öffnete den Browser und begann mit der Suche nach Morden, bei denen die Opfer gefoltert worden waren. Die Ergebnisse waren dürftig und bestanden meist aus reißerischen Artikeln einschlägiger Boulevardblätter.

Nach dem neunten oder zehnten Versuch gab er es auf und versuchte es mit der Eingabe englischer Begriffe. Das führte ihn zumindest nicht nur zu Onlineausgaben von Portalen, sondern auch zu privaten und halböffentlichen Blogs, die sich, mal mehr, mal weniger seriös, mit sadistischen Morden und Psychopathen beschäftigten. Er fand Artikel über die Foltermethoden der Cosa Nostra und des mexikanischen Drogenkartells ebenso wie über die Verhörmethoden in der ehemaligen DDR und im Skandalgefängnis Abu-Ghuraib im Irak. Doch nichts davon brachte ihn weiter. Er überlegte, mit welchen Begriffen er die Suche einengen könnte, als das

Smartphone die ersten Takte von »Mandy« spielte. Kirsten.

»Hallo, Schwesterlein«, begrüßte er sie betont gutgelaunt.

»Hallo, Maximilian.«

Maximilian? Wenn seine Schwester ihn so nannte, war sie meist nicht gut auf ihn zu sprechen.

»O-oh. Was auch immer ich verbrochen habe, ich bekenne mich schuldig und bitte untertänigst um Vergebung.«

»Na ja, verbrochen hast du nichts, aber ich muss trotzdem mal ein ernstes Wort mit dir reden.«

»Das beruhigt mich ja schon wieder ein bisschen. Also gut, ich höre.«

»Ich habe über dich nachgedacht.«

»O Schreck!«

»Nein, im Ernst. Wann warst du zum letzten Mal verliebt?«

Daher wehte also der Wind. Wieder einmal. Er seufzte.

»Ach, Kirsten, du weißt doch, dass ich mich im Moment voll und ganz auf meinen Beruf konzentrieren möchte. Ich bin noch jung und …«

»Das bist du nicht.«

»Was?«

»Du bist nicht mehr jung, Maximilian Bischoff. Du bist zweiunddreißig Jahre alt und damit nicht mehr jung genug, um dich ausschließlich auf deinen Beruf zu konzentrieren. Schließlich möchte ich irgendwann mal Tante werden.«

Max wusste nicht recht, was er darauf entgegnen sollte. Seit Jan sie verlassen hatte, schien Kirsten besonders daran interessiert zu sein, dass wenigstens er eine Beziehung hatte. Natürlich hatte es in der Vergangenheit immer mal wieder Flirts und kurze Affären gegeben, aber ihm stand der Sinn überhaupt nicht danach, auf die Suche nach einer Frau gehen. »Du kennst meine Einstellung dazu, Kirsten. Wenn ich der Richtigen begegne, werde ich es bemerken.«

»Und du wirst das nicht ignorieren, weil du lieber Karriere machen möchtest?«

»Nein, ganz sicher nicht.«

Eine kleine Pause entstand, in der Max überlegte, ob er Kirsten fragen sollte, wie es ihr ging. Erfahrungsgemäß litt sie in den Momenten, in denen sie mit dieser Such-dir-eine-Freundin-Nummer anfing, besonders stark unter der Trennung von Jan.

»Und bei dir ist alles in Ordnung?« Er bemühte sich, die Frage beiläufig klingen zu lassen.

»Ja, alles prima.« Sie log, da war er sicher. »Sag mal, diese tote Frau vom Rheinufer … Hast du was damit zu tun?«

»Ja, gemeinsam mit meinen Kollegen.«

»Du hast sie gesehen, nicht wahr? Ich meine, die Leiche.«

»Das gehört zu meinem Beruf.«

»Ich verstehe das nicht.« Nach einem Moment fuhr sie fort: »Es gibt so viele schöne Dinge im Leben, so viele Berufe, die positiv sind und Spaß machen …«

»Mein Beruf macht mir Spaß, Kirsten«, erklärte er. Auch diese Diskussion führten sie nicht zum ersten Mal. »Und ich möchte nichts anderes tun.«

»Aber …«

»Zudem finde ich, dass die Polizeiarbeit sehr viel Positives hat. Wir klären Verbrechen auf und verhindern andere.«

»Und wenn ihr Pech habt, werdet ihr dabei selbst zu Opfern. Ist doch so.«

»Ach, Kirsten …«

»Ich hab dich lieb und mache mir Sorgen um dich.«

»Das weiß ich, und ich finde das auch sehr schön. Ich habe mir nämlich fest vorgenommen, dir auf die Nerven zu gehen, bis wir beide steinalt sind. Deal?«

Sie lachte ins Telefon. »Ja, Deal. Schlaf gut, Bruderherz.«

»Du auch. Gute Nacht.«

Max legte auf, behielt das Smartphone aber noch eine Weile in der Hand. Seine Gedanken kreisten um Kirsten. Wenn er es irgendwie schaffte, würde er sie am nächsten Tag besuchen. Und ihr ein Eis von Vittorio mitbringen. Kirsten liebte Eis, und Vittorio machte das beste in ganz Düsseldorf.

Er legte das Telefon zur Seite und betrachtete den Monitor. Für einen Moment hatte er tatsächlich nicht an die verstümmelte und zu Tode gequälte Petra Zedermann gedacht. Zeit, das sofort wieder zu ändern. Und er wusste auch, wo er seine Recherche fortsetzen würde.

Die Datenbanken von LKA und BKA hatte er ebenso wie Böhmer und andere Kollegen schon ausführlich nach Straftaten durchsucht, die in den letzten Monaten in der Großregion geschehen waren und dem aktuellen Fall ähnelten. Vergeblich. Aber es war ja auch noch eine andere Herangehensweise möglich.

Er gab die Adresse der LVR-Klinik in Köln ein und fügte hinter dem Backslash einen Zusatz an, der ihn direkt zur Anmeldemaske einer speziellen Datenbank des Fachbereichs Forensische Psychiatrie brachte.

Den Zugang zu der Datenbank hatte er schon, seit er sich, nach dem obligatorischen Verwaltungsstudium, als Gasthörer in der medizinischen Fakultät der Heinrich-Heine-Universität eingeschrieben hatte, mit Schwerpunkt auf der Forensischen Psychiatrie. Der damalige Fachbereichsleiter war von Max' Interesse an Fallanalysen und Täterprofilen so angetan gewesen, dass er ihm auch nach Abschluss seines Studiums den Zugang gelassen hatte.

In der obersten Schublade des kleinen Schreibtischs lag sein SecurId-Token, mit dem Max sich in Verbindung mit seinem Usernamen bei der Datenbank anmelden konnte.

Schließlich hatte er die Startseite vor sich und tippte den Suchbegriff F60–F69 ein, der in der *Internationalen statistischen Klassifikation der Krankheiten und verwandter Gesundheitsprobleme* den Bereich der *Persönlichkeits- und Verhaltensstörungen* umfasste. Dann fügte er als Sekundärfilter die Wörter *Folter*, *Messer* und *Herz* hinzu und startete einen ersten Suchlauf.

Er wusste, er verließ damit Böhmers Theorie eines Mordes zur Vertuschung einer anderen Straftat oder zur Informationsbeschaffung. Natürlich hatte Böhmer recht damit, dass das Offensichtliche meist auch das Zutreffende war. Aber eben nur meist.

Die Tatsache, dass es durch den angeblichen Informanten, der Passeck in die Wohnung gelockt hatte, eine

Verbindung zu der verschwundenen Miriam Winkel gab und fast zur gleichen Zeit eine von Passecks Kolleginnen getötet wurde, hieß nicht zwingend, dass beide Fälle miteinander zu tun hatten.

Das Suchergebnis kam nach rund zehn Sekunden und bestand aus einer Liste mit Verweisen zu Dokumenten, die in der Datenbank gespeichert waren. Die Zahl der gefundenen Links war mit 2456 angegeben. Daneben bot eine erweiterte Maske die Möglichkeit, das Ergebnis durch neue Filter zu präzisieren.

Max überlegte sich weitere Suchbegriffe wie *Schnittwunden*, *Stichwunden* und gab sie ein, was die Anzahl der Ergebnisse auf 348 reduzierte. Der oberste Link führte ihn zu einer Abhandlung über Sadomasochismus, worüber er sich nicht wirklich wunderte.

18

Sie war eine Enttäuschung.

Ich habe ja geahnt, dass es mit ihr nie so werden kann, wie es mit dir war. So unbeschreiblich schön. Aber enttäuscht war ich doch von ihr. Obwohl es mich eigentlich nicht wundern dürfte. Wenn ich mir überlege, wie lange es gedauert hat, bis wir beide so weit waren, diesen einen Moment so intensiv erleben zu können. Es hat viele Enttäuschungen gegeben, aber auch kurze Momente der Hoffnung. Und immer wieder die niederschmetternde Erkenntnis, etwas falsch zu machen. Dabei warst du so geduldig. Ich glaube, du hast die ganze Zeit über gewusst, dass es für uns nur diese eine Möglichkeit geben kann. Nur diese eine Erlösung. Und du hast mir geholfen, den Weg dorthin zu finden. Du hast mich geleitet mit kleinen, fast versteckten Hinweisen und mit Dingen, die du gesagt hast und die schließlich dazu geführt haben, dass ich verstand.

Es war verrückt, zu glauben, dass ich etwas, das auch nur annähernd an diesen unglaublichen Moment herankommt, mit einer Fremden erleben könnte. Unter Zeitdruck, in einer einzigen Nacht. Nein, das konnte so nicht funktionieren.

Mir ist zum Lachen, wenn ich daran denke, wie sie alle herumstolpern und fieberhaft nach etwas suchen, das sie nicht finden können. Weil sie es nicht begreifen. Und ich werde mein süßes Geheimnis für mich behalten. Unser Geheimnis. Ich weiß ja, dass du es auch nicht verraten wirst.

Trotz allem glaube ich fest daran, nicht für immer auf dieses

Gefühl der vollkommenen Ekstase verzichten zu müssen. Ich weiß jetzt, dass ich sie nur in Verbindung mit dir erreichen kann. Das ist auch vollkommen logisch, weil du die Liebe meines Lebens bist.

Du weißt, an wen ich denke, nicht wahr? Natürlich weißt du es. Ich hoffe nur, sie enttäuscht mich nicht.

Aber sie wird mich nicht so enttäuschen können wie diese Fremde. Weil es da eine Brücke gibt. Zu dir.

Und ich weiß auch, wo ich sie finde.

Ich freue mich schon sehr.

19

Samstag

Das Meeting am Samstagmorgen, mit dem die *Besondere Aufbauorganisation Rheinufer* ins Leben gerufen wurde, endete mit einem Vortrag von Staatsanwältin Gerit Möllemann, die sich die Gelegenheit nicht nehmen ließ, allen mitzuteilen, wie sehr sie unter dem Druck der Öffentlichkeit auf der einen und dem des Innenministeriums auf der anderen Seite stand. Und wie dringend sie deshalb auf die gute Zusammenarbeit mit allen Beamten der BAO angewiesen sei, von denen sie sich im Übrigen bedingungslosen Einsatz und schnelle Erfolge erwarte.

»Hast du mal ein Taschentuch?«, flüsterte Böhmer. »Mir kommen gerade die Tränen. Die arme Frau.« Da sie beide in der ersten Reihe saßen, befürchtete Max schon, Möllemann könne Böhmer hören, doch sie war so auf ihre Ansprache konzentriert, dass sie wahrscheinlich nicht einmal mitbekommen hätte, wenn Böhmer wegen eines epileptischen Anfalls vom Stuhl gekippt wäre.

Nachdem Polizeirat Gorges das Meeting beendet hatte, bezogen die Mitglieder der neuen BAO ihre Einsatzzentrale – ein großes Büro mit allem, was an technischer Ausstattung nötig war.

Böhmer und Max belegten zwei Schreibtische, die in der Mitte des Raumes mit den Stirnseiten aneinandergestellt waren. Die anderen Arbeitsplätze waren in einem großen Rechteck um sie herum aufgebaut. Es herrschte ein Treiben wie im Taubenschlag. Flipcharts wurden aufgestellt und eine große Karte von Düsseldorf an die Wand gepinnt, auf der der Fundort der Leiche markiert war.

Mehrere Kollegen aus der IT-Abteilung waren dabei, Computer aus anderen Büros in die Einsatzzentrale zu bringen und dort anzuschließen.

Als Max einen Stapel Berichte auf seinem neuen, temporären Schreibtisch sortierte, streckte Böhmer den Kopf zur Tür herein. »Unten steht Passeck und möchte mit uns reden. Kannst du ihn abholen? Bring ihn in B4.13.«

Das war das umfunktionierte Büro, in dem sie auch schon die letzte Unterhaltung mit dem Journalisten geführt hatten.

Max verzichtete auf den Aufzug und nahm den Weg durch das Treppenhaus. Er fragte sich, was Passeck am Samstagmorgen wohl von ihnen wollte. Hatte er es sich anders überlegt? Gab es doch noch etwas, das er ihnen bisher verschwiegen hatte?

Als Max unten ankam, lächelte Passeck ihm entgegen. Das sah nicht danach aus, als ob er reumütig irgendwelche Geständnisse ablegen wollte.

Kurze Zeit später betraten sie das Büro, in dem Böhmer bereits am Tisch saß. Vor ihm dampfte eine frische Tasse Kaffee.

»Möchten Sie auch einen Kaffee?«, fragte Max und warf seinem Partner einen vorwurfsvollen Blick zu.

Passeck lehnte ab. »Danke, ich habe heute Morgen schon zu viel Kaffee getrunken.«

»Also, Herr Passeck.« Böhmer strich sich über den Bart und legte dann die Hände zusammen. »Was führt Sie zu uns?«

»Ein Gedanke. Eigentlich ein naheliegender Gedanke.« Passeck machte einen frischen und energiegeladenen Eindruck. Kein Vergleich mit der Verfassung, in der er sich in den vergangenen Tagen befunden hatte.

»Wie Sie wissen, bin ich investigativer Journalist. Das heißt, ich bin es gewohnt, zu recherchieren. Auch, oder besser gesagt *gerade* zu Themen, über die im Allgemeinen lieber geschwiegen wird. Und ich bin auf übelste Weise in diese Geschichte hineingezogen worden. Da ist es doch naheliegend, dass ich Ihnen meine Hilfe anbiete.«

Erwartungsvoll wanderte sein Blick von Böhmer zu Max und wieder zurück.

»Ihre Hilfe?« Böhmer stieß ein bellendes Lachen aus. »Wie stellen Sie sich das vor? Möchten Sie einen Hilfssheriffstern? Und dann laufen Sie herum und führen Verhöre durch?«

»Ich habe viele Informanten, das sollten Sie nicht unterschätzen. Und ich bin nicht wie Sie an irgendwelche Dienstvorschriften gebunden.«

»Sie sind ebenso wie wir an das Gesetz gebunden.«

»Natürlich, aber ich habe trotzdem ganz andere Möglichkeiten als Sie.« Nach einer kurzen Pause fügte er deutlich leiser hinzu: »Außerdem gibt es da etwas, das ich Ihnen noch nicht erzählt habe. Das möchte ich jetzt nachholen, damit Sie sehen, dass es mir ernst ist.«

»Und warum sollten wir Ihnen das glauben, was Sie uns erzählen?«, warf Max ein. »Ich erinnere mich, dass Sie uns schon einige Märchen aufgetischt haben.«

Der hoffnungsvolle Ausdruck verschwand von Passecks Gesicht, und er schien ein wenig in sich zusammenzusacken.

»Weil ich bei dem, was ich Ihnen noch zu sagen habe, nicht sonderlich gut aussehe.«

»Also gut«, hakte Max sofort nach, bevor der Mann es sich anders überlegte, »dann legen Sie mal los.«

»Okay. Aber ich setze voraus, dass von dem, was ich Ihnen jetzt sage, kein Wort an die Öffentlichkeit gelangt. Wenn meine Frau davon erfahren würde …« Er ließ offen, wie Beate von Braunshausen reagieren würde, was in Max eine ziemlich klare Vorstellung von dem hervorrief, was Passeck ihnen gleich berichten würde. Falls das zutraf, konnte er sich die Reaktion der Frau gut vorstellen.

»Petra … die Tote … Ich hatte mal was mit ihr.« Es klang kleinlaut und ging genau in die Richtung, die Max vermutet hatte.

Böhmer richtete sich auf. »Wann war das?«

Passeck dachte nach. »Ich weiß es nicht genau. Vor ungefähr einem Jahr.«

»Eine einmalige Sache?«

Passeck wand sich. »So ähnlich. Nicht ganz. Also, da gab es noch mal eine Gelegenheit, etwa vor drei Monaten. Das war's aber dann.«

»Sie hatten also bei zwei Gelegenheiten Sex mit ihr, und das war's. Kein längeres Verhältnis?«

Der Journalist machte große Augen, gerade so, als sei

allein der Gedanke vollkommen abwegig. »Nein, es waren nur diese beiden Nächte. Etwas Längeres hatte ich nur mit Miriam. Da war Liebe im Spiel. Aber sonst …«

»Und ist Frau Zedermann die einzige Kollegin, mit der Sie … *mal was hatten*?« Böhmers Stimme war anzuhören, was er von Passecks Ausführungen hielt.

Dessen Blick senkte sich schuldbewusst. »Also … nein. Es gab da schon das eine oder andere Mal. Hier und da. Aber Sie kennen meine Frau nicht. Sie müssten mal erleben, wie …«

Böhmer hob eine Hand. »Ersparen Sie uns die Details Ihrer Ehe. Also? Wie viele waren es?«

»Insgesamt vier. Aber über einen längeren Zeitraum.«

Böhmer schüttelte den Kopf. »Und wie ist mittlerweile das Verhältnis zu diesen Damen?«

»Gut natürlich. Warum denn auch nicht? Ich habe niemandem etwas Böses getan.« Auf seinem Gesicht zeigte sich der Anflug eines Grinsens. »Und sie hatten ja auch ihren Spaß dabei.«

Während Max ein wenig launig überlegte, ob er Passeck bedauern oder beneiden sollte, kam ihm ein Gedanke. Er zog sein Notizbuch heraus und sah den Journalisten auffordernd an. »Wie lauten die Namen der Frauen?«

»Möchten Sie etwa mit ihnen sprechen? Das wäre mir wirklich sehr unangenehm.«

»Das werden wir müssen. Wir können nicht ausschließen, dass diese Frauen auch in Gefahr sind.«

Passeck war offensichtlich alles andere als begeistert und bereute wahrscheinlich schon, dass er ihnen von seinen Affären erzählt hatte, aber schließlich nickte er, nannte die Namen der Frauen und wandte sich dann an

Böhmer, während Max noch den letzten Namen notierte. »Wie ist Petra eigentlich … getötet worden?«

»Der Mörder hat sie gefoltert, bevor er sie mit einem Stich ins Herz getötet hat«, erklärte Böhmer. »Vielleicht wollte er Informationen von ihr. Sind Sie sicher, dass Frau Zedermann nichts mit Ihren Recherchen zu der Steueraffäre zu tun hatte?«

Passeck schien diese Information erst einmal verdauen zu müssen.

»Bin ich«, sagte er schließlich heiser. »Sie schreibt für ein ganz anderes Ressort.«

»Und wie ist es mit den anderen Damen?«

»Nein, die auch nicht. Gibt es denn wegen des Mordes schon einen Verdächtigen?«

»Wie ist es mit Miriam Winkel?«, fuhr Böhmer fort, ohne auf die Frage einzugehen. »Kann es sein, dass Sie damals, während Sie eine Beziehung mit ihr hatten, bereits für diese Story recherchiert haben, an der Sie gerade arbeiten?«

Auf Passecks Stirn zeigten sich Falten. »Nein. Um Gottes willen, damals war ich an vollkommen anderen Themen dran. Ich beschäftige mich doch erst seit etwa fünf Monaten mit der Steuersache.«

»Ihr Chef meinte, es seien drei Monate.«

»Ja, offiziell. Als ich ihm davon erzählt habe, hatte ich bereits ein paar Wochen recherchiert.«

Max schaltete sich ein. »Waren Sie eigentlich zu dem Zeitpunkt, als Miriam Winkel verschwand, noch mit ihr zusammen?«

»Wie? Ob ich … nein. Das zwischen uns war schon vorher zu Ende.«

»Wer hat es beendet?«

»Das … waren wir gemeinsam. Wir sind zu dem Schluss gekommen, dass die Sache mit uns keine Zukunft hat. Und ich konnte das auch nicht auf Dauer. Immer diese Lügen Beate gegenüber.«

»Muss schwer gewesen sein. Sie sagten eben, es war Liebe im Spiel.«

»Ja, war es.«

Max beobachtete Passeck die ganze Zeit über genau. Er schien sich unwohl zu fühlen, seit das Gespräch sich um die Schauspielerin drehte. Es gab immer noch irgendetwas, das nicht stimmte, da war Max sicher.

»Wir danken Ihnen jedenfalls, dass Sie extra am Wochenende hierhergekommen sind, um uns Ihre Hilfe anzubieten.«

Es war offensichtlich, dass Böhmer die Unterhaltung beenden wollte.

Passeck verstand und erhob sich. »Ja, dann gehe ich mal wieder. Ich werde mich trotzdem unter meinen Informanten umhören. Wer weiß …«

Max brachte ihn zum Aufzug. Als er zurückkam, saß Böhmer immer noch am gleichen Platz und starrte aus dem Fenster.

»Ich traue dem Kerl keinen Meter«, sagte er und schaute zu Max. »Der will uns doch mit seinen Hilfsangeboten um den Finger wickeln, um von sich selbst abzulenken.«

»Ich weiß nicht …« Max drehte einen Stuhl um, setzte sich breitbeinig verkehrt herum darauf und legte die Unterarme auf die Rückenlehne.

»Diese drei anderen Frauen in der Redaktion, mit denen er was hatte … Wir sollten uns mit ihnen unterhalten, meinst du nicht?«

»Ja, das sollten wir.« Böhmer stand auf, ging zur Tür und drehte sich dort noch mal zu Max um.

»Worauf wartest du?«

20

Als sie die Räume der Redaktion betraten, war die beklemmende Atmosphäre fast greifbar. Max wunderte sich, dass verhältnismäßig viele Mitarbeiter an einem Samstag anwesend waren, aber wie Chefredakteur Lanz ihnen erklärte, musste die Sonntagsausgabe vorbereitet werden. Dazu waren überwiegend die Redakteure für Lokales, Politik und Kultur gefragt.

Max war es nicht einmal bewusst gewesen, dass die Zeitung eine Sonntagsausgabe herausgab.

Er las nur die Nachrichten der größeren Blätter, und auch die fast ausschließlich online. Auf den Portalen existierten keine speziellen Wochen- oder Sonntagsausgaben.

»Haben Sie schon Hinweise auf denjenigen, der diese furchtbare Tat begangen hat?«, erkundigte sich Lanz, nachdem sie sein Angebot abgelehnt hatten, sich zu setzen.

»Nein, leider noch nicht.« Böhmer strich über seinen Bart.

»Ich kann es immer noch nicht glauben.« Lanz wirkte so müde, als hätte er in der Nacht kaum geschlafen. Der Tod seiner Mitarbeiterin schien ihn mehr mitzunehmen, als Max es sich nach ihren bisherigen Begegnungen vorstellen konnte.

»Was passiert ist, scheint Ihnen sehr nahezugehen«,

bemerkte er vorsichtig. »Kannten Sie Petra Zedermann näher? Über Ihre gemeinsame Arbeit hinaus?«

Lanz sah ihn eine Weile an, erhob sich wieder und vergrub die Hände in den Taschen seiner Hose. »Ja, irgendwie schon. Ich war es, der sie dazu überredet hat, aus München hierherzuziehen. Sie hat in Düsseldorf Kunstgeschichte studiert und hier in der Redaktion ein Volontariat gemacht. Ursprünglich wollte sie danach zurück nach München, aber sie war so gut, dass ich sie überredet habe zu bleiben. Tja …« Er setzte sich wieder und seufzte. »Sie werden verstehen, dass mich der Gedanke, sie wäre noch am Leben, wenn ich sie hätte gehen lassen, ziemlich fertigmacht.«

»Das ist zwar verständlich, aber Sie wissen selbst, dass es da keinen Zusammenhang gibt«, warf Max ein. »Diese Wenn-dann-Geschichte könnte man beliebig weit zurückführen. Vielleicht kam die Idee, hier zu studieren, von einer Freundin in München. Vielleicht war die Party eines anderen Mädchens schuld, dass sie diese Freundin kennengelernt hat …«

Lanz nickte resigniert. »Ja, ich weiß, dass Sie recht haben. Aber das ändert nichts daran, dass mir die Sache sehr nahegeht.«

Böhmer brachte den Hauptgrund ihres Besuchs zur Sprache: »Wir würden uns gerne mit dreien Ihrer Mitarbeiterinnen unterhalten.«

»Ja, natürlich. Um wen handelt es sich?«

Böhmer sah Max auffordernd an, der schon im Begriff war, seine Notizen hervorzuholen.

»Sie heißen … Moment … ah, hier: Christine Breuninger, Lara Schäfer und Kathrin Holbe.«

Lanz dachte kurz nach. »Lara und Kathrin sind da, aber Christine Breuninger hat das ganze Wochenende frei. Dürfte ich erfahren, warum Sie sich ausgerechnet mit diesen dreien unterhalten möchten?«

»Sagen wir es mal so«, begann Böhmer gedehnt, »offensichtlich sind sich Frau Zedermann und Harry Passeck mal nähergekommen, und …«

»Und nun möchten Sie sich mit anderen Kolleginnen unterhalten, denen Harry mal *nähergekommen* ist?«

»Das könnte man …«

»So ist es«, kürzte Max die Sache ab. Nach seiner Einschätzung wusste Lanz sowieso recht gut über Harry Passeck und seine Affären Bescheid, zumindest, was die Frauen in der Redaktion betraf.

Lanz zeigte ein trauriges Grinsen und griff ohne weiteren Kommentar nach seinem Telefon.

Kurze Zeit später saßen Max und Böhmer Kathrin Holbe im Besprechungsraum der Redaktion gegenüber. Max schätzte, dass die Frau etwa in seinem Alter war. Die dunklen Haare waren kurzgeschnitten, was ihr in Verbindung mit den leicht nach oben geschwungenen Mundwinkeln ein spitzbübisch-freches Aussehen verlieh, das allerdings im Gegensatz zu dem Ausdruck der Trauer in ihren Augen stand. Sie war nicht sehr groß und von kräftiger Statur, ohne dabei pummelig zu wirken. Max vermutete, dass sie viel Sport trieb.

»Frau Holbe, wir wissen, dass der Tod Ihrer Kollegin ein Schock für Sie alle sein muss«, begann Böhmer, nachdem er sich selbst und Max vorgestellt hatte.

»Petra war nicht nur meine Kollegin. Wir waren befreundet.«

Max bemerkte Böhmers schnellen Blick zu ihm. Das machte die Sache nicht einfacher.

»Dann sind Sie sicher ebenso wie wir daran interessiert, denjenigen schnell zu finden, der Ihrer Freundin das angetan hat.«

»Natürlich.«

»Gut. Ich möchte auch nicht lange um den heißen Brei herumreden. Es geht um Harry Passeck.«

Max sah, dass die Frau kurz zusammenzuckte, doch schon im nächsten Moment hatte sie sich wieder gefangen.

»Ja?«

»Wissen Sie, woran er zurzeit arbeitet?«

Sie schürzte die Lippen. »Ich weiß nicht viel. Nur, dass er an einer Geschichte über Steuerbetrug im großen Stil dran ist. Einzelheiten kenne ich aber keine.«

»Haben Sie ihm vielleicht mal geholfen? Bei der Recherche zum Beispiel?«

»Nein, noch nie. Ich schreibe für das Feuilleton.«

»Was können Sie uns über ihn sagen?«, fragte Max dazwischen, wofür er sich einen strafenden Blick von Böhmer einhandelte. Er erhoffte sich, von der Frau zu erfahren, ob sie von der Geschichte zwischen Passeck und Petra Zedermann wusste, bevor sie ihr Fragen über ihr Verhältnis zu ihm stellten.

»Ich mag ihn«, begann sie mit ruhiger, sachlicher Stimme. Dann sog sie die Luft geräuschvoll ein und nickte langsam. »Ich verstehe. Da Sie gezielt mit mir sprechen wollten, gehe ich davon aus, Sie wissen, dass mal was zwischen uns war. Und auch, dass er etwas mit Petra hatte.«

»Sie wissen davon?«

»Wie ich schon sagte, waren wir befreundet.«

»Und das hat Ihnen nichts ausgemacht?«

Sie stieß ein kurzes Lachen aus. »Nein, hat es nicht. Hören Sie, das hatte nichts mit Liebe oder Romantik zu tun. Weder bei ihm noch bei Petra noch bei mir. Es hat sich so ergeben, wir hatten beide Spaß. So einfach war das.«

»Aber Sie wissen schon, dass Herr Passeck verheiratet ist?«, fragte Böhmer mit leicht vorwurfsvollem Unterton.

»Ja, das weiß ich. Aber das ist seine Sache, nicht meine. Wäre ich verheiratet oder in einer Beziehung, hätte ich mich nicht darauf eingelassen. Aber Sie sind doch sicher nicht hier, um mit mir über Fragen der Moral zu diskutieren?«

»Wir versuchen herauszufinden, ob es eine Verbindung zwischen dem Tod Ihrer Freundin und Harry Passeck gibt.«

Ihre Augen wurden groß. »Sie denken, Harry könnte …«

»Wir denken, er könnte ein Bindeglied sein.«

Holbe nickte verstehend, konnte den beiden Ermittlern aber nichts sagen, das sie irgendwie weitergebracht hätte.

Lara Schäfer war ein vollkommen anderer Typ als ihre Kollegin. Sie war ein paar Jahre älter, vielleicht Ende dreißig, sehr schlank und nur unwesentlich kleiner als Max, der mit einszweiundachtzig nicht eben winzig war. Ihre wasserblauen Augen standen in faszinierendem Kontrast zu den rückenlangen schwarzen Haaren und ihrem dunklen Teint. Sie trug ein knielanges hellblaues Kleid und dazu dunkle Pumps, die vorn offen waren und den

Blick auf die knallrot lackierten Zehennägel freigaben. Als sie die Begrüßung erwiderte, tauschten Max und Böhmer einen schnellen Blick aus. Ihre samtig-dunkle Stimme ließ selbst in dem »Guten Morgen« einen Hauch Erotik mitschwingen.

»Sie … also, schön, dass Sie sich Zeit nehmen konnten«, begann Böhmer dermaßen unbeholfenen, dass Max ihn verwundert anstarrte.

Lara Schäfer schenkte Böhmer ein hinreißendes Lächeln. »Was blieb mir denn anderes übrig? Hans-Peter sagte am Telefon, Sie sind von der Kriminalpolizei. Da kann man ja nicht einfach nein sagen. Ich nehme an, es geht um Petra Zedermann?«

»Ja, genau. Kannten Sie sie gut?« Das Grinsen auf Böhmers Gesicht wirkte in diesem Moment völlig unpassend, aber Max befürchtete, dass seinem Partner dies nicht bewusst war.

»Nein, fast gar nicht. Wir begegneten uns hier und da, haben aber kaum ein Wort miteinander gewechselt.«

»Was können Sie uns über Harry Passeck sagen?«, wiederholte Max die Frage, die er zuvor schon Kathrin Holbe gestellt hatte, woraufhin das Lächeln zwar nicht von ihrem Gesicht verschwand, aber ein wenig bemüht wirkte.

»Warum fragen Sie mich nach Harry?«

»Routine. Wir interessieren uns auch für andere Kolleginnen und Kollegen.« Max verfälschte die Wahrheit ein wenig. »Würden Sie bitte meine Frage beantworten?«

»Ja. Wir standen uns eine Weile recht nahe. Aber das wissen Sie sicher bereits, da Sie mich nach ihm fragen.«

Das hörte sich nicht nach einem One-Night-Stand an. »Was bedeutet *eine Weile*?«

Das Lächeln zog sich so weit zurück, dass es kaum noch wahrnehmbar war. »Etwa vier Wochen.«

»Vier Wochen?«, wiederholte Böhmer und sah zu Max hinüber.

»Ja. Führen Sie diese Gespräche eigentlich mit allen aus der Redaktion?«

»Nein, nicht mit allen. Aber mit einigen«, erklärte Max.

»Wann war diese Geschichte mit Passeck?«

»Vor etwa einem halben Jahr.«

»Wussten Sie, dass er und Petra Zedermann sich auch schon nähergekommen sind?«

Sie wusste es nicht, das sah Max ihr an, aber es schien sie auch nicht zu überraschen. »Wann war das?«

»Vor Ihrer Zeit.«

Sie nickte. »Dass es da noch andere gegeben hat, ist mir klar. Aber ich glaube nicht, dass es in der Zeit, in der wir zusammen waren, noch jemand anderen gab.«

»Außer seiner Frau«, sagte Böhmer, der seine anfängliche Begeisterung für Lara Schäfer mittlerweile offenbar im Griff hatte. Darauf antwortete sie nicht.

»Haben Sie beruflich irgendwelche Berührungspunkte mit Herrn Passeck?«

»Ab und zu. Ich schreibe für den Wirtschaftsteil, da kommt es schon mal vor, dass wir etwas zusammen ausarbeiten. Ich habe immer gerne mit Harry gearbeitet, er ist sehr professionell.«

»Sie haben?«

»Ich versuche mittlerweile, es zu vermeiden.« Ihr

Blick senkte sich für einen Moment, dann sah sie Max wieder an. »Nicht falsch verstehen, bitte. Wir mögen uns nach wie vor, aber ich möchte nicht mehr so … so eng mit ihm zu tun haben. Auch nicht beruflich.«

Max wartete, ob sie weitersprechen würde. Als sie es nicht tat, fragte er: »Aus welchem Grund?«

Sie trug einen inneren Kampf aus, das war nicht zu übersehen, und sowohl Böhmer als auch Max ließen ihr Zeit.

Schließlich atmete sie tief durch. »Ich habe das mit ihm beendet, weil er … wie soll ich das nur erklären, ohne dass Sie ein falsches Bild von ihm bekommen?«

»Am einfachsten wird es sein, Sie sagen es so, wie es Ihnen einfällt.«

»Harry ist sehr höflich und zuvorkommend. Er hat tolle Ideen und tut alles, wenn er sich für jemanden interessiert. Das Problem ist nur, dass er ein bisschen die Kontrolle über sich verliert, wenn er zu viel getrunken hat.«

Max tauschte erneut einen Blick mit Böhmer. Er verlor die Kontrolle über sich, wenn er getrunken hatte? Wie viele Überraschungen würden sie mit Passeck wohl noch erleben?

»Was genau meinen Sie damit?«

»Na ja, er …« Erneut atmete sie tief durch. »Er wird dann schon mal ein bisschen grob.«

21

»Er hat Sie geschlagen?« Böhmer war ebenso überrascht wie Max. Passeck war sicher kein Heiliger, vor allem, was seine Einstellung Frauen gegenüber betraf, aber für einen Mann, der gewalttätig wird, hätte er ihn nicht gehalten.

»Nein, nicht wirklich geschlagen. Er wurde nur sehr grob.«

»Was genau meinen Sie damit? Bei welcher Gelegenheit war das?«

Schäfer blickte zur Decke. »O Gott, was tue ich hier?« Sie zögerte, gab sich dann aber einen Ruck. »Es war bei mir zu Hause. Wir haben uns immer nur bei mir getroffen, weil … Sie wissen schon. Er hat seiner Frau gesagt, er sei zwei Tage auf Geschäftsreise. Weggehen konnten wir nicht, das wäre zu gefährlich gewesen, also habe ich gekocht. Harry hatte beim Essen schon sehr viel Wein getrunken. Danach fing er dann mit Wodka an. Jedenfalls war er irgendwann ziemlich betrunken und wollte … na ja, er wollte Sex. Ich habe ihm gesagt, dass das in seinem Zustand keinen Sinn macht und er besser seinen Rausch ausschlafen solle. Er hat aber nicht aufgehört, nach mir zu grabschen und mir plump zwischen die Beine zu fassen. Ich fand das alles andere als erregend und habe ihm noch mal deutlich gesagt, er solle das lassen.«

Sie verstummte für einen Moment. »Da wurde er böse. Er hat mich beschimpft und sich auf mich geworfen. Er wollte mir das Kleid ausziehen und hat es dabei zerrissen. Ich habe ihn angeschrien, er solle sofort aufhören, aber er machte immer weiter. So lange, bis ich ihm ins Gesicht geschlagen habe. Das hat ihn dann wohl zur Vernunft gebracht. Am nächsten Tag hatte ich überall blaue Flecke.«

»Das nennt man sexuelle Gewalt«, erklärte Böhmer. »Sie hätten ihn anzeigen können.«

»Ja, das habe ich aber nicht. Ich habe ihn am nächsten Morgen nach Hause geschickt und ihm gesagt, er solle sich nie wieder blicken lassen.«

»Wie hat er sich danach verhalten?«, wollte Max wissen.

»Er hat sich bei mir entschuldigt. Ich glaube, er hat sich geschämt. Es hat eine Weile gedauert, aber mittlerweile gehen wir wieder ganz normal miteinander um. Ich möchte ihm nur nicht mehr zu nahe kommen. Ich fühle mich einfach nicht mehr wohl in seiner Nähe.«

Das wunderte Max nicht.

Etwa fünf Minuten später verabschiedeten sie sich von Lara Schäfer und machten sich auf den Weg Richtung Ausgang. Sie hatten die Tür fast erreicht, als sie geöffnet wurde und Patrick Matuschka vor ihnen stand.

»Guten Tag«, begrüßte er sie freundlich, aber sichtlich überrascht, sie zu treffen.

»Was tun Sie denn am Samstag hier?«, erkundigte sich Böhmer. »Steuern Sie Fotos für die Sonntagsausgabe bei?«

Ein Lächeln legte sich auf Matuschkas Gesicht. »Nein,

nein, dazu müsste ich nicht in der Redaktion erscheinen. So was läuft heute online. Lanz hat mich herbeordert für ein Briefing. Morgen findet ein Parteitag statt, von dem er Fotos haben möchte.«

»Sagen Sie, haben Sie Petra Zedermann gekannt?«

Das Grinsen verschwand zwar aus Matuschkas Gesicht, aber echte Trauer war nicht zu erkennen.

»Nein. Also nicht persönlich. Ich bin ihr sicher mal begegnet, aber ich kannte sie nicht. Trotzdem finde ich es furchtbar. Ich weiß, es ist naiv, aber … irgendwie denkt man doch immer, so etwas passiert nur woanders. Nie im eigenen Umfeld, oder?«

»Nein«, entgegnete Böhmer. »So denken wir bei der Mordkommission nicht.«

»Ja, stimmt, bei Ihnen …« Man sah dem Fotografen an, dass ihm diese Bemerkung peinlich war.

»Ich habe noch eine Frage zu Ihrer Bilddatenbank«, warf Max ein, um Matuschka zu erlösen. »Sie haben beim letzten Mal nach Miriam Winkel und Harry Passeck gesucht, nicht wahr? Also nach Fotos, auf denen beide abgebildet sind.«

»Ehm … ja, aber das wollten Sie doch so.«

»Ja, ja, das ist richtig. Aber würden Sie uns den Gefallen tun und eine neue Suche nur nach Miriam Winkel starten? Datiert auf die letzten vier Wochen vor ihrem Verschwinden?«

Matuschka nickte. »Ja natürlich, das ist überhaupt kein Problem.«

»Wie lange dauert das ungefähr?«

»Ich habe jetzt etwa eine halbe Stunde hier zu tun, dann mache ich mich auf den Rückweg. Die Suche ist in zehn Minuten durch. Ich stelle die Fotos auf meinen Webspace und schicke Ihnen … sagen wir spätestens in zwei Stunden … einen Link. Ich brauche nur Ihre Mailadresse.«

»Das ist prima, vielen Dank.« Max sah auffordernd zu Böhmer. Seine neuen Visitenkarten waren noch immer nicht fertig, nachdem man es auf dem ersten Entwurf geschafft hatte, seinen Nachnamen falsch zu schreiben.

Böhmer fingerte in einer Innentasche seines Sakkos herum und zog schließlich eine Visitenkarte heraus, die er Matuschka reichte.

»Die war ja ziemlich präsent«, stellte Böhmer knappe zwei Stunden später erstaunt fest, während sich die Seite mit den dia-artigen Vorschaubildern aufbaute, zu der Matuschkas Link sie geführt hatte. Max stand hinter Böhmer und schaute ihm über die Schulter.

Die *Thumbnail* genannten Minibilder waren zu klein, um Einzelheiten darauf erkennen zu können. Es blieb ihnen also nichts anderes übrig, als sie einzeln anzuklicken, um sie in Originalgröße betrachten zu können.

Auf den ersten Fotos waren die für Promifeste typischen Szenen zu sehen. Menschen in edlen Roben, Anzügen oder Smokings, die in Gruppen zusammenstanden, lachten und gut aussahen, die meisten mit einem Glas in der Hand. Auf allen Fotos war Miriam Winkel abgebildet – mal im Vordergrund, mal irgendwo in der Menge, ab und zu auch allein.

Foto um Foto. Max fiel auf, dass es viele Aufnahmen gab, in denen die Schauspielerin mit Männern zusammenstand, und dass es in auffallend vielen dieser Szenen so aussah, als hätte der Fotograf sie bei einem kleinen Flirt ertappt.

Sie hatten sicher schon über fünfzig Fotos durchgesehen, als Böhmer sagte: »Na, sieh mal einer an.«

Die Aufnahme zeigte Miriam Winkel mit einem gutaussehenden Mann, dem sie verträumt lächelnd tief in die Augen schaute. Eine Szene, die sie mittlerweile öfter gesehen hatten. Was Böhmer aber zu seiner Bemerkung veranlasst hatte, war Winkels Freund Andreas Maier, der, mit einer Bierflasche in der Hand, schräg hinter den beiden stand und sie mit wütendem, fast schon hasserfülltem Blick anstarrte.

»Da scheint aber jemand sauer gewesen zu sein.« Max beugte sich vor, um besser sehen zu können. »Kennst du den Mann, mit dem sie da zusammensteht?«

»Nein, aber sie scheint ihn ganz gut gekannt zu haben. Sie scheint überhaupt gerne geflirtet zu haben. Ob Passeck das gewusst hat?«

Die Frage war Max auch gerade durch den Kopf gegangen. Und noch eine weitere, nämlich, wie die ermordete Petra Zedermann in dieses Puzzle passte. Hatten die beiden Fälle überhaupt etwas miteinander zu tun?

Böhmer schloss das Foto und klickte weiter. Die bekannten Szenen wiederholten sich. Winkel lachend in einer Gruppe, lächelnd mit einem Mann, sich zuprostend mit einem anderen Mann …

Dann plötzlich eine Aufnahme, auf der sie mit einer Frau zu sehen war und erstmals nicht lächelte. Ganz im Gegenteil.

»Da geht's aber zur Sache«, kommentierte Böhmer.

Winkels Gesicht war wutverzerrt, während sie offenbar auf die andere Frau einredete, die ernst an ihr vorbeiblickte. Sie war jünger als Miriam Winkel, Max schätzte sie auf Mitte zwanzig. Was sofort ins Auge sprang, war die Ähnlichkeit der beiden.

»Die zwei könnten Schwestern sein. Hat Miriam Winkel eine Schwester?«

Böhmer zuckte mit den Schultern. »Keine Ahnung. Das müsste aber in den Unterlagen stehen.«

Es fanden sich noch zwei weitere Fotos, auf denen die beiden Frauen abgebildet waren. Eines offenbar vom selben Abend, auf dem anderen waren beide anders gekleidet. Auf diesen Aufnahmen stritten sie sich zwar nicht mehr so offensichtlich, man sah ihren Gesichtern aber trotzdem an, dass sie keine Freundinnen waren.

Nachdem sie die letzte Aufnahme betrachtet hatten, lehnte Böhmer sich zurück. »Okay, wir sollten also herausfinden, wer diese andere Frau ist, und uns vielleicht noch mal mit Winkels Exfreund über das Thema Eifersucht unterhalten. Wenn ich an seinen Gesichtsausdruck auf dem Foto denke … da könnte man schon so etwas wie Mordlust hineininterpretieren.«

»Und ich rufe Matuschka an. Ich möchte wissen, wann diese Bilder gemacht worden sind. Vor allem das mit Andreas Maier.«

Während Böhmer das Foto von Winkels Streit mit der anderen Frau zwischenspeicherte und anschließend per Mail an eine Kollegin der BAO zur Recherche schickte, sprach Max mit Matuschka. Dieser erklärte ihm, dass die Fotos vom Streit zwischen Winkel und der Frau zwei Wochen vor ihrem Verschwinden entstanden waren und er sogar den Namen der Frau kenne. »Sie heißt Jennifer Sommer und ist ebenfalls Schauspielerin. Die beiden mochten sich nicht besonders. Die Sommer hat übrigens die Rolle in dem Schweiger-Film bekommen, nachdem Miriam verschwunden war.«

Die Aufnahme mit Andreas Maier datierte Matuschka auf knapp vier Wochen vor Winkels Verschwinden, also etwa die Zeit, als die Schauspielerin und der Musiker sich gerade trennten.

Max bedankte sich und legte nachdenklich auf.

War es in dem Streit zwischen den beiden Frauen schon um die Filmrolle gegangen? Hatte Jennifer Sommer sie vielleicht bereits vor Winkels Verschwinden bekommen? Und konnte es sein, dass Miriam Winkel doch freiwillig abgetaucht war, weil man ihre Rolle mit einer Jüngeren besetzt hatte? Aber war das ein Grund zu verschwinden? Für so lange Zeit? Und wenn ja, wohin? Und vor allem, woher kam ihr Blut?

Max seufzte. Auf diese Fragen würde er heute wohl keine Antwort mehr finden, es war schon nach acht. Er nahm seine Jacke vom Haken und wünschte Böhmer einen schönen Abend. Als er kurze Zeit später in seinem CC saß, rief er Kirsten an.

Sie freute sich über seinen Anruf, kam ihm aber etwas niedergeschlagen vor.

»Ist alles in Ordnung bei dir?«

Kirsten seufzte. »Ach, Max. Du weißt, dass ich versuche, mein Leben in den Griff zu bekommen. Und dass das nicht immer einfach ist, ist auch klar. Mach dir bitte keine Sorgen. Im Moment bin ich noch ein bisschen wackelig, da genügen manchmal kleine Dinge, um mir den Tag zu verderben. Aber es ist wirklich nichts, worüber du dir Sorgen machen musst.«

»Was sind denn diese kleinen Dinge, die dir heute den Tag verdorben haben?«

Ihr Lachen klang zaghaft und leise. »Du bist süß, aber eine Frau muss auch ihre Geheimnisse haben. Selbst vor einem phantastischen Bruder wie dir.«

»Ich weiß nicht, ob ich mit dieser Antwort zufrieden bin.«

»Und ich weiß, dass du es nicht bist, aber eine andere wirst du nicht bekommen. Es geht mir gut, wirklich. Ich werde früh ins Bett gehen, noch ein paar Seiten lesen und dann schlafen. Morgen wache ich gutgelaunt auf und rufe dich um sieben Uhr an, um dir zu sagen, dass alles in Ordnung ist, und um dir eine halbe Stunde lang die Ohren vollzuquatschen. Mal sehen, ob du dann immer noch so besorgt um mich bist.«

Max stimmte in ihr Lachen ein, obwohl er fand, dass es nicht sehr echt klang. Dass er am Sonntagmorgen um sieben wahrscheinlich sowieso schon wach war, weil er um acht ins Büro fahren wollte, sagte er ihr nicht.

»Also, dann schlaf gut. Ich erwarte deinen Anruf um sieben.«

Als sie lachte, klang es schon befreiter und ehrlicher als zuvor. »Beschwör es nicht herauf. Ich wünsche dir einen schönen Abend.«

»Den wünsche ich dir auch. Gute Nacht.«

Als Max auflegte, war er noch zwei Straßen von seiner Wohnung entfernt. Heute würde er sich einfach nur zu Hause vor den Fernseher setzen und berieseln lassen, um den Kopf freizubekommen.

Er schaffte es zwanzig Minuten lang, dann schaltete er das Gerät aus, holte sich ein Glas Wein, setzte sich von den Computer und versuchte, im weltweiten Netz eine Verbindung zwischen Miriam Winkel und Petra Zedermann zu finden, die nicht Harry Passeck hieß.

22

Sonntag

Ich bin auf dem Weg zu ihr.

Es ist nicht mehr weit, und ich weiß nicht, was im Moment in mir überwiegt. Ist es die Vorfreude auf sie? Oder die Angst, wieder einen Fehlschlag zu erleben? Aber nein, etwas sagt mir ganz deutlich, dass sie mich nicht enttäuschen wird. Nicht so sehr wie diese andere. Es war töricht von mir, zu glauben, eine Fremde könnte auch nur annähernd deinen Platz einnehmen. Aber was rede ich da. Deinen Platz einnehmen. *Als ob irgendeine Frau das könnte.*

Wärst du doch jetzt bei mir. Ich sehne mich so sehr nach dir. Es ist zum Verzweifeln. Ab dem Moment, in dem wir erkannten, wie unsere Liebe ihre vollkommene Erfüllung findet, können wir es nicht mehr gemeinsam erleben.

Manchmal ist das Leben nicht gerecht. Nein, ich muss mich korrigieren: Meistens ist das Leben nicht gerecht.

Und das muss ich auch ein kleines bisschen dir anlasten. Obwohl du nach wie vor die Liebe meines Lebens bist, hast du dich doch nicht immer ganz fair mir gegenüber verhalten, das musst du zugeben.

Du weißt, ich habe wirklich alles für dich getan, die ganze Zeit. Ich habe dich verwöhnt und umworben, habe mein ganzes Leben auf dich eingestellt, als du plötzlich da warst. Es hat mir nichts ausgemacht. Wenn man wirklich liebt, gibt es keine Hindernisse und nichts, was man nicht zu tun bereit wäre. Schmerzlich allerdings, wenn diese Liebe nur einseitig erkannt wird. Ja, es ist wahr, und das weißt du auch. Ich war mir meiner Liebe zu dir vom ersten Moment an bewusst, aber du … So leid es mir tut, ich muss es so nennen: Du hast mich und deine Gefühle für mich ignoriert. Mehr noch, du hast dich von mir verwöhnen, hast mich dir jeden Wunsch von den Augen ablesen lassen. Es gab nichts, was ich nicht für dich getan hätte. Das hast du gewusst, und du hast es ausgenutzt. Hast mich *ausgenutzt. Zumindest die erste Zeit.*

Bis zu diesem Abend. Allein der Gedanke daran jagt mir einen wohligen Schauder über den Rücken. Ich glaube, du hast das, was du tatest, instinktiv getan. Ja, ich bin ziemlich sicher, du warst ebenso überrascht wie ich, als du erkanntest, welch unbeschreibliche Gefühle du mir damit geschenkt hast. Wie anders wurde es ab diesem Moment zwischen uns. Wie erfüllend.

Ich muss die Gedanken an dich jetzt beiseiteschieben. Ich bin angekommen.

Jetzt muss ich schmunzeln. Ich bin angekommen. Ja, das bin ich tatsächlich, in vielerlei Hinsicht.

Gleich werde ich improvisieren müssen, aber ich habe für alle Eventualitäten vorgesorgt. Es ist noch Zeit. Am besten wird es sein, ich suche mir eine Stelle, wo ich die Stunden überbrücken kann, bis es endlich losgeht. Da, der Parkplatz, er liegt etwas abseits und scheint einigermaßen ruhig zu sein. Ich werde mir den Wecker auf dem Smartphone stellen, und dann werde ich einfach die Augen schließen und an dich denken. Das ist das Wunderschöne an Erinnerungen. Durch sie hat man die Möglichkeit, besondere Momente zumindest im Kopf immer wieder zu erleben.

Es ist so weit. Die Stunden sind vergangen wie im Flug. Aber ist das denn ein Wunder? Schließlich war ich die ganze Zeit bei dir. Aber jetzt ist es an der Zeit, loszufahren. Ich weiß ja, wo ich sie finde.

Ich schaue ihr zu, fast zwei Stunden lang. Ja, sie ist wirklich hübsch. Wie sie sich bewegt, wie sie spricht … Sie hat nicht diese tiefe Schönheit wie du, aber sie ist sehr anziehend. Ihre Stimme gefällt mir. Auch das ist wichtig, wie du weißt.

Ich warte am hinteren Ausgang auf sie. Es dauert nicht lange, bis sie vor mir steht und mich überrascht ansieht.

Ich sage ihr, dass ich den weiten Weg gekommen bin, um sie zu sehen. Sie freut sich darüber, fühlt sich geschmeichelt. Sie nimmt meine Einladung gerne an. Da ich doch extra ihretwegen gekommen bin. Wir unterhalten uns nett, reden über dies und das und einmal sogar kurz über dich. Ich lenke das Gespräch aber geschickt wieder auf ein anderes Thema. Ich möchte nicht über dich sprechen. Mit niemandem. Es ist ein Gefühl, als müsste ich dich in diesen Momenten mit jemandem teilen. Und du weißt, dass ich das nicht kann.

Irgendwann gehen wir nach draußen. Sie möchte sich verabschieden, doch ich mache ihr den Vorschlag, sie nach Hause zu bringen.

Sie stimmt zu.

Alles ist gut.

23

Am frühen Sonntagnachmittag erhielt Böhmer einen Anruf von Beate von Braunshausen. Sie bat ihn, gemeinsam mit Max zu ihr zu kommen, weil sie ihnen *etwas Wichtiges mitzuteilen habe*, wie Böhmer sie mit besonderer Betonung nachahmte, nachdem das Gespräch beendet war.

Sie hatten den Vormittag mit der Auswertung von Berichten und Protokollen verbracht, waren erneut die alten Unterlagen zu Miriam Winkels Verschwinden durchgegangen und hatten sich zum wiederholten Mal die Fotos von Petra Zedermanns Leiche, vom Fundort und von Dagmar Martinys Schlafzimmer angesehen.

Max war sehr gespannt darauf, was Passecks Frau ihnen zu sagen hatte, auch wenn die Gespräche mit ihr nicht gerade zu den Ereignissen zählten, denen er entgegenfieberte.

Beate von Braunshausen empfing sie zwar mit der gewohnten Distanziertheit, doch bei der Begrüßung huschte tatsächlich etwas über ihr Gesicht, das einem Lächeln recht nahe kam. Sie führte die beiden Kommissare in den großen Wohnbereich, wo sie ihnen nicht nur einen Platz, sondern zum ersten Mal sogar etwas zu trinken anbot. Max' Neugierde auf das, was die Frau ihnen sagen wollte, wuchs von Sekunde zu Sekunde.

»Wo ist Ihr Mann?«, fragte Böhmer, nachdem sie beide das Getränkeangebot abgelehnt hatten.

»Er ist nicht hier. Ich weiß nicht, wo er sich gerade aufhält. Wir hatten heute Vormittag einen Wortwechsel, der ihn veranlasste, das Haus zu verlassen und wegzufahren. Mein Mann ist nicht sehr gut darin, Konflikte auszutragen oder Dinge kontrovers zu diskutieren. Er zieht es vor, davonzulaufen, wenn sein Standpunkt nicht geteilt wird.«

»Was mich angesichts seines Berufes sehr wundert«, warf Max ein. »Wie wir aus unseren Ermittlungen wissen, scheut Ihr Mann durchaus nicht vor unangenehmen Gesprächen zurück. Das wäre auch fatal.«

Die Frau stieß einen Laut aus, der tiefste Verachtung ausdrückte. »Ja, das ist sein Beruf. Hier zu Hause ist das eine andere Sache.«

»Also gut« – Böhmer ergriff das Wort –, »Sie wollten, dass wir hierherkommen. Hier sind wir.«

Sie nickte. »Ich möchte Sie um einen Gefallen bitten.«

Daher wehte also der Wind. Deshalb der angestrengte Versuch, freundlich zu wirken. Max spürte, wie sich alles in ihm gegen diesen Versuch einer Manipulation sträubte.

»Ich möchte Sie bitten, mich sofort zu informieren, falls sich herausstellen sollte, dass mein Mann tatsächlich etwas mit irgendwelchen Verbrechen zu tun hat.«

Max sah zu Böhmer hinüber, der die Stirn kraus zog. »Wie kommen Sie denn darauf? Sie selbst haben ihm doch ein Alibi für die Tatnacht gegeben. Gibt es etwas, das Sie plötzlich denken lässt, Ihr Mann könne doch etwas damit zu tun haben?«

»Ich habe lediglich gesagt, dass mein Mann bis Mitternacht zu Hause war und ich nicht gehört habe, dass er das Haus noch mal verlassen hat. Und das entspricht der Wahrheit.«

Sie legte ihre Hände in den Schoß und verschränkte die Finger. »Damit Sie meine Bitte verstehen, ist es vielleicht wichtig, dass ich Ihnen etwas erkläre. Ich weiß, dass mein Mann mich schon seit Jahren betrügt. Mit Kolleginnen, mit Schauspielerinnen, mit jeder halbwegs attraktiven Frau, die auf ihn hereinfällt.«

Seltsamerweise war Max nicht überrascht. Im Gegenteil, es hätte ihn sehr gewundert, wenn eine intelligente Frau wie sie nichts von den Vorgängen gewusst hätte. Und er fragte sich, ob Beate von Braunshausens Verhalten vielleicht nichts anderes war als ein Schutzmechanismus und damit das zwangsläufige Resultat ihrer Ehe mit Harry Passeck.

»Warum nehmen Sie das hin?«, fragte Böhmer. Max glaubte, die Antwort darauf zu kennen.

»Bisher habe ich dazu geschwiegen, weil ich die Katastrophe vermeiden wollte, die eine Scheidung für meinen Vater bedeutet.«

»Aber heutzutage ist es doch kein Skandal mehr, sich scheiden zu lassen«, warf Böhmer ein.

»Nein, nicht mehr für die Gesellschaft. Aber für ihn. Dass die Ehe von einem Familienmitglied gescheitert sein könnte, ist für ihn schlicht undenkbar.«

Max kam nicht umhin, Beate von Braunshausen mit anderen Augen zu sehen. Eine Ehe unter diesen Bedingungen aufrechtzuerhalten, das empfand er zwar als absolut unvorstellbar, aber zumindest konnte er nun ansatzweise verstehen, warum diese Frau so war, wie sie war.

»Was denken Sie über Miriam Winkel?«, fragte er, woraufhin sie mit den Schultern zuckte.

»Eine besondere Trophäe in Harrys Sammlung.«

»Sie wussten also auch davon. Warum etwas Besonderes?«

»Weil sie bisher die Einzige war, für die er sich länger interessiert hat als eine Nacht oder höchstens ein paar Tage.«

»Woher wissen Sie eigentlich so genau über Ihren Mann Bescheid?«

»Das ist einer der Vorteile des Geldes. Man kann sich damit vieles leisten. Zum Beispiel Privatdetektive.«

»Wissen Sie, was ich nicht verstehe?« Böhmer rieb sich die Stirn. »Wollte sich Ihr Mann nie scheiden lassen? Ich meine, bei seiner Lebensweise …«

Ein bitteres Lächeln legte sich auf die Lippen der Frau. »Das ist das Letzte, was er möchte. Weil er dann von seinem Gehalt leben müsste und sich alle seine schönen Spielzeuge nicht mehr leisten könnte. Alles, was Sie hier sehen, gehört mir, und auch alles, was Sie nicht sehen. Inklusive des Autos, mit dem er gerade unterwegs ist. Wir haben einen Ehevertrag. Wenn wir geschieden werden, bekommt er nichts.«

»Darauf hat wahrscheinlich Ihr Vater bestanden, nicht wahr?«

Beate von Braunshausen sah Böhmer verwundert an. »Fällt Ihnen nicht selbst auf, wie unlogisch das wäre?«

Damit sprach sie ziemlich genau das aus, was auch Max gerade dachte.

»Wenn eine Scheidung für meinen Vater undenkbar ist, warum sollte er dann auf einem Vertrag bestehen, der eine Scheidung regelt?«

Böhmers Gesichtsausdruck rangierte irgendwo zwischen Verwunderung und Begreifen, was Max liebend gerne kommentiert hätte, wenn sie allein gewesen wären.

»Wie gesagt, weiß ich seit langem von Harrys Eskapaden mit anderen Frauen. Damit habe ich mich arrangiert, zumindest für die Zeit, in der mein Vater noch lebt. Wenn sich jetzt allerdings herausstellen sollte, dass er in ein Verbrechen verwickelt ist, werde ich mich von ihm trennen.«

»Trauen Sie ihm das zu?« Böhmers Frage kam unvermittelt, vielleicht als kleine Rache dafür, dass sie ihn gerade vorgeführt hatte. Er erntete dafür erneut ein humorloses Lachen. »Was spielt das für eine Rolle? Ich hätte ihm vor ein paar Jahren auch nicht zugetraut, dass er sich in den Betten anderer Frauen herumtreibt, während er angeblich auf Rechercheresise ist. Aber kommen wir auf meine Anfangsfrage zurück: Werden Sie mich benachrichtigen, wenn sich herausstellt, dass mein Mann in ein Verbrechen verwickelt ist?«

»Fällt *Ihnen* jetzt nicht auf, wie überflüssig diese Frage ist?« Böhmer genoss seine Worte sichtlich. »Wenn sich herausstellen sollte, dass Ihr Mann etwas mit einem Verbrechen zu tun hat, werden wir ihn natürlich sofort verhaften. Das werden Sie dann wohl oder übel mitbekommen. Eine explizite Benachrichtigung unsererseits wird also nicht nötig sein.«

Ihre rechte Braue hob sich kaum merklich. »Geht es Ihnen jetzt besser?«

»Was meinen Sie damit?«

Max erkannte an Böhmers Gesichtsausdruck, dass er ganz genau wusste, worauf ihre Frage abzielte. Beate von Braunshausen sah dies offenbar auch, denn sie verzichtete auf eine Antwort.

»Blöde, überhebliche Ziege«, zischte Böhmer, als sie im Auto saßen.

Max konnte sich ein Grinsen nicht verkneifen.

»Also, ich fand sie recht schlagfertig.« Als Böhmer ihn grimmig ansah, fügte er ernst hinzu. »Ich muss gestehen, mittlerweile schon so etwas wie Bewunderung für diese Frau zu empfinden.«

»Bewunderung? Wofür? Dafür, dass sie so dämlich ist, sich von diesem Casanova immer wieder betrügen zu lassen, anstatt ihn hochkant rauszuschmeißen?«

»Nein, dafür, dass sie es nicht tut aus Rücksicht auf die Gefühle ihres Vaters. Ich hätte es bis eben nicht für möglich gehalten, dass sie überhaupt etwas aus Rücksicht auf andere Menschen tun würde. Vielleicht ist das Verhalten ihres Mannes der Grund dafür, dass sie so ist, wie sie ist.«

»Ja. Aber vielleicht ist sie auch der Grund dafür, dass Passeck durch viele Betten hüpft. Wenn ich einen solchen Eisklotz zu Hause hätte, wäre ich wahrscheinlich auch permanent auf der Suche nach Zuneigung.«

»Ich kann mir nicht helfen, aber ich glaube nicht, dass es Zuneigung ist, die Passeck sucht. Ich denke, er braucht immer wieder die Bestätigung, dass Frauen ihm zu Füßen liegen. Und wenn ihm die verweigert wird, kann er richtig unangenehm werden, wie wir gehört haben.«

24

Montag

Als Max am Montagmorgen ins Büro kam, telefonierte Böhmer mit dem Agenten von Jennifer Sommer, der Frau, mit der Miriam Winkel sich auf dem Foto gestritten hatte.

Nachdem er aufgelegt hatte, verdrehte er die Augen. »Was hat der sich angestellt, bis er endlich Adresse und Telefonnummer von dieser Schauspielerin herausgerückt hat. Das ist ja schlimmer als bei Politikern.«

»Ich kann mir schon vorstellen, dass Schauspieler genauso wie Musiker ziemlich belagert werden«, mutmaßte Max. »Zumindest, wenn sie einen bestimmten Bekanntheitsgrad erreicht haben.«

Böhmer winkte ab. »Wie auch immer. Ich rufe sie jetzt an.«

Böhmer holte Jennifer Sommer aus dem Bett. Sie habe noch sehr verschlafen geklungen, berichtete er Max, als sie auf dem Weg zu ihr waren, sei aber trotzdem nett gewesen. »Allerdings kommt einem jede Frau nett vor, wenn man es mal mit Beate von Braunshausen zu tun hatte.«

Es erstaunte Max, dass Böhmer sich so auf Passecks Frau eingeschossen hatte, er ging aber nicht weiter darauf ein.

Als die Schauspielerin ihnen zwanzig Minuten später die Tür öffnete, war Max dermaßen überrascht, dass er das Reden erst einmal Böhmer überließ.

Jennifer Sommer hatte sich seit der Veranstaltung, auf der das Foto gemacht worden war, sehr verändert. Und das auf eine Art und Weise, die ihn völlig verwirrte. Und diese Erkenntnis verwirrte ihn noch mehr.

Auf dem Foto hatte sie wie eine zwar recht gutaussehende, aber doch eher blasse junge Frau gewirkt, wie man sie im Filmbusiness zu Hunderten fand. Hübsche Gesichter, die man im nächsten Moment schon wieder vergessen hatte.

Nun sah sich Max einer bildschönen Frau gegenüber, deren Lächeln ihn auf irritierende Weise berührte.

Davon, dass sie bei Böhmers Anruf noch im Bett gelegen hatte, war nichts mehr zu erkennen. Sie war dezent geschminkt und wirkte frisch und ausgeruht. Die dunklen Haare hatte sie hochgesteckt. Sie trug eine enge Jeans, die ihre phantastische Figur betonte, und ein weißes Shirt.

»Bitte, kommen Sie doch herein.« Obwohl sie schon ein paar Worte mit Böhmer gewechselt hatte, bemerkte Max erst in diesem Moment, wie angenehm ihre Stimme klang.

Jennifer Sommers Wohnung erinnerte ihn ein wenig an die von Dagmar Martiny. Ein großes, helles Wohnzimmer, an das sich die offene Küche anschloss. Die Wände waren in warmen Erdtönen gehalten, den Boden bedeckte ein hochwertig aussehender Laminatboden. Hier und da bildeten Läufer und Brücken kleine, weiche Inseln.

In die lange rechte Wand waren zwei große Glaselemente eingelassen, durch die man auf den großzügigen Balkon blicken konnte. Die U-förmige Sitzlandschaft davor bestand aus beigefarbenem Nubuk und sah sehr bequem aus.

»Bitte, nehmen Sie Platz.« Sie zeigte auf einen dunklen Holzesstisch mit sechs Stühlen im hinteren Bereich.

Als sie saßen, bemerkte Max den Seitenblick, den Böhmer ihm zuwarf, konnte aber nicht einordnen, was er zu bedeuten hatte.

»Wie ich schon am Telefon sagte«, begann Böhmer, »geht es um Miriam Winkel. Oder besser gesagt, um ihr Verschwinden.«

Sie nickte. »Ja, ich habe gelesen, dass in der Wohnung ihrer Freundin ihr Blut gefunden worden ist. Ich verstehe das alles nicht wirklich. Es hieß doch schon vor über zwei Jahren, sie sei tot. Wie kann dann jetzt Blut von ihr auftauchen?«

»Das wüssten wir selbst gerne«, erklärte Max, woraufhin sie sich ihm zuwandte.

»Und wie kann ich Ihnen helfen?« Sie richtete die Frage eindeutig an ihn, aber Böhmer antwortete, bevor Max eine Antwort formulieren konnte. Das ärgerte ihn. Und wieso musste er überhaupt darüber nachdenken, wie er ihr den Grund ihres Besuches erklären könnte?

»Wir sind auf ein Foto gestoßen, auf dem Sie bei einer Veranstaltung mit Frau Winkel zu sehen sind. Und es macht den Eindruck, dass Sie einander nicht besonders mögen. Sie scheinen sich zu streiten. Das war kurz vor Frau Winkels Verschwinden.«

Ein bezauberndes Lächeln legte sich über ihr Gesicht,

eine Mischung aus Belustigung und Verstehen. »Ach herrje, ich weiß, was Sie meinen. Aber es war eher so, dass sie mich nicht mochte und mit mir gestritten hat. Ich hatte gar nichts gegen sie.«

»Worum ging es dabei?«, übernahm Max wieder. »Können Sie sich noch daran erinnern?«

»Ach, um Zickereien zwischen Kolleginnen. Wir waren ein halbes Jahr zuvor beide bei einem Casting für eine Fernsehproduktion gewesen, und ich habe die Rolle bekommen. Weil ich jünger bin und der Regisseur meinte, die Rolle passe besser zu mir. Das hat sie mir übelgenommen.«

»Dass Sie jünger sind?«

Da war es wieder, dieses Lächeln. »Dass ich überhaupt dort war. Sie war sich sicher, dass sie die Rolle bekommen hätte, wenn ich nicht aufgetaucht wäre. Ich habe ihr gesagt, dass es mir leidtut und dass ich nichts davon wusste. Es nutzte nichts, wann immer wir uns irgendwo begegnet sind, habe ich mir einen bissigen Kommentar von ihr eingehandelt. Gott sei Dank war das nicht so häufig der Fall.«

»Haben Sie sie nach dem Abend, an dem diese Aufnahme entstand, noch mal gesehen?«

Sie blickte zur Seite und dachte angestrengt nach. »Nein, das muss das letzte Mal gewesen sein.«

»Sagt Ihnen der Name Harry Passeck etwas?«, wollte Böhmer wissen.

»Ja, er ist Journalist. Wir sind uns ein paarmal begegnet. Ein attraktiver Mann.«

Max hatte plötzlich ein Gefühl in der Magengegend, wie er es früher ab und zu empfunden hatte, wenn er eine Enttäuschung oder eine Niederlage einstecken musste. »Was bedeutet das … Sie sind sich ein paarmal begegnet?«

Jennifer Sommer sah ihn mit schiefgelegtem Kopf an. »Bitte?«

»Ich verstehe nicht, wie ich das deuten soll«, versuchte Max, seine Frage zu rechtfertigen, und das nicht nur vor ihr.

Sie zuckte lächelnd die Schultern. »Na ja, wir haben uns ein paarmal auf Veranstaltungen oder Partys getroffen.«

»Aber persönlich kennen Sie ihn nicht?«

»Nein.«

»Gibt es irgendetwas, das Sie uns über Miriam Winkel sagen können?« Böhmer zog ihre Aufmerksamkeit wieder auf sich. »Etwas, das Ihnen an ihr aufgefallen ist, vielleicht?«

Ihr Lächeln wurde verschmitzt. »Sie meinen, abgesehen von ihrer freundlichen Art mir gegenüber? Nein, nichts.«

»Dann bedanken wir uns, dass Sie sich die Zeit für uns genommen haben.« Böhmer erhob sich, Max tat es ihm nach.

»Sehr gerne.« Sie ging an den beiden vorbei und öffnete die Tür.

Böhmer war schon im Flur, als sie sich an Max wandte. »Ach, ich habe noch eine Frage, die Sie hoffentlich nicht als unverschämt empfinden.«

Max blieb stehen. »Ja, bitte?«

»Es ist so, dass ich mich gerade auf eine Rolle als Assistentin eines Kriminalkommissars vorbereite, die ich ab nächstem Monat für eine Krimiserie spielen soll. Wo ich jetzt schon mal einen echten Kommissar greifbar habe …« Sie machte eine Pause. Max sah aus den Augenwinkeln, dass Böhmer sich umgedreht hatte und sie anschaute.

»Ich habe viele Fragen, deren Beantwortung mir helfen würde, die Rolle besser zu verstehen. Könnten Sie sich vorstellen, mir dabei behilflich zu sein? Wenn ich mir alle Fragen aufschreibe und wir uns vielleicht mal treffen könnten …«

»Sehr gerne«, entgegnete Max, und er meinte es ehrlich. »Sagen Sie mir einfach, wann und wo, dann machen wir eine Polizistin aus Ihnen.« Nach einem Seitenblick zu Böhmer fügte er hinzu: »Allerdings wäre es abends am günstigsten. Tagsüber haben wir im Moment alle Hände voll zu tun.«

»Wunderbar, ganz lieben Dank.« Sie strahlte ihn an. »Wie kann ich Sie erreichen?«

Max wollte schon auf Böhmers Visitenkarten zurückgreifen, überlegte es sich aber anders und zog seinen Notizblock hervor. »Ich schreibe Ihnen die Nummer auf. Meine neuen Visitenkarten sind leider noch nicht fertig.«

Er schrieb seine Mobilfunknummer auf und reichte ihr den Zettel, wofür sie ihn mit einem warmen Lächeln belohnte.

Dann machten sich die beiden Kommissare auf den Weg.

»Sagen Sie mir einfach, wann und wo«, äffte Böhmer ihn nach, als sie das Haus verließen. *»Dann machen wir eine Polizistin aus Ihnen.* Sag mal, was ist denn mit dir los?«

»Nichts, was soll denn los sein? Sie hat mich gefragt,

ob ich ihr helfen kann, und das tue ich. Sie ist doch nett.«

»Nett?« Böhmer grinste. »Ich würde mal sagen, sie gefällt dir, Kollege. Sie ist ja auch wirklich knackig.«

»So ein Blödsinn. Lass deine Phantasie mal stecken. Ich finde sie einfach sehr freundlich und nett, und deshalb möchte ich ihr helfen. Können wir jetzt das Thema wechseln und uns wieder unserer Arbeit widmen?«

Böhmers Grinsen wurde breiter, aber er nickte.

Allerdings meldete sich eine Stimme in Max' Kopf und begann, Fragen zu stellen. Wie kam es, dass er so hocherfreut gewesen war, als Jennifer Sommer ihn um seine Hilfe bat? Sicher, sie war eine tolle Frau, aber er war schon anderen tollen Frauen begegnet, ohne dass ihn das großartig in Aufregung versetzt hätte. Schließlich hatte er sich fest vorgenommen, sich mindestens die nächsten zwei, drei Jahre ausschließlich um seine Karriere zu kümmern. Eine Beziehung war dabei eher hinderlich, denn verständlicherweise war kein Partner erfreut, wenn er sich gleich am Anfang der Zusammenarbeit viele Abende oder Wochenenden allein mit den Ermittlungen herumplagen musste. Das sagte sein Verstand. Aber da war etwas in Max, das plötzlich ganz andere Töne anschlug. Und er wusste nicht, ob er das gut finden sollte.

Zurück im Büro, versuchte er, Dagmar Martiny zu erreichen, um sie noch mal zu ihrer Freundin Miriam zu befragen. Irgendetwas musste Miriam Winkels bester Freundin doch aufgefallen sein, falls die Winkel damals aus eigenen Stücken verschwunden war. Statt eines Klingelzeichens sprang sofort Martinys Mailbox an, also nahm er sich vor, es später erneut zu versuchen.

Am frühen Nachmittag klingelte Max' Smartphone. Das Display zeigte eine ihm unbekannte Nummer, die Jennifer Sommer gehörte, wie sich herausstellte. Sie fragte ihn, ob es ihm vielleicht möglich wäre, schon an diesem Abend zu ihr zu kommen. Sie hätte begonnen, eine Fragenliste zu erstellen, und die sei bereits jetzt so lang, dass sie nicht wüsste, ob sie es schaffen würden, alles an einem Abend zu klären. Zudem müsse sie schnellstmöglich damit beginnen, sich in die Rolle einzuarbeiten. »Unter uns gesagt, ich bin schon ziemlich spät dran.«

Max überlegte kurz. Den Besuch bei Kirsten, den er sich für diesen Abend vorgenommen hatte, konnte er auch auf den nächsten Tag verschieben. Er sagte zu.

»Das finde ich wundervoll«, erklärte sie fröhlich. »Und bringen Sie ein bisschen Hunger mit. Ich dachte, ich koche uns eine Kleinigkeit. Als Dankeschön.«

Nachdem er aufgelegt hatte, bemerkte er, dass Böhmer ihn beobachtete. Max hob drohend den Finger. »Kein Wort.«

Böhmer hielt sich daran.

Kurz vor acht Uhr abends stand Max vor Jennifer Sommers Haustür. In der linken Hand hatte er eine Flasche italienischen Rotwein. Bevor er auf den Klingelknopf drückte, versuchte er, seine Gedanken zu ordnen. Das war kein Date, sondern eine freundliche Geste seinerseits. Es gab keinen Grund, sich über irgendetwas Gedanken zu machen, das sich im Nachhinein wahrscheinlich als Irrtum herausstellen würde. Jennifer Sommer war eine mittlerweile recht erfolgreiche Schauspielerin. Sie traf täglich Stars aus der Filmbranche und dem Musikgeschäft. Was sollte diese Frau von einem kleinen

Kriminalbeamten wie ihm wollen, außer seiner Hilfe bei der Vorbereitung auf eine Rolle? Und genau darum hatte sie ihn gebeten. Um nichts anderes.

Er betrachtete die Flasche in seiner Hand und fragte sich, ob das nicht ziemlich lächerlich war. Vielleicht sollte er sie einfach irgendwo verstecken und sie später wieder mitnehmen? Andererseits – Jennifer Sommer machte etwas zu essen, da war es völlig in Ordnung, dass er den Wein beisteuerte. Das war nichts anderes als ein Gebot der Höflichkeit.

Er drückte auf den Klingelknopf, und als wäre dieser auf irgendeine mysteriöse Weise mit seinem Körper verbunden, beschleunigte sich im gleichen Augenblick sein Puls.

Er war versucht, wie ein kleiner Junge wegzulaufen und hinter der nächsten Ecke in Deckung zu gehen. Was, zum Teufel, war mit ihm los?

Er hörte ein Klacken, ein zweites, dann wurde die Tür geöffnet.

Jennifer Sommer stand lächelnd vor ihm. Ihr Anblick verschlug ihm den Atem.

25

»Ich bin Ihnen wirklich sehr dankbar, dass Sie sich so kurzfristig Zeit für mich genommen haben.« Jennifer hob ihr Sektglas und prostete ihm zu. Der *Begrüßungsschluck*, wie sie es nannte. Max war noch immer wie benommen von ihrem Anblick. Wie bei ihrer ersten Begegnung war sie nur wenig geschminkt, aber anders als am Vormittag trug sie die dunklen Haare offen. Sie bildeten einen reizvollen Kontrast zu ihrer hellen Gesichtshaut und fielen glatt bis weit über den Rücken.

»Ich hoffe, Ihre Frau oder Freundin ist deswegen nicht sauer. Immerhin stehle ich Ihnen einen Abend.«

Dass sie herausfinden wollte, ob er eine Beziehung hatte, gefiel ihm. Mehr als das, wenn er ehrlich zu sich selbst sein wollte.

»Nein, es gibt niemanden, der sauer sein könnte«, erklärte er lächelnd, worauf sie mit einem kurzen »Oh« reagierte.

»Die einzige und wichtigste Frau in meinem Leben hätte sicher nichts dagegen einzuwenden, dass ich hier bin.«

Sie lachte. »Ihre Mutter?«

»Meine Schwester. Kirsten.«

Nachdem sie einen Schluck genommen hatten, zeigte Jennifer zum Esstisch, auf dem Block und Stift lagen.

»Ich schlage vor, wir bringen den mühsamen Teil gleich hinter uns. Ich habe einen Auflauf vorbereitet, den ich nachher nur noch eine Viertelstunde in den Ofen schieben muss. Das wäre dann auch der richtige Zeitpunkt für Ihren Wein.«

Max fand, dass das eine gute Idee war.

Die meisten ihrer Fragen konnte er problemlos beantworten. Es ging dabei um organisatorische Abläufe und Dienstvorschriften oder darum, wie man sich an einem Tatort bewegte und wie die Kollegen miteinander umgingen. Bei einigen Fragen zu juristischen Belangen musste er selbst im Internet recherchieren, aber auch das gestaltete sich als nicht allzu schwierig. Zwischendurch alberten sie herum und lachten, und immer wieder sahen sie sich in die Augen. Meist nur kurz, aber manchmal schien es auch so, als hätten sich ihre Blicke ineinander verfangen. Dann war es Max, der sich mühsam losriss und sich sagte, dass es für diese Frau nur Spielerei war. Ein weiterer kleiner Flirt, der nichts bedeutete und den sie am nächsten Tag schon wieder vergessen hatte.

Als sie wenig später gemeinsam den Tisch deckten, berührten sich wie zufällig ihre Hände zum ersten Mal. Max hätte der Berührung leicht ausweichen können, doch das tat er nicht. Im Gegenteil, er musste sich eingestehen, dass er diese Berührung absichtlich gesucht hatte. Und sie dauerte länger, als sie hätte dauern müssen, weil sie beide für einen Moment innehielten, bevor sie ihre Hände zurückzogen.

Beim Essen hob er sein Weinglas und sah ihr in die Augen. Sie stieß mit ihm an und ließ ihr Glas wie zu einer weiteren, dieses Mal sinnbildlichen Berührung an seines gelehnt.

»Schön, dass wir uns kennenlernen«, sagte sie und sah ihn dabei unentwegt an.

»Mehr als das«, hörte Max sich antworten, woraufhin ihr Blick noch weicher wurde. Das Bedürfnis, sie zu küssen, war plötzlich übermächtig, er musste einfach nur das Glas abstellen und sich zu ihr vorbeugen. Sie würde sich nicht wehren, das spürte er. Aber was kam dann? Er wusste, er war dabei, sich Hals über Kopf in diese Frau zu verlieben, und es würde der Himmel auf Erden sein, wenn sie dieses Gefühl erwiderte. Aber was, wenn sie es nicht tat? Wenn es für sie nur ein netter Flirt war, aus dem vielleicht sogar ein heißer One-Night-Stand wurde, aber eben nicht mehr? Sicher, allein schon diese Vorstellung war mehr als verlockend. Aber er konnte und wollte es nicht zulassen, dass er für diese Frau Gefühle entwickelte, die einseitig bleiben könnten.

Du tust gerade so, als hättest du noch eine Wahl, sagte er sich.

»Wenn wir damit jetzt nicht aufhören, wird das Essen kalt«, sagte Jennifer mit sanfter Stimme, was Max bewusst machte, dass sie sich noch immer mit erhobenen Gläsern tief in die Augen sahen. Er lächelte und nahm einen Schluck von dem Wein.

»Warum hast du keine Beziehung?«, fragte sie, während sie sich wieder ihrem Essen widmete. Dass sie einfach zum *Du* überging, weckte erneut ein sehr angenehmes Gefühl in ihm.

»Das hängt wohl damit zusammen, dass ich mich im

Moment voll und ganz auf meinen Beruf konzentriere. Und wie ist es bei dir? Gibt es da jemanden?«

Sie lächelte verschmitzt. »Bisher nicht.«

»Auch wegen deines Berufes?«

»Nein, weil ich wählerisch bin und keine Lust auf das Bäumchen-wechsle-dich-Spiel habe, das in der Filmbranche üblich ist.«

»Ja, das versteh ich. Und ich finde es gut.«

»Wie ist das, wenn man täglich mit Mördern und Verbrechern zu tun hat?«, fragte sie so unvermittelt, dass Max sie, überrascht über den Themenwechsel, verblüfft ansah. »Kann man das ablegen, wenn man abends nach Hause kommt? Oder begleitet sie einen Tag und Nacht, die Verbrecherjagd?«

»Hm … das ist eine schwierige Frage. Manchmal ist es nötig, dass ich zu Hause weiterarbeite. Wenn wir gerade in einem Mordfall stecken, wie jetzt zum Beispiel.«

Jennifer sah ihn erschrocken an. »Du müsstest jetzt eigentlich arbeiten und sitzt hier bei mir? Aber … warum hast du nichts davon gesagt? So wichtig sind meine Fragen auch wieder nicht, dass du deswegen …«

»Mir waren sie wichtig«, unterbrach Max sie. Sie sahen sich an. Wortlos, intensiv. Und Max glaubte, in ihrem Gesicht etwas zu sehen, das ihm ein wenig seiner Angst nahm, sich auf Gefühle einzulassen, die nicht so erwidert wurden, wie er sie vielleicht empfand. Mit dem nächsten Gedanken strich er das Wort »vielleicht«.

»Erzählst du mir, wie der Stand eurer Ermittlungen ist?« Damit kam sie wieder auf seinen Beruf zurück. »Was ist denn nun tatsächlich mit Miriam passiert? Immerhin habe ich sie gekannt. Wenn auch nur die … sagen wir *dunkle Seite* von ihr.« Sie lachten beide.

»Grundsätzlich kann ich dir schon etwas dazu sagen, aber es gibt natürlich Dinge, über die ich schweigen muss.«

»Ja, das denke ich mir.«

Max erzählte ihr in groben Zügen, was sie bisher ermittelt hatten, ohne dabei auf ihre Vermutungen und Schlussfolgerungen dazu einzugehen. Dann lenkte er das Gespräch auf das Filmgeschäft und erfuhr unter anderem, dass Jennifer mittlerweile so viele Angebote für Fernsehproduktionen bekam, dass sie nicht mehr alles annehmen musste und sich ihre Rollen aussuchen konnte.

Immer wieder fanden sich dabei ihre Blicke, hier und da gab es kleine Berührungen, bei denen Max ein angenehmes Prickeln spürte. Und mehr und mehr wuchs in ihm das Gefühl, dass Jennifer ähnlich empfand.

Gegen elf Uhr beschloss er, aufzubrechen. Nicht, weil er ihre Gegenwart nicht mehr genoss, sondern weil er spürte, dass er sich von Minute zu Minute mehr in diese Frau verliebte, und wollte, dass er ebenso wie sie Zeit hatte, sich über seine Gefühle klarzuwerden. Er wollte nicht mit der Tür ins Haus fallen und damit vielleicht etwas zerstören, bevor es richtig beginnen konnte.

Als sie sich an der geöffneten Wohnungstür gegenüberstanden, um sich voneinander zu verabschieden, machte sie plötzlich einen kleinen Schritt auf ihn zu. Nun trennten sie keine zwanzig Zentimeter mehr.

»Es war ein wunderschöner Abend mit dir. Danke.«

Max sah ihre braunen Augen, die sanft geschwungenen, leicht geöffneten Lippen, und bevor er sich dessen richtig bewusst war, beugte er sich zu ihr vor und küsste sie zärtlich. Als sein Mund sich von ihrem löste, lächelte sie ihn an. »Endlich. Ich dachte schon, das tust du nie.«

Sie hob ihre Hand, strich über seine Wange und sagte: »Komm gut nach Hause.« Dann wandte sie sich ab und verschwand in ihrer Wohnung.

Auf dem Weg zurück in seine Wohnung wurde Max von einem Gefühlssturm beherrscht, wie er ihn schon seit langer Zeit nicht mehr erlebt hatte. Da war etwas Beschwingtes, Leichtes in ihm, das danach drängte, sich Luft zu verschaffen, ohne dass er wusste, wie er das anstellen könnte. Er schaltete das Radio ein und änderte die Sender so oft, bis er einen gefunden hatte, in dem Musik lief, die zu seiner Stimmung passte. *Can't stop the feeling* von Justin Timberlake.

Kaum hatte er die ersten Takte gehört, sang er lautstark mit.

Ooh, it's something magical
It's in the air, it's in my blood, it's rushing on
I don't need no reason, don't need control
I fly so high, no ceiling, when I'm in my zone

Zu Hause angekommen, öffnete er eine Flasche des gleichen Weins, den er zu Jennifer mitgenommen hatte, und schenkte sich ein Glas ein. Er stellte es auf dem Wohnzimmertisch ab und ging zu seinem Plattenspieler, der auf einem Rack an der Wand stand. Er liebte den klaren Klang von Schallplatten und hatte sich im Laufe der

Zeit nicht nur eine sündhaft teure Anlage, sondern auch eine beachtliche Sammlung an Vinyl-Alben zugelegt.

Er entschied sich für *Permanent Vacation* von Aerosmith. Vorsichtig zog er die schwarze Scheibe aus der Hülle, dann legte er sie auf den Plattenteller, hob den Tonarm ab und zählte die Songs von außen nach innen. Auf der schmalen Leerspur vor dem neunten Song setzte er die Nadel ab und ging zurück zur Couch. Bei den ersten Takten zu *Angel* schloss er die Augen und sang den Text leise mit.

Er kam bis *Let's break the walls between us*, dann informierte ihn das *Bing* seines Smartphones über eine erhaltene WhatsApp-Nachricht. Sie war von Jennifer.

Schläfst du schon?

Sofort war da wieder dieses warme Gefühl in ihm.

Nein, tippte er. Ich lass den Abend noch ein wenig nachklingen.

Eine Minute später kam die Antwort.

Ich habe die Zeit mit dir sehr genossen.
Ich auch. Und das Verrückte ist: Ich tue es immer noch.
Werden wir uns wiedersehen?
Werden wir?
Das fände ich sehr schön.
Dann sollten wir das tun. Ich würde mich sehr freuen.
Morgen?
Sehr gerne.

Gut, ich melde mich. Schlaf gut. Und träum was Schönes.

Daran habe ich keinen Zweifel. Gute Nacht.

Zurück kam ein Smiley mit einem roten Kussmund.

Max legte das Smartphone auf den Tisch, lehnte sich zurück und schloss die Augen.

Sie arbeiteten gerade an einem schwierigen Fall, in dem mindestens eine Frau auf bestialische Weise getötet worden war. Vom Täter fehlte noch jede Spur.

Und er war glücklich.

26

Sie sitzt vor mir und starrt mir mit großen Augen entgegen.

Ich sehe ihr an, dass sie noch immer nicht glauben kann, dass sie jetzt bei mir ist. Obwohl sie schon den ganzen Tag hier verbracht hat. Von der Nacht zuvor hat sie nichts mehr mitbekommen, nachdem sie in meinem Auto eingeschlafen ist.

Ich habe es ihr so gemütlich gemacht, wie es ging. Immerhin wird sie ein bisschen länger hierbleiben.

Ich glaube, das war mein Denkfehler mit der anderen. Es konnte nichts werden mit ihr, weil die Parameter nicht gestimmt haben.

Du und ich, wir hatten hier unser wundervolles Erlebnis. Hier, in diesem Raum, hast du in mir das schönste Glücksgefühl entfacht und mir die größtmögliche Leidenschaft entlockt. Also musste ich es mit ihr auch hier versuchen, das war mir klar. Was ich aber vollkommen außer Acht gelassen habe, war der Faktor Zeit. Etwas so Einzigartiges kann man einfach nicht hopplahopp in ein paar Stunden erreichen. Das war mein entscheidender Fehler. Sehr ärgerlich. Die ganze Mühe … umsonst.

Deshalb werde ich mir mit ihr mehr Zeit lassen. Ich muss Geduld haben, mit ihr und mit mir, muss darauf achten, dass möglichst alles genau so ist wie bei uns beiden. Aber ich lerne mich ja gerade erst selbst kennen. Und das in meinem Alter.

Das hast du mir ermöglicht. Ich bin dir so unbeschreiblich dankbar. Aber das habe ich dir ja eben schon gesagt, als ich bei dir war. Draußen, neben dem Kirschbaum.

Ja, ich weiß, es ist kindisch, und du würdest meine Dankbarkeit weit von dir weisen, aber ich werde es dir trotzdem immer und immer wieder sagen.

Jetzt werde ich meine Aufmerksamkeit allerdings ihr widmen. Und ich weiß, du hättest nichts dagegen.

Ihre Augen werden noch größer, als ich mich ihr nähere. Ihr nackter Körper bäumt sich auf dem Bett auf, sie windet sich, obwohl der dünne Draht ihr in die Haut der Hand- und Fußgelenke schneidet. Sie schreit gegen das Klebeband an, das den Versuch zu nichts weiter als einem dumpfen Laut werden lässt. Nein, so geht das nicht. Wie unwissend sie doch ist.

Jetzt bin ich bei ihr. Ich beuge meinen Kopf zu ihr hinunter, sauge ihren Geruch in mich auf. Am Hals, an den Achseln, weiter abwärts am Nabel, zwischen ihren Schenkeln. Er ist intensiv. Ist das Vorfreude?

Ich richte mich auf, greife hinter mich an meinen Hosenbund und zeige ihr, was ich mitgebracht habe.

Die Augen treten ihr fast aus den Höhlen, sie zerrt an dem Draht. Erneut beuge ich mich zu ihr hinab. Ich lasse die Hand sinken und setze die Messerspitze an ihrem Oberschenkel an. Nun zappelt sie nicht mehr. Mit leichtem Druck ziehe ich die Klinge langsam nach unten. Die Frau gibt wimmernde Laute von sich, und während ich eine geschwungene, rote Linie auf ihren Oberschenkel male, horche ich in mich hinein.

Da ist etwas, ganz sicher. Aber es ist noch weit entfernt. Nebulös. Ich weiß, es kann ein Sturm der Leidenschaft daraus werden, aber zum jetzigen Zeitpunkt ist es mehr die Ahnung eines leisen Lüftchens.

Aber das macht nichts, denn anders als bei der anderen werde ich mir dieses Mal die Zeit nehmen, die nötig ist, damit sich der Sturm in mir zusammenbrauen kann.

Dieses Mal wird es gelingen. Mit ihr werde ich etwas Ähnliches erleben können wie mit dir. Nein, nicht das Gleiche. Das ist nicht möglich, weil ich niemals wieder so lieben kann, wie ich dich geliebt habe. Aber eine Annäherung. Ganz bestimmt. Ich muss mir nur mehr Mühe geben.

Ich setze das Messer an ihrem anderen Oberschenkel an. Dieses Mal erhöhe ich den Druck. Ich sehe, wie die Spitze einen guten Zentimeter in ihr Fleisch eindringt. Als ich die Klinge langsam nach unten ziehe, schreit sie wieder.

Aus dem Lüftchen in mir wird ein Wind.

27

Dienstag

Max war vor Böhmer im Büro. Er war aufgewacht, noch bevor der Wecker ihn aus dem Schlaf reißen konnte.

Um kurz vor acht kam er im Präsidium an. Die Einsatzzentrale war rund um die Uhr besetzt, aber auch die ersten Kolleginnen und Kollegen der Tagesschicht waren schon da. Er wurde darüber informiert, dass es keine Neuigkeiten gab, aber die Staatsanwältin eine halbe Stunde zuvor bereits angerufen und sich nach dem Stand der Dinge erkundigt habe.

»Sie klang nicht gerade fröhlich«, erklärte Kaufmann. »Und sie hat sich gewundert, dass der Chef morgens um halb acht noch nicht im Präsidium ist.«

Max winkte ab. »Die Möllemann würde auch nicht fröhlich klingen, wenn sie einen Sechser im Lotto hätte.«

Eine halbe Stunde später trudelte Böhmer ein. Er warf einen Schnellhefter auf den Schreibtisch, ließ sich mit einem Seufzer auf den Stuhl fallen und rieb sich mit beiden Händen über das Gesicht.

Max fand, dass sein Partner recht müde aussah. »Schlecht geschlafen?«

»Fast gar nicht.«

»Der Fall?«

»Nein.«

Max war versucht, nachzufragen, was der Grund gewesen war, ließ es aber. Sie waren nicht allein, und außerdem hätte Böhmer ihm sicher mehr gesagt, wenn er das Bedürfnis danach gehabt hätte.

»Wie war dein Nachhilfeunterricht in Sachen Polizeiarbeit?«, fragte Böhmer stattdessen.

»Sehr gut«, antwortete Max und konnte sich dabei ein Grinsen nicht verkneifen. Böhmer gab sich mit der knappen Antwort zufrieden und fragte nicht weiter nach.

»Wir müssen noch mal mit der Inhaberin der Wohnung reden, dieser Martiny. Und ich möchte, dass sie hierherkommt. Sie ist die Einzige, mit der wir noch nicht persönlich gesprochen haben.«

Max nickte. »Daran habe ich auch schon gedacht. Gestern konnte ich sie aber nicht erreichen. Ich kann mir nicht helfen, etwas sagt mir, dass diese Miriam Winkel die Schlüsselfigur in dieser ganzen Geschichte ist.«

»Das Problem ist nur, dass wir nicht wissen, wo sie steckt. Oder ihre Leiche. Aber wir haben ihr Blut. In der Wohnung ihrer besten Freundin, und mit der sollten wir uns endlich noch mal beschäftigen.«

Doch Max erreichte wieder nur die Mailbox von Dagmar Martiny, was ihm sehr merkwürdig vorkam.

»Das verstehe ich nicht«, sagte er, als er das Telefon weglegte. »Die ersten Male, als ich sie angerufen habe, ging sie sofort ran. Jetzt hat sie das Telefon entweder schon wieder aus- oder seit gestern nicht mehr eingeschaltet.«

»Versuch's halt mal im Theater. Vielleicht wissen die mehr«, erwiderte Böhmer.

Es dauerte keine zwei Minuten, bis Max die Telefonnummer des Thalia Theaters in Hamburg herausgefunden hatte. Bis er allerdings jemanden an den Apparat bekam, der Dagmar Martiny kannte, dauerte es weitere zehn Minuten.

»Bischoff, Kripo Düsseldorf«, stellte er sich noch mal vor, nachdem er dreimal weitergeleitet worden war und sich eine Frauenstimme meldete. »Ich rufe an wegen Dagmar Martiny.«

»Kripo Düsseldorf? O mein Gott, ich habe es gewusst.« Die Frau sprach sehr schnell, ihre Stimme hatte einen leicht hysterischen Klang. »Dagmar ist etwas passiert, nicht wahr? Das habe ich Ihren Kollegen gestern schon gesagt, aber die wollten ja nicht hören. Erzählten mir etwas von erwachsenen Menschen, die auch mal einen Tag ihre Ruhe haben wollen und abtauchen …«

»Moment«, versuchte Max, den Redeschwall der Frau zu unterbrechen, doch die plapperte unbeirrt weiter drauflos. »Aber doch nicht Dagmar Martiny, habe ich denen gesagt. Die würde noch mit dem Kopf unter dem Arm bei den Proben erscheinen. Niemals würde Dagmar einfach so …«

»Hallo!«, rief Max ins Telefon. »Stopp jetzt!«

Das wirkte. Die Frau verstummte so abrupt, dass Max schon befürchtete, die Leitung sei unterbrochen worden.

»Sind Sie noch dran?«

»Natürlich bin ich noch dran«, erwiderte sie beleidigt. »Aber Sie haben mich ja angeschrien.«

»Also, jetzt mal langsam. Sagen Sie mir bitte noch mal Ihren Namen?«

»Schuster. Beatrice Schuster.«

»Gut, Frau Schuster, Sie sagen, Sie haben gestern mit Kollegen von uns gesprochen? Mit wem? Und warum?«

»Den Namen weiß ich nicht. Ich habe die Nummer der Hamburger Polizei gewählt und hatte einen Mann am Apparat. Aber jetzt sagen Sie mir doch endlich, was mit Dagmar los ist. Es muss ihr was passiert sein, sonst würden Sie ja nicht anrufen.«

»Nein, es ist … Ich habe nicht angerufen, weil ihr etwas passiert ist, sondern weil ich sie auf dem Handy nicht erreichen kann. Also noch einmal: Warum haben Sie den Hamburger Kollegen kontaktiert?«

»Weil Dagmar gestern erst bei der Probe gefehlt hat und dann auch nicht zur Vorstellung erschienen ist. Einfach so, ohne anzurufen und Bescheid zu sagen. Das ist überhaupt nicht ihre Art. Ich habe selten eine derart pflichtbewusste Schauspielerin erlebt. Oft sind die eher ein bisschen … na ja, egal. Jedenfalls habe ich mehrfach versucht, sie zu erreichen. Ohne Erfolg. Da wusste ich, es muss etwas passiert sein.«

»Und die Hamburger Kollegen haben nicht reagiert?«

Max wusste, dass das nicht ungewöhnlich war. Bei vermissten Kindern war das etwas anderes, aber wenn ein Erwachsener einen Termin nicht einhielt und nicht zu erreichen war, würde kein Polizeibeamter sofort eine Suchaktion starten.

»Nein, das sagte ich ja schon. Ich habe denen auch erklärt, dass Dagmar aus Düsseldorf stammt und vielleicht aus irgendwelchen wichtigen Gründen dort ist, ich das aber nicht glaube, weil sie auf jeden Fall angerufen hätte. Ich bleibe dabei, dass etwas mit ihr geschehen sein muss.«

»Ich kann Ihnen versichern, dass wir uns darum kümmern. Notieren Sie sich doch bitte meine Nummer, und rufen Sie mich sofort an, wenn Frau Martiny auftaucht, okay?«

Sie versprach es und schrieb sich sowohl Max' Büronummer als auch die Mobilfunknummer auf.

»Was ist denn da los?«, wollte Böhmer wissen, als das Gespräch beendet war.

Max klärte ihn auf, woraufhin Böhmer auf die Tischplatte schlug. Das Gemurmel der anderen Kollegen im Raum verstummte.

»Verdammte Schlamperei. Und die Kollegen in Hamburg wussten, dass die Martiny hier wohnt?«

»Ja, das sagte diese Frau Schuster.«

Böhmers Gesicht nahm eine dunklere Farbe an, während er auf der Computertastatur herumhackte. Nach einer Weile griff er zum Telefon und wählte eine Nummer. Was dann folgte, war eine Schimpfkanonade, wie Max sie von Böhmer bis dahin noch nicht gehört hatte. Dabei war *inkompetent* noch eine der schmeichelhafteren Bezeichnungen, mit denen er seinen Gesprächspartner bedachte. Unter anderem wies er ihn lautstark darauf hin, dass Dagmar Martiny Zeugin in einem Mordfall und als potentiell gefährdet anzusehen war. Und dass man sich in Hamburg warm anziehen könne, wenn der Frau etwas zugestoßen sei, weil man sich in der Hansestadt offenbar zu fein sei, mal in Düsseldorf anzurufen und kurz nachzufragen. Er hoffe doch sehr stark, dass sofort eine Suchaktion in die Wege geleitet würde. Kurz danach rief er zweimal hintereinander »Hallo«, dann ließ er das Telefon sinken und sah erst das Gerät und dann Max ungläubig an. »Aufgelegt. Der Kerl hat einfach aufgelegt. Ist das denn zu glauben?«

»Na ja, das war auch ziemlich heftig gerade.«

»Heftig? Ich habe das alles absolut ernst gemeint. Was, wenn die Frau das nächste Opfer ist?«

»Das wäre …«, Max suchte nach dem passenden Wort, »… eine Katastrophe.«

In diesem Moment machte es *Bling*.

Mit einer viel zu hastigen Bewegung griff Max nach seinem Smartphone und starrte auf das Display. Eine Nachricht von Jennifer.

Ich wünsche dir einen tollen Tag.
In diesem Moment ist er es.

Max legte das Gerät auf den Schreibtisch und sah Böhmer an, der die Stirn runzelte. »Was ist denn da los?«

»Wie? Was meinst du? Was soll los sein?«

Böhmer beugte sich ein Stück weit zu Max vor und sprach so leise, dass die Kollegen an den anderen Schreibtischen ihn nicht hören konnten. »Ich mache mir die Hose nicht mit der Kneifzange zu, Kollege. Ich habe gerade dein debiles Grinsen gesehen, als du die Nachricht gelesen und darauf geantwortet hast. Das war deine Nachhilfeschülerin, stimmt's?«

»Ja, na und?«

»Nichts. Alles gut.« Er erhob sich. »Ich schaue jetzt mal nach, ob der Chef schon da ist. Ich glaube, es ist sinnvoll, wenn er in Hamburg anruft und denen ein bisschen Dampf macht.«

Max wartete, bis Böhmer die Einsatzzentrale verlassen hatte, dann griff er nach seinem Telefon, entsperrte das Display und öffnete WhatsApp.

Habe eben vergessen, zu erwähnen, dass ich mich sehr über deine Nachricht freue.

Er schaltete den Ton ab und behielt das Gerät in der Hand.

Es dauerte nur Sekunden, bis die Antwort kam.

Das kannst du auch. Nachrichten von mir bekommt man nämlich nicht einfach so.☺
Ich bin eben ein Glückskind.
Das sind wir beide.

Gerade als er das Smartphone zurück auf den Tisch legte, kam Böhmer wieder herein und warf einen demonstrativen Blick auf das Gerät. »So, Gorges macht den Hamburgern Dampf.«

»Hoffen wir, dass sich das Ganze als harmlos herausstellt und die Frau schnell gefunden wird.«

»Ach, noch was.« Böhmer setzte sich und deutete auf den Schnellhefter, den er bei seiner Ankunft mitgebracht hatte. »Ich habe mir gestern Abend noch mal genau den Bericht der Spurensicherung aus Martinys Wohnung angeschaut. Das ist alles sehr merkwürdig. Das Schlafzimmer ist voll mit Winkels Fingerabdrücken und Haaren. Außerhalb dieses Raumes gibt es aber nur ein paar Abdrücke, sonst nichts. Keine Haare, kein DNA-Material.«

»Was ich nicht so ungewöhnlich finde«, entgegnete

Max. »Wenn sie die Wohnung betreten hat und direkt ins Schlafzimmer gegangen ist.«

»Ja, mag sein.« Er betrachtete den Schnellhefter, als hätte er sich auf dem Deckel Notizen gemacht. »Es wurden auch keinerlei Anzeichen dafür gefunden, dass eine Leiche aus der Wohnung geschafft wurde.«

»Dann hat der Täter …« Das Smartphone auf dem Tisch vibrierte kurz. Eine Nachricht. »Sorry, Moment.« Max griff nach dem Gerät. Jennifer.

Würde dich übrigens gerne heute Abend wiedersehen, muss aber leider arbeiten.

Ich melde mich später, schrieb Max schnell zurück, steckte das Telefon in die Hosentasche und sah seinen Partner an. »Tut mir leid, wo waren wir gerade?«

Böhmers Gesichtsausdruck sprach Bände. »Ich freue mich ja für dich, wenn du gerade Frühlingsgefühle hast. Aber könntet ihr euren Nachrichtenflirt vielleicht auf einen anderen Zeitpunkt verlegen?«

Max wusste, dass Böhmers Rüge berechtigt war. Ihn selbst störte es enorm, wenn ein Gesprächspartner sich immer wieder mit seinem Handy beschäftigte. Er empfand das als ein Zeichen von Geringschätzung.

»Du hast recht. Sorry.«

»Was hat der Täter?«

»Wie?«

Böhmer verdrehte die Augen. »Du hast gesagt: Dann hat der Täter … als dein Handy deine Aufmerksamkeit beansprucht hat.«

»Ach so, ja. Ich wollte sagen, dass der Täter sie vielleicht im Schlafzimmer in einen Plastiksack gesteckt hat. Dann ist klar, dass draußen keine Spuren entdeckt wurden.«

»Das wäre eine Erklärung. Allerdings gibt es auch dafür keine Anzeichen im Schlafzimmer. Die von der SpuSi meinen, die Blutspuren seien insgesamt recht seltsam. Sie entsprechen keinem der bekannten Schemen für die typischen blutigen Mordmethoden. Erstechen, erschießen, Schädel zertrümmern ...«

»Hm ... Wenn ich daran denke, wie Petra Zedermann zugerichtet war, und mal davon ausgehe, dass wir es mit dem gleichen Täter zu tun haben, wundert mich das nicht. Ich würde das, was der Kerl mit ihr angestellt hat, nicht als typische Mordmethode bezeichnen.«

Böhmer nickte, den Blick noch immer nachdenklich auf den Schnellhefter gerichtet. »Da hast du natürlich recht.«

In Max' Tasche vibrierte das Smartphone. Er ignorierte es unter Aufbietung aller Selbstbeherrschung. Nach einer Minute stand er auf und sagte: »Sorry. Ich muss mal eben zur Toilette.«

28

Mittwoch

Max trat gerade aus der Dusche, als er eine Nachricht von Jennifer erhielt.

Lust auf Frühstück?

Er grinste. Besser konnte der Tag nicht beginnen. Zumal sie sich am Abend kurz vor dem Einschlafen noch ausgiebig geschrieben hatten und die Nachrichten immer intimer geworden waren.

7.10 Uhr. Es würde ausreichen, wenn er um halb neun im Büro war.

Sehr gerne.
Wo?
Bei mir. Der Tisch ist gedeckt.
Ich freu mich.

Beschwingt rasierte er sich und zog sich an und wieder aus, nachdem er sich im Spiegel betrachtet und festgestellt hatte, dass das Hemd ein wenig zerknittert war, weil er es schon einmal getragen hatte. Auch mit den Jeans war er nicht zufrieden. Also suchte er sich eine andere aus.

Nach zwanzig Minuten war er schließlich fertig und stieg ins Auto.

Jennifer empfing ihn in einer hellen Leggins, zu der sie ein weites, langes T-Shirt trug. Ihre Haare waren ein wenig zerzaust, was aber geradezu hinreißend aussah.

Sie war barfuß. Als Max vor ihr stand, stellte sie sich auf die Zehenspitzen und hauchte ihm einen Kuss auf den Mund. »Guten Morgen, Herr Kommissar.«

Max legte seine Hände auf ihre Hüften und sah ihr tief in die Augen. »Guten Morgen.« Erneut berührten sich ihre Lippen, doch dieses Mal wurde daraus ein langer, leidenschaftlicher Kuss.

Er betrat die Einsatzzentrale um kurz nach neun.

»Na, Wecker nicht gehört?«, begrüßte Böhmer ihn. Sein Gesichtsausdruck und die Art, wie er das sagte, sprachen Bände.

»Nein, nein. Ich war noch kurz frühstücken.«

»Ach … also gut. Wenn deine geschätzte Aufmerksamkeit jetzt uns gilt, bringe ich dich mal auf den neuesten Stand.«

Max setzte sich und registrierte, dass sich das schlechte Gewissen in ihm regte.

»Die Hamburger Kollegen fahnden mit Hochdruck nach Dagmar Martiny. Bisher erfolglos. Ihr Handy war zuletzt am späten Sonntagabend in der Hamburger Innenstadt eingeloggt. Danach ist es verschwunden. Ausgeschaltet. Seitdem hat sie weder ihre Kreditkarte benutzt noch sonst etwas getan, das darauf schließen lässt, dass es ihr gutgeht und sie sich aus freien Stücken nicht mehr meldet.«

»Die Parallelen zu Miriam Winkel springen einen ja förmlich an«, kommentierte Max.

»Ja. Falls nicht plötzlich ihre verstümmelte Leiche irgendwo auftaucht.«

Als Böhmer kurz danach das Büro verließ, schrieb Max hastig eine Nachricht an Jennifer.

Sorry, muss mich für heute leider ausklinken (tagsüber). Stress! Ich melde mich.

Böhmer kam gerade ins Büro zurück, als das Telefon auf seinem Schreibtisch klingelte. Mit drei, vier schnellen Schritten trat er heran und hob ab.

»Böhmer … Ja? … Moment, ich stelle auf Lautsprecher, damit mein Kollege mithören kann.«

Er drückte eine Taste. »So, jetzt bitte noch mal, Herr Passeck. Sie sagten, Sie haben eine Frage.«

»Ja. Es geht um einen Termin in München.«

Max rückte näher an seinen Schreibtisch heran und beugte sich nach vorn, um besser verstehen zu können.

»Ich möchte mich dort mit einem wichtigen Informanten treffen, aber Sie sagten ja, ich solle mich zur Verfügung halten. Deshalb wollte ich Bescheid geben, dass ich für zwei Tage weg bin.«

»Kommt nicht in Frage«, erwiderte Böhmer bestimmt.

»Was? Was soll das heißen? Sie wissen doch jetzt, wo ich sein werde.«

»Ja, aber rein theoretisch könnten Sie sich auch absetzen und hätten dann zwei Tage Zeit, zu verschwinden. Tut mir leid.«

»Moment … bedeutet das, Sie verdächtigen mich tatsächlich immer noch? Dann sagen Sie mir doch mal konkret, was Sie mir vorwerfen, damit ich das meinem Anwalt mitteilen kann, den ich gleich im Anschluss anrufen werde.«

Böhmer atmete schnaubend aus. »Gut, ich fasse das gerne erneut für Sie und Ihren Anwalt zusammen: Sie sind blutüberströmt bei uns aufgetaucht, Herr Passeck. Aus einer Wohnung kommend, in der wir verdammt viel Blut von Miriam Winkel gefunden haben, das gleiche Blut, das auch an Ihnen klebte. In dieser Wohnung fanden sich jede Menge Fingerabdrücke und DNA-Material von Ihnen und von Miriam Winkel. Sie haben zugegeben, die ganze Nacht dort gewesen zu sein, wissen aber nicht mehr, was in der Zeit passiert ist. Allein das reicht schon, um Sie nicht aus den Augen zu lassen. Zudem haben Sie kein wasserdichtes Alibi für die Zeit, in der Petra Zedermann vermutlich ermordet wurde. Ich denke, das genügt als Begründung, Sie in der Nähe haben zu wollen. Auch für Ihren Anwalt.«

»Aber das stimmt doch gar nicht. Meine Frau hat schließlich bestätigt, dass ich an diesem Abend zu Hause war. Mit ihr zusammen. Wenn das kein Alibi ist …«

»Ja, das hat sie. Bis Mitternacht. Und danach? Sie haben getrennte Schlafzimmer.«

»Aber … Sie hätte es doch gehört, wenn ich das Haus wieder verlassen hätte.«

»Nicht, wenn Sie sich rausgeschlichen hätten.«

»Hören Sie« – sogar bei der schlechten Qualität des Telefonlautsprechers war der Ärger in Passecks Stimme zu hören –, »dieser Termin ist wirklich enorm wichtig für mich. Bei dem Informanten handelt es sich um einen ehemaligen Mitarbeiter der Bank. Er ist bereit, mir ein Interview zu geben und über die Praktiken auszupacken, mit denen Kunden systematisch bei der Hinterziehung von Steuern geholfen wurde. Das kann ich mir nicht entgehen lassen.«

»Das werden Sie müssen. Verschieben Sie den Termin um ein, zwei Wochen nach hinten.«

»Dann springt mir der Mann ab, verdammt.«

Böhmer zuckte mit den Schultern, eine Geste, die am Telefon ziemlich unsinnig war. »Tut mir leid.«

»Ja, mir auch. Sie werden von meinem Anwalt hören.« Damit legte Passeck auf.

Böhmers Schultern hoben sich erneut, dann legte er den Hörer zurück.

»Denkst du, Farscheidt ruft wirklich gleich an?«

»Soll er. Zur Not lasse ich mir das von der Möllemann absichern. Passeck bleibt hier.«

In den folgenden Stunden nutzte Max immer wieder Gelegenheiten, in denen er sich unbeobachtet fühlte, und checkte seine Nachrichten. Nichts. Obwohl er Jennifer ausdrücklich um eine Sendepause gebeten hatte, machte ihn das nervös.

Vielleicht verrannte er sich da tatsächlich gerade in etwas. Er musste sich selbst eingestehen, dass er seine anfängliche Zurückhaltung verdammt schnell über Bord geworfen hatte. Vielleicht viel zu schnell. Er kannte Jennifer gerade mal drei Tage. Vielleicht war das ihre Art? Vielleicht flirtete sie einfach gerne eine Weile, bis es ihr langweilig wurde. Um sich dann ins nächste Abenteuer zu stürzen.

Was hatte sie über Passeck gesagt?

Wir sind uns ein paarmal begegnet. Ein attraktiver Mann.

Wie hatten ihre Begegnungen mit dem attraktiven Harry Passeck wohl ausgesehen? So, wie seine Begegnungen mit vielen anderen Frauen?

Max stellte sich selbst die Frage, ob diese Gedanken aus einem Gefühl der Eifersucht heraus entstanden. Das war nicht der Fall, da war er ganz sicher. Es war die Angst, seine Prinzipien und Vorsätze über Bord zu werfen für eine Frau, die er quasi überhaupt nicht kannte.

Andererseits … funktionierte die Liebe nicht genau so? Indem man demjenigen, in den man sich verliebte, einen Vertrauensvorschuss gab? Hatte er sich wirklich in Jennifer verliebt? Oder war es einfach Schwärmerei für eine wunderschöne, intelligente Frau? Nein, es war mehr. Viel mehr.

Sein Verstand formte einen Gedanken, eine Idee, die ihm schon beim Nachdenken ein schlechtes Gewissen bereitete. Trotzdem verließ er die Einsatzzentrale und suchte sich ein leeres Büro. Er schloss die Tür hinter sich, zog sein Smartphone aus der Tasche und suchte eine bestimmte Nummer heraus. Es klingelte dreimal, dann meldete sich Patrick Matuschka.

»Ja, hier ist noch mal Bischoff, Kripo Düsseldorf. Herr Matuschka, würden Sie mir noch einen Gefallen tun? Es geht wieder um die Bilddatenbank.«

»Ja sicher, gerne.«

»Das ist super, vielen Dank. Kann ich gegen Abend kurz bei Ihnen reinschauen?«

»Hm … grundsätzlich schon. Ich müsste nur noch

mal weg. Sagen Sie mir doch einfach, wann Sie kommen möchten, dann richte ich mich darauf ein.«

»Das ist wirklich nett von Ihnen. Sagen wir um sieben?«

»Ja, das schaffe ich.«

»Dann bis heute Abend.«

Max verließ das Büro und ging zurück in die Einsatzzentrale.

Böhmer sah kurz zu ihm auf und widmete sich wieder seinem Monitor. Max war froh, dass er keine Fragen stellte. Er hasste es, zu lügen, aber er wusste auch, dass er mit Böhmer ernsthafte Probleme bekommen würde, wenn er sich durch private Telefonate von seiner Arbeit ablenken ließe. Und er wusste ebenfalls, dass Böhmer damit vollkommen recht hätte.

Max setzte sich an seinen Platz und nahm sich vor, die Gedanken an und über Jennifer ebenso wie die Kommunikation mit ihr auf die Zeit nach Dienstschluss zu beschränken.

Doch als er eine Stunde später tatsächlich zur Toilette musste, konnte er nicht anders, als WhatsApp zu öffnen und einen schnellen Blick auf den Nachrichteneingang zu werfen.

Noch kannte er Jenny kaum, aber eines ließ sich jetzt schon über sie sagen: Sie hielt sich an Abmachungen.

29

Max war zehn Minuten zu früh und kam fast gleichzeitig mit Matuschka vor dessen Haus an. Der Fotograf stieg aus seinem Auto aus und warf einen Blick auf seine Armbanduhr.

»Bin ich zu spät? Ich dachte, wir hätten sieben abgemacht.«

»Nein, nein, alles in Ordnung«, beruhigte Max ihn. »Ich bin ein bisschen zu früh dran.«

Matuschka öffnete die hintere Wagentür und nahm eine Ledertasche vom Rücksitz. Während sie gemeinsam das Haus betraten, erklärte er, gerade von einem Fototermin mit einer Düsseldorfer Krimiautorin zu kommen, mit der ein Kollege ein Interview geführt hatte.

»Autoren sind weitaus einfacher zu fotografieren als die meisten Schauspieler oder Musiker, denn die erwarten, dass man sie so fotografiert, dass sie mindestens zehn Jahre jünger aussehen.«

Max grinste. »Das kann ich mir lebhaft vorstellen.«

Matuschka stellte die Tasche auf dem Esstisch ab, öffnete sie und nahm zwei Kameras und mehrere Objektive heraus. »Und was kann ich für Sie tun?«

»Wieder eine kleine Bildersuche.« Max versuchte, sich nicht anmerken zu lassen, wie unwohl er sich bei dem fühlte, was er gerade tat.

»Wieder Miriam Winkel?«

»Nein, es geht um eine andere Schauspielerin. Jennifer Sommer. Kennen Sie sie?«

Matuschka nickte. »Ja. Also, soweit man jemanden kennen kann, den man ab und zu fotografiert. Aber … ist sie etwa auch verschwunden?«

»Nein, nein«, wiegelte Max ab. »Ihr geht es gut.«

Matuschka ging zu seinem Computer, schaltete ihn ein, und während er hochfuhr, fragte er: »Hat sie was mit dem Fall zu tun?«

»Es tut mir leid, aber darüber kann ich Ihnen leider keine Auskunft geben. Laufende Ermittlungen, da sind mir die Hände gebunden.« Max' Unwohlsein steigerte sich von Minute zu Minute. Am liebsten hätte er die Sache abgebrochen und sich von Matuschka verabschiedet. Wie war er nur auf die Schnapsidee gekommen, hinter Jennifer her zu spionieren? Was, zum Teufel, war mit ihm los?

»Okay, also Jennifer Sommer. Hätten Sie gerne noch einen weiteren Namen als Suchkriterium? Oder einen bestimmten Zeitraum?«

»Nein, eine einfache Suche nach ihr genügt.«

Wenige Minuten später hatten sie das Ergebnis vor sich auf dem Monitor. Max war überrascht. Es waren nur zweiundzwanzig Fotos. Im Vergleich zu der Anzahl, die die Suche nach Miriam Winkel ergeben hatte, war das überraschend wenig.

»Das ist ja übersichtlich.«

Matuschka zuckte mit den Schultern. »Fotos von der Sommer sind nicht so gefragt. Zudem lösche ich immer wieder viele Aufnahmen, die mir nicht hundertprozentig gefallen. Das habe ich bei der Winkel nicht gemacht, nachdem sie verschwunden war. Da kann jedes Foto irgendwann bares Geld bringen.«

»Verstehe«, sagte Max. »Können wir sie mal durchgehen?«

Die Bilder ähnelten sehr denen, die er von Miriam Winkel gesehen hatte. Menschengruppen, mal größer, mal kleiner, Champagnergläser, Lächeln für die Kamera.

Beim vorletzten Foto sagte Max: »Moment, bitte.«

Es zeigte Jennifer, die mit Passeck und einer weiteren Frau zusammenstand, die Max nicht kannte.

»Ah, verstehe«, sagte Matuschka. »Es geht also bei ihr auch um die Verbindung zu Harry Passeck.«

Max antwortete nicht, was der Fotograf offensichtlich als Zustimmung wertete. Ihm sollte es recht sein.

Er betrachtete das Foto genauer, studierte erst Passecks Gesichtsausdruck, dann den von Jennifer, suchte darin Anzeichen dafür, dass etwas zwischen den beiden lief, konnte aber nichts entdecken. Dafür fiel ihm etwas anderes auf.

»Könnten Sie bitte mal das Foto öffnen, auf dem Miriam Winkel sich mit ihr gestritten hat?« Er deutete auf Jennifer.

»Ja, klar, kein Problem. Die Fotos habe ich in der Cloud. Kleinen Moment.«

Es dauerte tatsächlich nur eine Minute, dann hatten sie die beiden Bilder nebeneinander auf dem Monitor. Auch Matuschka bemerkte, was Max aufgefallen war. »Die sind vom gleichen Abend. Die Sommer trägt das gleiche Kleid und den gleichen Schmuck. Und sie hat die gleiche Frisur.«

»Ja, das wollte ich sehen.«

Die Bilder waren zweifellos während ein und derselben Veranstaltung geschossen worden. War also Jennifers Unterhaltung mit Passeck der Grund für den Streit zwischen ihr und der Winkel gewesen?

»Ich finde diese Polizeiarbeit wirklich spannend. Und was schließen Sie jetzt aus diesen beiden Fotos?«

Max rang sich ein Grinsen ab. »Dass beide Frauen am gleichen Abend auf der gleichen Veranstaltung waren.«

Matuschka sah ihn für einen Moment irritiert an, dann lächelte er. »Schon gut, ich habe verstanden. Das geht mich nichts an.«

Max bedankte sich bei Matuschka und setzte sich um zwanzig nach sieben wieder in sein Auto.

Was er gerade gesehen hatte, beruhigte ihn. Zumindest einigermaßen. Nur ein Foto, auf dem Passeck und Jennifer gemeinsam abgebildet waren. Das bewies zwar nichts, aber immerhin hatten die beiden nicht ständig zusammengestanden.

Er wollte den Motor starten, hielt aber inne. Zwanzig nach sieben. Und noch immer kein Zeichen von Jennifer. Er nahm sein Smartphone in die Hand und schrieb ihr eine Nachricht.

Ich habe endlich Feierabend. Geht es dir gut? Wie war dein Tag?

Er behielt das Gerät in der Hand und starrte auf das Display. Vor seiner Nachricht zeigten zwei graue Häkchen, dass sie versendet worden war. Gelesen hatte Jennifer sie aber noch nicht. Er widerstand dem Impuls, sie einfach anzurufen. Das Letzte, was er wollte, war, aufdringlich zu wirken.

Als sich nach etwa zwei Minuten noch immer nichts getan hatte, startete er den Motor und fuhr los.

So wie im Moment hatte er sich schon lange nicht mehr gefühlt. Es war ein andauerndes Auf und Ab. Fühlte er sich in einem Moment noch beschwingt und glücklich, dieser Frau begegnet zu sein, wurde er schon kurz danach von Zweifeln geplagt, ob es richtig war, sich auf sie einzulassen.

Als es nach zehn Minuten neben ihm *Bling* machte, fuhr er augenblicklich rechts ran und griff nach seinem Smartphone.

> Hi du. Mein Tag war super. Ich würde dich gerne heute Abend sehen, habe nur leider eine Einladung, die ich nicht absagen kann. Ich melde mich aber. Wenn ich darf. Ich wünsche dir einen schönen Abend.

Als er sich wieder in den Verkehr eingefädelt hatte, beschloss er, Kirsten einen Besuch abzustatten. Der war sowieso überfällig. Außerdem würde er mit ihr über Jennifer reden können.

Seine Schwester umarmte ihn lange und drückte ihn dabei so fest an sich, dass er sich über ihre Kraft wunderte. »Ich dachte schon, du kommst mich überhaupt nicht mehr besuchen.«

»Tut mir leid. Wir stecken im Moment in einem sehr komplizierten Fall.«

Sie nickte. »Aber das weiß ich doch. Die Zeitungen sind ja voll davon. Eine furchtbare Sache.«

Den Abend auch noch mit Gesprächen über die Arbeit zu verbringen, das war das Letzte, was Max wollte. Er knuffte Kirsten zart gegen den Oberarm. »Du hättest ja auch mal anrufen können.«

Sie verschränkte die Arme vor der Brust. »Pah. Ich laufe dir doch nicht hinterher, wenn du mich derart sträflich vernachlässigst.«

Beide lachten. Max war erleichtert, offenbar fühlte seine Schwester sich an diesem Abend gut. Er ging um ihren Rollstuhl herum und schob sie vor sich her in Richtung Küche. »Gibt es in dieser Wohnung eigentlich nichts zu trinken?«

Etwas später saßen sie im Wohnzimmer zusammen. Max hatte beschlossen, dass er sich ein Glas Wein genehmigen konnte, danach würde er auf Wasser umsteigen.

»Erzähl mal, wie geht es dir? Belastet dieser Fall dich sehr?«

Max nickte. »Das kann man so sagen. Wir tappen noch ziemlich im Dunkeln. Aber ich möchte jetzt nicht über den Fall reden. Es gibt da etwas anderes …«

Kirsten legte den Kopf schief und sah ihn eine Weile schweigend an. Dann huschte ein Lächeln über ihr Gesicht. »Eine Frau? Los, gib's zu. Es geht um eine Frau.«

»Ja, das stimmt.«

»Ha! Endlich! Wie heißt sie? Wo habt ihr euch kennengelernt? Wie alt ist sie? Was macht sie? Na los, erzähl mir sofort alles.«

Max hob lächelnd die Hand. »Langsam. Ich erzähle dir, was du wissen willst. Und dann brauche ich deinen Rat.«

Kirsten nickte gleich mehrmals hintereinander. »Worauf wartest du? Schieß los.«

Max nahm einen Schluck Wein, dachte einen Moment nach und begann dann, seiner Schwester zu schildern, wie er Jennifer kennengelernt hatte, wie sie aussah und dass sie Schauspielerin war. Er ließ nichts aus, beschränkte sich aber auf die Fakten und endete damit, dass sie an diesem Abend eine Einladung hatte.

Kirsten sah ihn eine Weile erwartungsvoll an, dann sagte sie: »Das klang bis hierhin ungefähr so wie ein Testbericht von der *Stiftung Warentest*. Wann kommt der Teil mit dem Gefühl?«

»Der kommt jetzt, und er ist schwierig.«

»Hast du dich ernsthaft in sie verliebt?«

»Ja, ich denke schon.« Max wusste, dass das die Untertreibung des Jahrhunderts war.

»Und wie ist es bei ihr?«

»Wenn ich das wüsste. Ich bin mir eben nicht sicher.«

»Sie hat dich zu sich nach Hause eingeladen und hat für dich gekocht.«

»Ja, aber das war, weil ich ihr geholfen habe.«

»Und die Einladung zum Frühstück? Und die Nachrichten, abends, tagsüber?«

»Trotzdem bin ich mir nicht sicher, ob es ihr ernst ist. Ich habe keine Lust, mich in etwas hineinzusteigern, aus dem dann nichts wird, verstehst du?«

Kirsten nickte lächelnd. »Ja, das verstehe ich, und ich weiß sogar, wie du das ganz problemlos herausfinden kannst. Frag sie.«

»Das alles kommt einfach zu einem ungünstigen Zeitpunkt. Dieser Fall ist so schon kompliziert genug. Ich merke, dass ich abgelenkt bin, und Böhmer ist das auch schon aufgefallen. Außerdem bin ich mir gar nicht sicher, ob ich wirklich eine Beziehung möchte. Das war ganz anders geplant.«

»Herrgott, Max, du stellst dich an wie ein Sechzehnjähriger. Du bist abgelenkt, weil du unsicher bist und über sie nachgrübelst. Kläre das mit ihr, und es wird dir bessergehen. Dann kannst du dich auch wieder auf deinen Fall konzentrieren und diesen Kerl schnappen.«

Max wusste, dass Kirsten recht hatte. Es war fast schon zum Lachen. Eigentlich hatte er es sich zur Aufgabe gemacht, ihr über ihre gescheiterte Beziehung hinwegzuhelfen. Stattdessen klagte er ihr sein Leid und ließ sich von ihr Ratschläge geben.

Kirsten griff nach ihrem Glas und streckte es ihm entgegen.

»Also: Wirst du mit Jennifer reden?«

Max stieß mit ihr an und lächelte. »Ja.«

30

Es ist so weit. Alles ist perfekt vorbereitet, genau so, wie es auch bei uns war.

Wir sind beide nackt. Sie sitzt auf demselben Stuhl, auf dem auch du gesessen hast. Mein Hocker steht wieder nur einen Meter entfernt, so dass ich sie gleich ganz genau sehen kann. Jeden Zentimeter von ihr. Auch das Gefäß ist ähnlich, es war nur etwas schwieriger, sie in die richtige Position zu bringen.

Aber jetzt passt alles, und die Zeichen stehen gut. Sie tut die gleichen Dinge, die du auch getan hast. Sie reagiert sogar ähnlich wie du. Sie ist fast perfekt. Nur fast, aber immerhin, nach der letzten Pleite …

Ich bin aufgeregt. Gespannt, wie es mit ihr sein wird. Die letzten drei Tage waren verheißungsvoll. Ein vielversprechendes, endlos scheinendes Vorspiel. Anregend und erregend. Hintreibend auf den erlösenden Höhepunkt. Süßer Schmerz.

Jetzt bin ich bei ihr, betrachte ihren Körper, ihre Haut. Die speziellen Stellen, die in den letzten Tagen so wichtig waren. Ja, jetzt ist es so weit. Ich kann und will nicht mehr länger warten.

Sie hebt den Kopf, schaut mich an und spürt, dass unser großer Moment kurz bevorsteht. Das sehe ich an ihren Augen.

Ich beuge mich zu ihr hinunter. Als sie erkennt, was ich in der Hand halte, versucht sie, ihren Arm mit einem Ruck zurückzuziehen. Töricht, nicht wahr?

Es dauert nur wenige Sekunden, dann ist der erste Schritt getan.

Sie stöhnt, und dieses heisere, kehlige Geräusch jagt eine Welle der Erregung durch meinen ganzen Körper, so stark, dass auch ich ein wollüstiges Seufzen nicht unterdrücken kann. Sie hat mich ein wenig besudelt, doch das stört mich nicht. Ganz im Gegenteil, es ist auf eine verrucht-verdorbene Art erregend, zu spüren, wie ihre Wärme an meinem Bein hinunterkriecht.

Ich trete zurück, lasse mich auf den Hocker sinken. Beobachte, wie das Gefäß sich langsam zu füllen beginnt. Wieder stöhnt sie, flüstert Worte, die ich nicht verstehen kann. Ich beuge mich nach vorn, mein Ohr nah vor ihrem Mund, und lasse dabei das Gefäß nicht aus den Augen. Wie es sich füllt, wie das Blut aus ihr herausfließt …

Ihre Worte sind nur ein heiseres Flüstern, noch immer nicht zu verstehen. Ich kann nicht anders, ich muss sie anfassen. Meine Hand findet eine der Stellen. Als mein Finger eindringt, wird ihr Stöhnen zum Schrei, direkt an meinem Ohr. Ich presse meine Beine fest zusammen, nur für einen Moment, dann lockere ich die Muskeln wieder. Ja, ich spüre, mit ihr wird es gelingen. Ich sehe das Gefäß, das sich unaufhörlich weiter füllt, stoße meinen Finger tiefer in sie. Eine heiße Welle zieht durch meinen unteren Bauch, konzentriert sich in meinem Schoß. Sie stöhnt, sie schreit. Meine freie Hand scheint ein Eigenleben zu führen, als sie sich zwischen meine Beine legt, zufasst, zudrückt.

Wenn du doch jetzt da sein könntest.

31

Donnerstag

Max wurde dieses Mal nicht von Böhmer, sondern von Polizeirat Gorges höchstpersönlich informiert. Es war kurz vor acht, und er hatte das Präsidium schon fast erreicht, als der Chef anrief.

»Wir haben eine weitere Frauenleiche. Im Eller Forst, nicht weit von der Rothenbergstraße. Muss schlimm zugerichtet sein.«

»Scheiße«, entfuhr es Max. »Wissen wir schon, wer sie ist?«

»Nein.«

»Was ist mit Bohmer?«

»Den habe ich noch nicht erreicht. Ich versuche es gleich noch mal. Machen Sie sich schon mal auf den Weg. Die Kollegen von der Spurensicherung sind unterwegs, die Rechtsmedizin ist ebenfalls informiert.« Er beschrieb Max den genauen Fundort und legte auf.

Max ließ die Scheibe herunter und setzte das Magnetblaulicht aufs Dach. Das würde ihm helfen, etwas schneller durch den Berufsverkehr zu kommen.

Er spürte ein seltsames Ziehen im Bauch, ein Gefühl, als wäre in seinem Magen plötzlich ein Vakuum entstanden. Er kannte das und wusste, es würde nicht lange anhalten, sondern von nüchterner Logik abgelöst werden.

Zum ersten Mal hatte er es gespürt, als er nach Kirstens Unfall an ihrem Krankenbett gestanden und erfahren hatte, dass sie gelähmt war. Damals hatte er noch am gleichen Abend damit begonnen, Pläne zu entwerfen, wie er dazu beitragen konnte, Kirstens Leben für sie trotzdem lebenswert zu machen.

Wie es aussah, ließ der Fall nun seine schlimmsten Befürchtungen wahr werden. Ein Serienmörder. Einer, der entweder eine Liste abarbeitete oder seine wie auch immer gearteten Phantasien gegenüber Frauen auslebte. In Variante eins hätten sie es vielleicht mit einem Profi zu tun, andernfalls definitiv mit einem Psychopathen.

Der Eller Forst war mindestens zehn Kilometer vom Fundort von Petra Zedermanns Leiche entfernt. Ob die Orte, an denen der Täter seine Opfer ablegte, wohl etwas zu bedeuten hatten? Oder wählte er sie nach praktischen Kriterien aus?

Als Max ankam, waren zwei Streifenwagenbesatzungen und die Kollegen der Spurensicherung schon vor Ort. Er fragte sich, wie die Kriminaltechniker es immer wieder schafften, vor ihnen da zu sein.

Die Frau war nackt und lag unter einem Baum. Schon aus der Entfernung war erkennbar, dass sie ebenso übel zugerichtet worden war wie Petra Zedermann.

Nachdem er sich Overall, Plastiküberschuhe und Handschuhe angezogen hatte, näherte Max sich ihr vorsichtig, achtete genau darauf, wohin er seine Füße setzte.

Er nickte den uniformierten Kollegen zu, die gerade das Gebiet mit Absperrband abriegelten, und wandte sich an Patschett, der damit beschäftigt war, die Tote aus verschiedenen Positionen und Entfernungen zu fotografieren.

»Habt ihr irgendetwas bei ihr gefunden? Einen Ausweis?«

»Nein, bisher noch nichts. Keine Kleidung, keine Tasche, nichts.«

Das Gesicht der Frau war aus seiner Position nicht zu erkennen. Der Kopf war zur anderen Seite gedreht, zudem bedeckten einige Haarsträhnen Wange und Kinn. Max ließ seinen Blick über den Körper wandern, der übersät war mit unterschiedlich großen Verletzungen. Auch dieser Frau waren die Brustwarzen herausgeschnitten worden, die Verletzungen im Schambereich waren ebenfalls besonders schwer.

An der Innenseite ihres rechten Arms erkannte Max eine etwa zwanzig Zentimeter große, längs verlaufende Wunde.

Er ging um den Körper herum, ohne den Blick abzuwenden. Als er eine Stelle erreicht hatte, von der aus er das Gesicht sehen konnte, ging er in die Hocke und strich mit einer vorsichtigen Bewegung die Haarsträhnen zur Seite. »Verdammt.«

Das Geräusch näher kommender Motoren ließ ihn aufblicken. Böhmers BMW, dahinter ein schwarzer SUV, den Max nicht kannte.

Er erhob sich und sah seinem Partner dabei zu, wie er ausstieg, einen Overall aus dem Kofferraum nahm und sich umständlich hineinzwängte.

Während Böhmer auf ihn zukam, war sein Blick starr auf die Fundstelle gerichtet. Neben Max blieb er stehen, betrachtete das Gesicht der Toten genauer und sagte: »Ich hab's geahnt. Scheiße.«

Max nickte. »Das kann man so sagen.«

»Was ist denn los?« Der Kollege mit der Kamera sah fragend von Böhmer zu Max.

»Wir wissen, wer die Frau ist«, erklärte Max. »Sie ist Schauspielerin. Ihr Name ist Dagmar Martiny.«

»Sollen wir eine Wette abschließen, ob Passeck sie gekannt hat?«, knurrte Böhmer.

Max sah ihn verwundert an. »Natürlich hat er sie gekannt. Sie war Miriam Winkels beste Freundin. Und mit der hatte Passeck ja ein längeres Verhältnis, wie wir wissen.«

»Ach komm … du weißt, was ich meine.« Böhmer deutete zu der Toten. »Ich wette, mit ihr hatte er auch was. Hältst du dagegen?«

Das tat Max nicht.

»Darf ich?« Reinhardt schob sich zwischen ihnen hindurch und ging neben Martiny in die Hocke. Max hatte nicht bemerkt, dass auch der Rechtsmediziner mittlerweile angekommen war.

Sie gingen ein paar Schritte zur Seite, wobei Max einen Mann neben dem dunklen SUV stehen und mit zwei der uniformierten Kollegen diskutieren sah, wild gestikulierend. Auch ihn erkannte er sofort. Es war Hans-Peter Lanz, Passecks Chef.

»Was will der denn hier?«, blaffte Böhmer, der Lanz in diesem Moment ebenfalls entdeckte.

»Keine Ahnung. Vor allem wüsste ich gerne, *wieso* er hier ist.«

»Werden wir gleich erfahren«, entgegnete Böhmer

grimmig und stapfte los. Lanz entdeckte die beiden Kommissare erst, als sie fast vor ihm standen.

»Ah, gut, dass Sie da sind. Wären Sie bitte so nett, Ihrem Kollegen zu erklären, dass die Presse ein Recht darauf hat zu erfahren, was genau hier geschehen ist? Und dass er mich durchlassen soll?«

»Erstens werden Sie mit Sicherheit nicht am Fundort einer Leiche mögliche Spuren zertrampeln, und zweitens wüsste ich gerne, was Sie hier überhaupt zu suchen haben?«

Lanz zuckte die Schultern. »Ich war auf dem Weg in die Redaktion, als ich einen Anruf von dort bekommen habe. Keine Ahnung, woher die Info kam, aber irgendwer muss wohl ein Interesse daran haben, dass die Öffentlichkeit informiert wird.«

Wie zur Bestätigung kam ein weiteres Fahrzeug mit hoher Geschwindigkeit auf sie zu. Kurz vor ihnen wurde es abgebremst, die Türen flogen auf, und zwei Männer sprangen heraus. Einer von ihnen hatte eine Fotokamera in den Händen.

Böhmer wandte sich an die Uniformierten, die beide noch recht jung waren. »Niemand kommt auch nur einen Meter näher heran.« Er zeigte auf die Kollegen, die noch immer mit dem Absperrband zugange waren. »Die beiden sollen Sie unterstützen. Wenn das nicht reicht, fordern Sie noch einen Streifenwagen an. Und keinen Ton über die Tote zu jemandem von der Presse, ist das klar?« Die Polizisten nickten.

»Sagen Sie, glauben Sie eigentlich immer noch, Harry könnte damit was zu tun haben?«, fragte Lanz.

»Zu Details der Ermittlungen können wir keine Auskunft geben«, antwortete Max mit der Standardphrase, woraufhin Lanz den Kopf schüttelte. »Allein der Gedanke, Harry Passeck könnte ein Serienmörder sein …«

»Niemand hat etwas von einer Mordserie gesagt«, blaffte Böhmer. »Und jetzt entschuldigen Sie uns, wir haben zu tun.«

Damit ließ er Lanz stehen und ging zurück zu der Toten. Max warf dem Chefredakteur noch einen letzten Blick zu, dann folgte er Böhmer zu Reinhardt, der gerade Martinys Arm untersuchte.

Er sah kurz zu ihnen auf, als sie ihn erreicht haben. »Auf den ersten Blick sieht es nach der gleichen Vorgehensweise aus, aber es gibt Unterschiede zum letzten Mal«, erklärte er, während er den Arm drehte und von allen Seiten betrachtete.

»Welche Unterschiede denn?« Böhmer deutete auf die zahlreichen Wunden. »Die gleichen Verletzungen, besonders konzentriert im Intimbereich. Die herausgeschnittenen Brustwarzen … Was soll denn da anders sein? Das war doch das gleiche kranke Arschloch.«

Reinhardt ließ den Arm der Frau sinken und richtete sich auf. »Die Wunden sind zwar sehr ähnlich, das stimmt, und sie konzentrieren sich auch auf die gleichen Körperregionen. Anders als im letzten Fall sind sie dieser Frau aber über einen längeren Zeitraum zugefügt worden. Ich würde die ältesten Verletzungen auf drei bis vier Tage datieren.«

»Das heißt, es war wahrscheinlich der gleiche Kerl, aber dieses Mal hat er sein Opfer länger gefoltert?«

»Ja. Und noch etwas ist anders.« Reinhardt zeigte auf die längliche Wunde am Arm der Toten.

»Genau werde ich es natürlich erst nach der Obduktion sagen können, aber ich möchte wetten, es gibt nicht mehr viel Blut in diesem Körper. Das da sieht mir sehr danach aus, als habe er ihr die Arterie der Länge nach aufgeschnitten, um sie ausbluten zu lassen.«

Max' Blick starrte auf den Arm mit der Wunde, seine Gedanken rasten. Er spürte, dass diese Information ein Hinweis war, der ihnen etwas Wichtiges sagen konnte. Mehr als die bloße Tatsache, dass der Täter sich eine neue Spielart ausgedacht hatte. Aber noch war es lediglich ein Gefühl, nebulös und nicht greifbar.

Das änderte sich, als sie eine Stunde später in die Einsatzzentrale zurückkehrten.

Während Böhmer an seinem Schreibtisch saß und auf der Tastatur herumklimperte, stand Max vor der Pinnwand, auf der Fotos von Petra Zedermanns Leiche und von Dagmar Martinys Schlafzimmer ebenso wie Personendaten und handgeschriebene Notizzettel befestigt waren. Immer und immer wieder betrachtete er die Aufnahmen, suchte nach einem Detail, das ihnen bisher vielleicht noch nicht aufgefallen war. Vor einem Foto, das Dagmar Martinys Schlafzimmer in der Totale zeigte, verharrte er besonders lange. Irgendetwas hatten sie entweder übersehen oder angesichts des neuen Leichenfunds noch nicht in den richtigen Zusammenhang gebracht.

Max ging näher an das Foto heran. Da war das Bett mit der zerwühlten Decke, die dunklen Spuren der gespreizten Finger einer Hand, die an der Wand Halt gesucht hatte. Der Nachttisch, der Teppich, die Schranktüren … alles war voller Blut. Literweise Blut.

Die Leiche von Dagmar Martiny, ihre Verletzungen … Unmengen *von Blut!*

Die Schlussfolgerung war so plötzlich da und erschien ihm so offensichtlich, dass er sich die Hand auf die Stirn legte. »O Mann!«

Er drehte sich zu Böhmer um, der ihn fragend ansah.

Max schüttelte über sich selbst den Kopf. »Manchmal sieht man den Wald vor lauter Bäumen nicht.«

»Vielleicht hörst du auf, in Rätseln zu sprechen?«

»Reinhardt sagte doch, er geht davon aus, dass es in Martinys Leiche nicht mehr viel Blut gibt, weil der Täter sie ausbluten ließ.«

»Ich weiß, und?«

»Und in ihrem Schlafzimmer haben wir Blut von Miriam Winkel gefunden.«

Böhmer nickte. »Kommst du mal zur Sache? Ich sehe keinen Zusammenhang.«

Max ließ sich auf seinen Stuhl fallen. »Was, wenn wir es wirklich mit dem gleichen Täter zu tun haben, und der hat mit der Winkel das Gleiche angestellt, was er jetzt auch mit Dagmar Martiny gemacht hat? Die Arterie aufgeschlitzt und sie ausbluten lassen.«

Erwartungsvoll sah er Böhmer an, der aber offensichtlich noch immer nicht verstand, worauf er hinauswollte.

»Ja, das kann sein. Mein Gott, dass die Winkel eine große Wunde gehabt haben musste, ist doch klar bei dem ganzen Blut. Aber wo ist da jetzt die große, neue Erkenntnis?«

Max stieß ein kurzes Lachen aus. »Worüber haben wir uns die ganze Zeit den Kopf zerbrochen, was Miriam Winkel betrifft?«

Böhmer dachte kurz nach. »Wie der Täter es geschafft hat, sie aus der Wohnung hinauszubringen nach dem Blutverlust. Tot oder lebendig.«

»Ganz genau.« Max beugte sich nach vorn, legte die Unterarme auf den Schreibtisch und wartete darauf, dass Böhmer selbst die logische Schlussfolgerung zog, was aber offensichtlich nicht geschah.

»Was, wenn er sie nicht aus der Wohnung hinausschaffen musste? Weil sie gar nicht dort war? Was, wenn nicht Miriam Winkel in Dagmar Martinys Schlafzimmer gewesen war, sondern nur ihr Blut?«

32

Böhmer starrte Max eine ganze Weile wortlos an, bis er schließlich zur Pinnwand hinübersah.

»Du meinst, der kranke Scheißkerl hat ihr die Pulsader aufgeschlitzt, das Blut in einem Kanister oder etwas Ähnlichem aufgefangen und dann in Martinys Schlafzimmer verteilt?«

»Ja, warum nicht?«

»Die Frage müsste eher lauten: Warum sollte er so etwas tun?«

Max sprang auf. Er war zu aufgeregt, um sitzen bleiben zu können. »Na, um Harry Passeck zu belasten.«

Böhmer schüttelte den Kopf. »Und noch einmal: Warum?«

»Was weiß ich? Vielleicht, weil er tatsächlich mit seinen Recherchen irgendwelchen mächtigen Leute zu nahe gekommen ist.«

Böhmer schüttelte schon wieder den Kopf. »Und dafür der ganze Aufwand? Passeck aus dem Verkehr zu ziehen, das ginge auch weitaus einfacher. Gerade für Leute mit entsprechend viel Macht und Geld. Aber okay, ich würde es vielleicht sogar gelten lassen, wenn wir es nur mit der Winkel zu tun hätten. Aber wie passen Petra Zedermann und Dagmar Martiny in diese Geschichte?«

»Das weiß ich nicht«, gab Max zu. Er konnte Böhmers Einwand verstehen und wusste, dass er berechtigt war. Dennoch wollte er seine Theorie nicht verwerfen. »Aber es ist bisher die einzige logische Erklärung für das, was wir in der Wohnung vorgefunden haben.«

Böhmer griff sich einen Stift, der vor ihm auf dem Schreibtisch lag, hob ihn an und ließ ihn zwischen Daumen und Mittelfinger hindurchrutschen, bis die Spitze mit einem klackenden Geräusch auf der Tischplatte aufschlug. Dieses Spiel wiederholte er noch dreimal, dann warf er den Stift zur Seite. »Ich habe noch drei Quizfragen für dich, Herr Professor. Erstens: Warum haben wir Miriam Winkel nicht gefunden, die anderen beiden Leichen aber sehr wohl? Zweitens: Wo hat die Frau zweieinhalb Jahre lang gesteckt? Und drittens …« Ein überlegenes Grinsen legte sich auf sein Gesicht. »Wenn Miriam Winkel gar nicht in der Wohnung war, woher kommen dann ihre Fingerabdrücke, die wir überall gefunden haben?«

Auf die ersten beiden Fragen wusste Max auch keine Antwort, aber zur letzten hatte er durchaus eine Theorie, die er allerdings für sich behielt. Zumindest für den Moment. Sie war, wie er sich selbst eingestehen musste, ziemlich abgedreht.

»Ich weiß es nicht«, sagte er stattdessen. »Aber ich hoffe sehr, dass wir das noch herausfinden werden.«

Mittlerweile hatte Patschett ihnen die ersten Fotos der Toten per Mail geschickt, die restlichen, so versicherte er in der Nachricht, würde er ihnen schnellstmöglich auf dem Server zur Verfügung stellen.

In einem Telefonat mit Passeck erklärte dieser Böhmer, zu Recherchen in der Nähe von Düsseldorf unterwegs zu sein, sicherte aber zu, sich am frühen Abend zu melden, sobald er zurück sei. In der vergangenen Nacht sei er zu Hause gewesen, seine Frau könne das bestätigen.

Als Böhmer am frühen Nachmittag beschloss, sich Martinys Wohnung noch mal genauer anzuschauen, bat Max ihn, einen anderen Kollegen mitzunehmen; er selbst wolle sich ein weiteres Mal durch die Berichte kämpfen.

»Du willst dir selbst nicht eingestehen, dass deine Blut-im-Kanister-Theorie nicht haltbar ist, nicht wahr?«, entgegnete Böhmer. »Aber von mir aus. Es kann auf keinen Fall schaden, alles erneut durchzugehen. Vielleicht findest du ja noch etwas, das wir tatsächlich übersehen haben.«

Max wartete, bis Böhmer die Einsatzzentrale gemeinsam mit einer jungen Kollegin verlassen hatte, bevor er zwei der vier Aufnahmen der toten Dagmar Martiny auswählte und sie, ebenso wie zwei Fotos von Petra Zedermann, auf dem Farblaser in A4-Größe ausdruckte.

Vierzig Minuten später saß er seinem ehemaligen Dozenten Professor Bormann in dessen Büro in der medizinischen Fakultät der Heinrich-Heine-Universität gegenüber und legte die Fotos vor ihn auf den Tisch. Der Endfünfziger nahm sie nacheinander in die Hand und betrachtete sie eingehend, wobei er immer wieder nickte. Er ließ sich gute fünf Minuten Zeit, in denen Max schweigend neben ihm saß. Nachdem Bormann das letzte Foto von Dagmar Martiny ausgiebig betrachtet hatte, sortierte er eines von Petra Zedermann aus und platzierte die beiden dann nebeneinander auf dem Tisch.

»Was fällt Ihnen auf, wenn Sie diesen Bereich auf den Fotos miteinander vergleichen?« Er zeigte auf die Wunden, die das Herausschneiden der Brustwarzen an Petra Zedermanns Körper hinterlassen hatte. Max beugte sich nach vorn und sah sich diese Stellen auf beiden Aufnahmen genau an.

»Hm … Es macht den Eindruck, als seien die Wunden bei Martiny irgendwie … ausgefranster.«

Bormann nickte. »Der Rechtsmediziner wird Ihnen nach der Obduktion sicher mehr dazu sagen können, aber für mich hat es den Anschein, als habe der Täter beim zweiten Opfer kein Messer, sondern einen anderen, stumpferen Gegenstand benutzt, um die Brustwarzen abzutrennen. Vielleicht eine Kneifzange.«

Allein bei der Vorstellung zog sich alles in Max zusammen. »Das ist ja grauenvoll.«

»Ja, es dauerte wahrscheinlich länger und war mit Sicherheit weitaus schmerzhafter für das Opfer. Mehrere der Wunden unterscheiden sich auf diese Art. Wenn man dann noch berücksichtigt, dass er sich mit der ersten Frau nur eine Nacht, mit der zweiten aber drei Tage und Nächte lang beschäftigt hat …«

Er betrachtete ein weiteres Mal die beiden Fotos.

»Die Taten sind sexuell geprägt, das steht ganz außer Frage. Sadismus in seiner vollen Ausprägung. Aber der Täter ist noch auf der Suche. Er steigert sich. Sein Vorgehen erscheint auf den ersten Blick vielleicht systematisch – ähnliche Verletzungen an ähnlichen Körperstellen. Auf mich macht er aber einen unbeholfenen Eindruck. So, als habe er bisher nur eine vage Vorstellung davon, wie er verwirklichen kann, was er sich wünscht.«

Bormann lehnte sich zurück und schlug die Beine übereinander. »Ich denke, Ihr Mann ist nicht mehr sehr jung. Vielleicht um die vierzig. Er hat wahrscheinlich schon alle möglichen sexuellen Erfahrungen hinter sich. Vermutlich hat er alles ausprobiert, was gängig ist, inklusive SM. Meist entdecken diese Täter nur durch einen Zufall, was ihnen tatsächlich sexuelle Erfüllung bringt. Wenn sie das dann einmal erlebt haben, wollen sie es nicht nur wiederholen, sondern auch wissen, ob vielleicht sogar noch mehr geht. Dann beginnen sie auszuprobieren, indem sie immer extremere Situationen herstellen. Hier« – er deutete auf die Fotos – »haben wir ein Prachtexemplar dieses Typus.«

Erneut betrachtete Max die Fotos. »Mir fällt da noch etwas ein: Die Fundorte unterscheiden sich stark voneinander. Die erste Leiche haben wir in einem Gebüsch am Rheinufer gefunden, umgeben von Unrat und Müllsäcken. Die zweite lag in der Nähe eines Friedhofs. Ohne Müll.«

»Und?« Bormann sah ihn herausfordernd an.

Max dachte nach, hatte aber recht schnell eine Deutung, die ihm logisch erschien. »Er hat Petra Zedermann symbolisch weggeworfen. Vielleicht, weil sie seinen Anforderungen nicht genügte. Da er sich mit der zweiten, Dagmar Martiny, länger beschäftigt hat, war er mit ihr eher zufrieden. Das hat er dadurch ausgedrückt, dass er sie in der Nähe einer regulären Begräbnisstätte abgelegt hat.«

Bormann nickte anerkennend. »Sehr gut. Noch weitere Schlussfolgerungen?«

»Er kontrolliert, was er tut, und das wahrscheinlich in

jeder Lebenslage. Das bedeutet, ich kann mich mit ihm angeregt unterhalten und werde wahrscheinlich nichts von seinen Phantasien bemerken.«

»Ich sehe, Sie haben nicht nur einiges gelernt, sondern auch ein gutes Gespür entwickelt. Bleiben Sie dran, lernen Sie weiter.«

Als Max das Gebäude wenig später verließ, erhielt er eine Nachricht von Jennifer: Ich möchte dich nicht stören, und du musst auch nicht antworten. Ich wollte dir nur schnell schreiben, dass ich an dich denke. Ziemlich häufig und ziemlich intensiv. Jenny

Ganz kurz spielte er mit dem Gedanken, ihr zu antworten und sie zu fragen, ob sie sich am Abend treffen könnten, ließ es dann aber. So sehr er sich die Nähe zu Jennifer wünschte – der Fall hatte absoluten Vorrang. Das musste sie verstehen, ansonsten wäre jeder Gedanke an eine Beziehung von Anfang an sinnlos. Er drückte die Nachricht schweren Herzens weg und telefonierte stattdessen mit Böhmer, erzählte ihm von seinem Besuch bei Bormann und dessen Ausfuhrungen.

Zu seiner Überraschung kam von Böhmer keine bissige Bemerkung zurück. »Das klingt plausibel«, erklärte er stattdessen.

»Finde ich auch. Und da ich sowieso gerade hier bin, laufe ich mal rüber zum Uniklinikum und schaue in der Rechtsmedizin vorbei, vielleicht kann Reinhardt ja schon was sagen.«

Er konnte. Reinhardt hatte sich sofort an die Obduktion gemacht und war gerade fertig geworden, als Max eintraf.

»Eine interessante Geschichte«, erklärte er sachlich

und schlug schwungvoll das grüne Tuch zurück, mit dem die Leiche von Dagmar Martiny abgedeckt war. Der Luftschwall, der Max entgegenschlug, war von einem Geruch durchsetzt, der ihm den Atem nahm und seinen Magen rebellieren ließ.

Reinhardt schien es ihm anzusehen.

»Entschuldigen Sie bitte. Also, wie ich schon am Fundort vermutet hatte, befindet sich in diesem Körper nur noch eine verhältnismäßig geringe Menge Blut. Ich schätze, dass etwa drei Liter fehlen.«

»Ist sie daran gestorben?«

»Ja, davon ist auszugehen. Ab einem Verlust von eineinhalb Litern wird es gefährlich, spätestens bei zwei Litern treten Bewusstlosigkeit und Schockzustand ein, der Blutkreislauf bricht zusammen, und der Tod tritt ein. Was allerdings bei der Verletzung, wie wir sie hier vorliegen haben, gar nicht so einfach ist.«

Max verstand nicht und betrachtete die lange Wunde am Unterarm der Toten. »Aber wenn die Pulsader derart verletzt ist, müsste das Blut doch regelrecht herausschießen.«

»Ja, anfangs ist das auch so. Aber der menschliche Körper verfügt über einige faszinierende Mechanismen, die bei großem Blutverlust greifen. Die Blutgerinnung zum Beispiel, die bei arteriellen Verletzungen allerdings nicht so effektiv ist wie bei venösen. Außerdem erfolgt bei eintretender Schocksymptomatik eine Vasokonstriktion, das heißt, dass die Gefäße sich stark verengen und nur noch die wichtigsten Organe durchblutet werden. Dadurch wird an der verletzten Stelle immer weniger Blut austreten.«

»Aber bei ihr hat es trotzdem zum Tod geführt?«

»Ja, wie es aussieht, hat der Täter die Wunde immer wieder erweitert, indem er mit einem Messer mehrmals nachgeschnitten hat.«

»Er wollte also auf jeden Fall, dass sie verblutet.«

Reinhardt nickte. »Ganz anders als bei der anderen Toten, die mit einem schnellen Stich getötet wurde. Aber auch die Beschaffenheit der meisten Wunden unterscheidet sich bei den beiden Leichen, obwohl die Stellen, an denen sie zugefügt wurden, die gleichen sind. Fast alle Verletzungen wurden dieser Frau mit einem Messer oder einer scharfen Klinge bereits einige Zeit vor ihrem Tod beigebracht. Wahrscheinlich sogar gleich am ersten Tag ihres Martyriums. Anhand der Beschaffenheit der Wundränder kann man aber davon ausgehen, dass sie danach immer wieder erweitert worden sind, allerdings stumpf.«

»Das bedeutet?«

»Der Täter hat wahrscheinlich in den Wunden herumgestochert. Entweder mit einem stumpfen Gegenstand oder mit den Fingern.«

Max dachte an das, was Professor Bormann vermutet hatte. Es deckte sich mit Reinhardts Ergebnissen.

»Gibt es Anzeichen für eine Vergewaltigung? Also, ich meine …«

»Ich weiß, was Sie meinen. Keine Spermaspuren, aber massivste Verletzungen an den Brüsten und im Bereich der Vulva.«

»Sonst noch etwas Auffälliges?«

»Nein, und ich finde auch, dass das reicht. Meinen vollständigen Bericht haben Sie bis morgen Vormittag.«

Max bedankte sich und machte sich auf den Weg zurück zum Präsidium.

Bormann hatte recht mit seinen Vermutungen, dessen war er sich sicher. Daraus ergab sich allerdings eine logische Frage, die ihm Angst machte: Wenn der Täter sich tatsächlich so lange steigerte, bis er sein Höchstmaß an sexueller Befriedigung erreicht hatte, und wenn das bis jetzt noch nicht der Fall war – was kam dann als Nächstes?

33

Kurz bevor Max gegen achtzehn Uhr dreißig das Präsidium verließ, zückte er sein Handy und öffnete WhatsApp.

Hallo Jennifer, wie sieht deine Abendplanung aus?

Nach zwei Minuten kam die Antwort.

Ich konnte bisher noch nicht planen, weil ich dich gerne mit einbeziehen möchte. Also, was schlägst du vor?
Ich würde dich gerne sehen.
Puh! Da habe ich aber Glück gehabt.
Bei mir? Um acht?
Sehr gerne.
Bis dann.

Max fuhr nach Hause, duschte, zog frische Sachen an und saß um kurz nach halb acht in seinem Auto. Zwischendurch hatte Jennifer ihm geschrieben, er solle doch eine Flasche von dem leckeren Wein mitbringen.

Als Jennifer ihm die Tür öffnete, fiel sie ihm sofort um den Hals und küsste ihn zärtlich.

»Hoppla«, stieß er lachend aus, als sie seinen Mund wieder freigab und ihn in die Wohnung zog.

»Ich habe dich vermisst, weißt du das?«, fragte sie, drückte ihn im Wohnzimmer auf einen Sessel und setzte sich auf seinen Schoß.

Lachend stellte er die Weinflasche neben dem Sessel auf dem Boden ab. »Das hoffe ich doch.«

Jennifer schlang ihre Arme um seinen Hals und sah ihm tief in die Augen. »Außerdem empfinde ich es als seelische Grausamkeit, dass ich dir nicht schreiben darf. Wo ich doch den ganzen Tag über an dich denke.«

Max spürte, wie die Freude über ihre stürmische Begrüßung sich mit einem anderen Gefühl vermischte, einer Art Beklemmung. Er löste ihre Arme vorsichtig von seinem Hals. Seine Hände tasteten nach ihren, hielten sie zärtlich fest.

»Darüber wollte ich sowieso mit dir reden, Jennifer.«

»Oh«, sagte sie, »das klingt ernst und irgendwie ein bisschen so, als würde mir nicht gefallen, was du mir sagen möchtest.« Sie rückte ein Stück zurück, hockte nun fast auf seinen Knien, und sah ihn ernst an. »Und kannst du mich bitte Jenny nennen? Das fühlt sich nach mehr Nähe an.«

»Ich bin im Moment ziemlich durcheinander«, begann Max und suchte nach den passenden Worten. Jenny ließ ihm Zeit.

»Um mich zu verstehen, musst du wissen, dass ich mir fest vorgenommen hatte, mich in den nächsten zwei, drei Jahren ausschließlich um meine Karriere zu kümmern. Ich weiß von Kollegen, dass eine Beziehung in unserem Beruf alles andere als einfach ist, weil es immer wieder Zeiten gibt, in denen sich alles um einen Fall dreht und wir Tag und Nacht im Einsatz sind.« Er wartete, ob Jenny etwas dazu sagen würde, doch sie sah ihn nur erwartungsvoll an. Also fuhr er fort:

»Dazu kommen die Momente, in denen man es einfach nicht schafft, das loszuwerden, was man den ganzen Tag über erlebt hat. Man kann nichts dagegen tun, dass man berufliche Dinge mit ins Privatleben trägt. Darunter leiden die meisten Beziehungen von Polizisten, speziell von Kolleginnen und Kollegen der Mordkommission. Viele dieser Beziehungen halten dieser Belastung einfach nicht stand und gehen kaputt, was dann meist mit erheblichen Problemen verbunden ist und auch damit, dass man sich nicht mehr voll und ganz auf seine Arbeit konzentrieren kann.« Er atmete tief durch. »Das alles kommt natürlich noch viel stärker zum Tragen, wenn man die Karriere noch vor sich hat. Deshalb dachte ich mir, es ist das Beste, ich warte noch eine Weile.«

Jenny atmete ebenfalls tief durch, entzog ihm ihre Hände und nickte. »Ja, das verstehe ich. Aber fällt dir eigentlich auf, dass du gerade ausschließlich Argumente gesammelt hast, die gegen eine Beziehung sprechen? Und denkst du wirklich, Liebe ist derart planbar? Kannst du dir vornehmen, dich frühestens in zwei, drei Jahren zu verlieben?«

»Ja«, antwortete er, ohne zu zögern, »das kann ich nicht nur, sondern das habe ich auch getan.«

Max sah, wie ihre Augen feucht wurden. Sie senkte den Kopf und wollte aufstehen, doch er hielt sie mit einer Hand fest, während er die andere unter ihr Kinn legte und es sanft anhob. Sie ließ es geschehen und sah ihn an. Die Tränen hatten zwei glänzende Spuren auf ihren Wangen hinterlassen.

Er wischte sie mit einer zärtlichen Bewegung weg und wusste im gleichen Moment, dass er eine Entscheidung getroffen hatte und sich nicht dagegen wehren konnte.

»Wie gesagt, ich hatte es mir fest vorgenommen«, sagte er leise. »Aber es hat nicht geklappt. Ich habe mich nämlich Hals über Kopf in dich verliebt.«

Er sah in Jennys Gesicht, dass sie nicht recht wusste, wie sie sich jetzt verhalten sollte. Also zog er sie zu sich heran und küsste sie zärtlich.

»Und was heißt das jetzt?« Ihre Stimme klang wie die eines ängstlichen Kindes. Max hatte das Gefühl, dass nun, wo er sich bewusst war, dass er diese Frau näher kennenlernen wollte und mit ihr zusammen sein *musste*, eine zentnerschwere Last von seinen Schultern genommen war. »Muss ich dir das erklären, oder darf ich es dir auch zeigen?«

Sie lächelte. »Zeig es mir, bitte.«

Er umfasste sie so, dass er sie auf den Armen trug, als er aufstand. »Wo war noch mal dein Schlafzimmer?«

Max öffnete die Augen und hatte ein Bild aus verwaschenen Weiß- und Grautönen vor sich. Erst nach mehrmaligem Blinzeln schälten sich die Konturen einer Lampe aus kleinen, geometrischen Formen heraus, die über ihm an einer weiß getünchten Decke hing. Einer unbekannten Lampe.

Er drehte den Kopf zur Seite und wollte schon hochschnellen, als er die dunklen Haare sah, die das Kissen neben ihm bedeckten. Darunter eine nackte Schulter, ein Arm … Jenny. Mit der Erkenntnis, dass er sich in ihrem Schlafzimmer befand, kehrte die Erinnerung an die vergangene Nacht zurück und weckte ein warmes Glücksgefühl von seltener Intensität in ihm.

Er widerstand dem Impuls, Jenny zu berühren, drehte den Kopf zur Seite und suchte nach einer Uhr, fand aber keine. Allerdings erinnerte er sich, dass er sein Telefon auf dem Wohnzimmertisch abgelegt hatte. Mit langsamen Bewegungen zog er die Decke von seinem Körper und schob die Beine aus dem Bett. Er schaffte es, sich so vorsichtig aufzurichten, dass Jenny nicht aufwachte. Im Wohnzimmer griff er nach seinem Smartphone und erschrak, als er die Nachrichten auf dem Sperrbildschirm sah.

Fünf Anrufe und drei SMS in Abwesenheit. Das konnte nichts Gutes bedeuten. Mit einer schnellen Bewegung entsperrte Max das Gerät und stellte fest, dass alle Nachrichten und Anrufe von Böhmer stammten. Die letzte SMS war kurz nach Mitternacht eingegangen. Nun war es zehn vor sieben. Böhmer würde noch nicht im Büro, aber wahrscheinlich schon wach sein. Max wählte seine Nummer und hielt sich das Gerät ans Ohr.

»Wo, verdammt nochmal, hast du gesteckt?«, begrüßte sein Partner ihn.

»Guten Morgen, ich war bei Jenny, sie hat mich eingela…«

»Passeck ist verschwunden«, unterbrach Böhmer ihn bellend. »In einer halben Stunde im Büro.« Es folgte ein Dauerton als Hinweis, dass aufgelegt worden war.

Max eilte ins Badezimmer und duschte. Selten hatte er einen extremeren Gefühlsabsturz erlebt. Wo gerade noch zärtliche Wärme gewesen waren, herrschte nun das schlechte Gewissen, in einem wichtigen Moment der

Mindesterwartung, die man an ihn als Kriminalpolizist stellen durfte, nicht gerecht geworden zu sein: Erreichbarkeit in einem aktuellen und brisanten Fall.

Er trocknete sich gerade ab, als Jenny das Bad betrat und sich verschlafen mit beiden Händen die Augen rieb. »Du bist früh wach«, sagte sie und schmiegte sich an ihn.

»Ja, und ich werde gleich im Büro mächtig Ärger bekommen. Mein Partner hat mich gestern Abend mehrmals zu erreichen versucht.«

»Aber warum? Was ist denn los?«

»Es gibt wichtige Entwicklungen im aktuellen Fall.« Er drückte sie vorsichtig von sich weg. »Bitte … ich muss mich beeilen.« Damit schob er sich an ihr vorbei aus dem Bad hinaus. Fünf Minuten später nahm er Jenny in der Diele in den Arm und küsste sie zärtlich, aber kurz. »Nicht böse sein, wir holen ein gemütliches Frühstück nach.«

Sie nickte lächelnd und strich ihm über die Wange. »Ja, das tun wir.«

Max erreichte das Präsidium fünfundzwanzig Minuten nach seinem Telefonat mit Böhmer und betrat wenige Minuten später die Einsatzzentrale. Der Blick, mit dem sein Partner ihn empfing, sprach Bände. Böhmer erhob sich, noch bevor Max seinen Schreibtisch erreicht hatte, und deutete nach draußen. Wortlos ging er an Max vorbei in ein leeres Büro und schloss die Tür hinter ihnen. Dann baute er sich, die Fäuste in die Hüften gestemmt, vor Max auf.

»Wie, zum Teufel, kann es sein, dass mein Partner in der heißen Phase eines aktuellen Falles die ganze Nacht nicht zu erreichen ist?«

»Horst«, begann Max, aber Böhmer würgte ihn mit einer wedelnden Handbewegung ab.

»Nein, stopp. Das soll keine Diskussion werden, sondern ein Anschiss, also unterbrich mich nicht. Auch nicht, wenn ich dir eine rhetorische Frage stelle.« Böhmer ließ sich gegen die Kante eines Schreibtisches sinken und stützte die Hände neben sich auf. »Ich will dir jetzt mal etwas Wichtiges über die Polizeiarbeit sagen, das wahrscheinlich nicht in deinen schlauen Büchern steht. Jeder von uns hat ein Recht auf Privatsphäre. Frau, Freundin, Kinder, was auch immer. Es ist sogar extrem wichtig, dass wir Phasen haben, in denen wir runterkommen und Abstand gewinnen können von dem Morast aus menschlichem Abschaum, durch den wir immer wieder knietief waten müssen. Das ist unabdingbar für die Gesundheit unseres Verstandes.«

Böhmer machte eine Pause, und Max kam nicht umhin, sich über dessen rhetorische Gewandtheit zu wundern. Auch wenn er wusste, was nun folgen würde.

»Aber … und jetzt kommt der mindestens ebenso wichtige Teil: Wenn wir bis zum Hals in einem aktuellen Fall stecken, und ganz besonders, wenn es ein Fall ist wie dieser, komplex und kompliziert, bei dem wir noch im Dunkeln tappen wie die Anfänger, dann haben wir rund um die Uhr zur Verfügung zu stehen, weil wir dann vierundzwanzig Stunden im Dienst sind.« Böhmer drückte sich von der Tischkante ab und blieb einen Meter vor Max stehen. »Ich möchte wissen, dass ich mich auf meinen Partner ab jetzt bedingungslos verlassen kann, Max. Kann ich das?«

Max nickte, achtete dabei aber darauf, Böhmers Blick standzuhalten. »Ja, das kannst du. Tut mir leid.«

Böhmer hob die Hand und strich sich zweimal über den Bart. Dann nickte auch er. »Gut. Mitkommen.«

34

Freitag

»Wie du weißt, hatte Passeck sich noch immer nicht gemeldet, als du gestern das Präsidium verlassen hast, obwohl er es fest zugesagt hatte.«

Sie saßen sich wieder an ihren Schreibtischen in der Einsatzzentrale gegenüber, und Böhmer gab Max eine Zusammenfassung der Ereignisse.

»Ein Anruf bei seiner Frau zeigte, dass er gelogen hatte, als es um sein Alibi für die Tatnacht ging. Der feine Herr ist nämlich schon seit gestern verschwunden. Das war der Moment, als ich zum ersten Mal vergeblich versucht habe, dich zu erreichen.

Ich habe dann seinen Anwalt angerufen und ihn davon in Kenntnis gesetzt, dass sein Mandant sich gerade in höchstem Maße verdächtig macht. Der konnte ihn aber ebenso wenig erreichen wie ich. Danach der zweite Anruf und eine SMS an dich, mit dem gleichen Ergebnis wie beim ersten Versuch, wie wir wissen.«

»Du hast ja recht, aber was hätte ich denn tun können, selbst wenn du mich erreichst hättest?«

Böhmer hob beide Hände. »Was weiß ich? Dir Gedanken machen. Eine Idee haben. Als mein Partner verfügbar sein.«

Das war alles richtig, keine Frage, aber Max hatte das deutliche Gefühl, dass es Böhmer um mehr als nur das ging. »Jedenfalls ist Passeck bis jetzt verschwunden. Ich habe die liebe Frau von Braunshausen eben aus dem Bett geholt, wovon sie sehr angetan war. Ihr Mann war die ganze Nacht nicht zu Hause. Und das, nachdem gerade eine weitere Frauenleiche gefunden wurde. Ich habe eine Fahndung nach ihm rausgegeben.«

Passeck meldete sich um kurz vor elf bei Böhmer.

»Wo, zum Teufel, stecken Sie? Und was fällt Ihnen ein, einfach zu verschwinden, obwohl ich Ihnen deutlich gesagt habe, dass Sie sich zur Verfügung halten sollen«, blaffte Böhmer ihn an und schaltete den Lautsprecher des Telefons ein. »Und vor allem, nachdem Sie mich wegen Ihres Alibis angelogen haben.«

»Deswegen rufe ich doch gerade an. Um Ihnen zu sagen, dass ich in München bin.«

»Was?«

»Ich durfte das Treffen mit meinem Informanten nicht sausen lassen. Nach monatelanger Arbeit konnte das der erste handfeste Beweis für meine Theorie sein.«

»Wo waren Sie am Mittwochabend und in der Nacht? Und wagen Sie es nicht noch einmal, mich anzulügen.«

»Da war ich schon in München. Ich habe mich am Mittwochabend zum ersten Mal mit dem Informanten getroffen.«

»Das heißt, sie waren bereits nach München unterwegs, als wir miteinander telefoniert und Sie mir erzählt haben, Sie würden mich später von zu Hause aus anrufen?«

»Ja«, erwiderte Passeck kleinlaut.

Böhmer atmete schnaubend aus. »Name und Adresse dieses Informanten?«

Passeck zögerte.

»Na, was ist?«

»Ich kann seine Identität nicht verraten, das war Teil des Deals.«

»Ihr Deal mit dem Mann ist mir ziemlich egal, und das sollte es Ihnen auch sein, Herr Passeck. Falls Sie es noch nicht realisiert haben: Sie sind Verdächtiger in einem Mordfall, und dieser Informant könnte Ihr Alibi sein.«

»Tut mir leid, das geht nicht. Wenn ich einen Informanten verrate, kann ich meinen Job als investigativer Journalist an den Nagel hängen. So etwas spricht sich verdammt schnell herum. Kein Mensch wird mir danach auch nur noch eine Wegbeschreibung geben.«

»In welchem Hotel sind Sie? Dort muss man Sie ja gesehen haben.« Böhmer war genervt.

Passeck nannte den Namen des Hotels, den Böhmer auf einem Zettel notierte. »Sind Sie jetzt dort in Ihrem Zimmer?«

»Ja.«

»Dann bleiben Sie auch da, bis ich mich wieder melde. Und ich warne Sie, verarschen Sie mich nicht noch einmal.«

Böhmer beendete das Gespräch und wählte gleich darauf eine andere Nummer. Den Lautsprecher hatte er wieder ausgeschaltet. »Ja, Böhmer hier. Rufen Sie bei den Kollegen in München an und bitten Sie sie, Harry Passeck in seinem Hotelzimmer festzunehmen. Mordverdacht. Er wartet dort auf meinen Rückruf. Ich weiß nicht, ob er bewaffnet ist. Die sollen also vorsichtig sein und sich beeilen. Wenn sie ihn haben, möchte ich informiert werden. Das Hotel heißt … Moment.« Er las den Namen ab und legte auf. »Wenn dieser Mistkerl glaubt, uns an der Nase herumführen zu können, hat er sich geschnitten.«

Das nächste Gespräch führte Böhmer mit mehreren Mitarbeiterinnen und Mitarbeitern des Hotels. Am Ende stand fest, dass Passeck am Mittwochnachmittag eingecheckt hatte, aber niemand wusste mit Sicherheit, wann er das Hotel verlassen hatte oder wieder zurückgekehrt war. Beim Frühstück am Donnerstag sei er allerdings anwesend gewesen. Das sei anhand einer Liste nachvollziehbar.

»Passeck hat also kein Alibi für die Tatzeit«, stellte Böhmer abschließend fest.

»Aber er ist nachweislich in München«, gab Max zu bedenken.

»Ja und? Er hat dort am Nachmittag eingecheckt und war am nächsten Morgen beim Frühstück. Von München bis Düsseldorf sind es fünf Stunden, vielleicht fünfeinhalb. Er hätte bequem am Mittwochabend um zehn oder elf wieder hier sein und die Martiny töten können, die er irgendwo versteckt hatte. Dann fuhr er wieder zurück nach München, um dort ganz gemütlich zum Frühstück zu erscheinen.«

Max dachte darüber nach. »Aber warum sollte er das tun? Wozu dieser Aufwand? Zumal ihm klar sein musste, dass wir das rausbekommen.«

»Aus dem gleichen Grund, aus dem er blutüberströmt

hier im Präsidium aufgetaucht ist: Weil er superschlau sein möchte. Er weiß, dass er sich damit derart offensichtlich verdächtig macht, dass es schon wieder unverdächtig wird.«

Eine knappe halbe Stunde später erhielten sie die Bestätigung, dass Harry Passeck in München festgenommen worden war. Er hatte keinen Widerstand geleistet. Die Münchener Kollegen boten an, ihn nach Düsseldorf zu bringen, was Böhmer dankend akzeptierte.

Etwa eine Stunde nach diesem Telefonat saßen sie ihrem Chef sowie der Staatsanwältin in Gorges' Büro gegenüber.

Nachdem Böhmer mit seinem Bericht fertig war und diesen Staatsanwältin Gerit Möllemann vorgelegt hatte, stand sie fluchend auf und begann, in dem Raum auf und ab zu gehen.

»Das reicht nicht. Das einzig Verwertbare gegen Harry Passeck ist Miriam Winkels Blut, das er an sich hatte. Aber solange wir ihre Leiche nicht gefunden haben, können wir überhaupt nichts tun und müssen davon ausgehen, dass das, was er uns erzählt hat, der Wahrheit entspricht.«

»Weil Herr Passeck ja so wahrheitsliebend ist, wie wir gerade wieder feststellen konnten«, warf Böhmer ein.

»Trotzdem. Er war in München. Dass er für die Tatzeit kein Alibi hat, nutzt uns nichts, solange es keine belegbaren Verdachtsmomente gegen ihn gibt. Und die haben wir nun mal nicht. Es gibt rein gar nichts, das ihn mit den Morden in Verbindung bringt.«

»Außer, dass er was mit einem der Opfer hatte, meinen Sie? Und dass mit Martiny nichts war, wage ich noch zu bezweifeln.«

Möllemann schüttelte energisch den Kopf. »Ich kann Ihnen keinen Haftbefehl ausstellen, und das wissen Sie auch. Das wäre ein gefundenes Fressen für Farscheidt. Sie können Passeck vernehmen, aber danach müssen Sie ihn wieder gehen lassen.«

Zurück in der Einsatzzentrale, durchleuchteten sie noch einmal das Umfeld der beiden getöteten Frauen. Böhmer kümmerte sich um Petra Zedermanns Kontakte, Max um die von Dagmar Martiny. Sie redeten nicht viel miteinander, und wenn doch, waren es kurze, sachliche Unterhaltungen. Obwohl der Zwist vom Morgen ad acta gelegt war, steckte er ihnen beiden noch in den Knochen, das war deutlich zu spüren.

Kurz vor sechzehn Uhr wurde Harry Passeck in Handschellen in den großen Vernehmungsraum geführt. Sein Anwalt Dr. Farscheidt begleitete ihn und machte Böhmer und Max schon auf dem Gang klar, dass die Unterhaltung nicht lange dauern würde und sie sich gut überlegen sollten, was sie taten. Passecks Festnahme und seine zwangsweise Rückführung nach Düsseldorf seien ungerechtfertigt gewesen, und er behalte sich vor, rechtliche Schritte gegen Böhmer einzuleiten.

Passeck war wütend über seine Festnahme und zeigte sich entsprechend wenig kooperativ. Er erklärte, den Namen seines Informanten auf keinen Fall verraten zu wollen. Außerdem habe er ab sofort nichts weiter zu sagen.

Böhmer versuchte es noch ein paarmal, doch nachdem Passeck beharrlich schwieg und Farscheidt jede seiner Fragen zynisch kommentierte, winkte er irgendwann resigniert ab und ließ Passeck gehen.

Nur eineinhalb Stunden später tauchte dieser allerdings wieder auf, ohne seinen Anwalt, dafür aber vor Wut zitternd. Böhmer und Max hatten gerade beschlossen, gemeinsam eine Kleinigkeit essen zu gehen und anschließend zu entscheiden, ob sie noch mal zurück ins Präsidium fahren sollten, als eine Kollegin den Kopf in die Einsatzzentrale steckte und ihnen mitteilte, Passeck werde gerade nach oben gebracht. Max war alles andere als begeistert, er hatte die Hoffnung gehabt, dass er und Böhmer sich beim Essen in Ruhe aussprechen konnten. Aber wenn Passeck sich doch dazu entschlossen hatte, weiter mit ihnen zusammenzuarbeiten, dann war das auf jeden Fall wichtiger. Als sie das umfunktionierte Büro betraten, wusste Max nach dem ersten Blick auf den Journalisten, dass er seine Hoffnung begraben konnte. Passecks Gesicht war wutverzerrt. Er sprang sofort auf, woraufhin der junge Beamte, der ihn begleitet hatte, einen Schritt auf ihn zumachte.

»Ich bin nur gekommen, um mich bei Ihnen zu bedanken«, schleuderte er ihnen entgegen. »Sie beide sind ja wohl die hinterhältigsten und verlogensten …«

»Halten Sie den Mund«, brüllte Böhmer den aufgebrachten Journalisten an, so dass Max zusammenfuhr und ihn verblüfft anstarrte. Der uniformierte Kollege war sofort bei Passeck und packte ihn von hinten an den Oberarmen. »Hinsetzen!«, befahl Böhmer, und Passeck ließ sich widerwillig zurück auf den Stuhl sinken. Auch Böhmer und Max setzten sich.

»Was soll das?«, fragte Max, der bemerkte, dass Böhmer sich noch nicht beruhigt hatte. »Warum führen Sie sich hier so auf? Wollen Sie sich unter allen Umständen mit uns anlegen?«

»Sie haben mir zugesichert, meiner Frau nichts von dem zu erzählen, was ich Ihnen gesagt habe«, erwiderte Passeck mit vor Aufregung zitternder Stimme.

Max zuckte mit den Schultern. »Ja und?«

»Wie, ja und? Nicht genug damit, dass ich von Ihnen die ganze Zeit über wie ein Verbrecher behandelt werde, obwohl ich ein Opfer bin, haben Sie doch mit Beate geredet und mich damit richtig tief in die Scheiße geritten.«

»Wie kommen Sie denn auf die Idee?«

Passeck verzog das Gesicht. »Nun tun Sie doch nicht so. Als ich eben nach Hause kam, standen zwei Koffer vor der Tür, gepackt mit einigen meiner Sachen. Sogar das Schloss an der Haustür wurde bereits ausgetauscht, und als ich klingelte, hat sie mir nicht mal die Tür geöffnet. Sie hat mir durch die Sprechanlage gesagt, sie hätte genug von meinen Eskapaden und ich solle verschwinden. Wie soll sie wohl plötzlich auf diese Idee kommen, gerade jetzt, nachdem ich *Ihnen* ein paar Dinge anvertraut habe?«

»Schon mal auf den Gedanken gekommen, dass Ihre Frau nicht so dämlich ist, wie Sie anscheinend denken?« Böhmer hatte sein Temperament wieder im Griff. »So, wie Sie offensichtlich im Allgemeinen denken, alle um Sie herum wären vollkommen verblödet. Die Spatzen pfeifen es doch von den Dächern, dass kein weibliches Wesen vor Ihnen sicher ist. Wie kommen Sie auf den naiven Gedanken, wir müssten Ihrer Frau irgendetwas verraten?«

Passeck winkte ab. »Sie können mir viel erzählen. Bisher hat Beate nichts gewusst, da bin ich sicher. Ich habe mich Ihnen gegenüber mehr als fair verhalten. Ihnen sogar meine Hilfe angeboten …«

»Ja, und meine Anweisungen nicht befolgt und uns nach Strich und Faden belogen, Sie haben Informationen zurückgehalten … habe ich noch was vergessen?«

»Jedenfalls ist jetzt Schluss damit. Ich werde mich mit allen Mitteln gegen Sie zur Wehr setzen. Als Zeitungsjournalist habe ich da durchaus einige Möglichkeiten.«

»Ach ja?« Böhmer beugte sich zu Passeck vor. »Tun Sie sich keinen Zwang an, aber achten Sie penibel darauf, dass alles, was Sie schreiben, Hand und Fuß hat und sich im Rahmen der Gesetzgebung bewegt. Und noch ein Wort zu Ihrer Frau: Sie weiß schon lange, was Sie treiben, und der Einzige, der in dieser Geschichte tatsächlich dumm und blind war, sind Sie.« Böhmer sah zu dem jungen Polizisten hinüber, der nach Passecks Wutausbruch im Raum geblieben war. »Schaffen Sie mir diesen Kerl aus den Augen.«

35

»Und dafür bringt der uns um unser Essen«, sagte Max frustriert, als sie auf dem Weg zurück in die Einsatzzentrale waren.

Böhmer nickte und strich sich eine Haarsträhne aus der Stirn. »Der soll bloß aufpassen, was er macht. Ich bin im Moment nicht in der Stimmung, irgendwelche dämlichen Zeitungsartikel über diesen Fall zu lesen.«

In der Einsatzzentrale erwartete ihr Kollege Martin Kaufmann sie und erklärte, er habe eine interessante Entdeckung auf Facebook gemacht. Auf der Seite von Joe Replay, Winkels Exfreund.

Max setzte sich an seinen Platz und rief die Facebook-Seite des Musikers auf. Böhmer und Kaufmann blieben hinter ihm stehen und sahen ihm über die Schulter zu.

Replays Titelbild zeigte ihn mit umgehängter Gitarre auf einer Bühne, im Vordergrund jubelnde Fans, die die Arme in die Luft gereckt hatten. Fast zweihunderttausend Gefällt-mir-Angaben hatte die Seite, stellte Max erstaunt fest. Er musste ein Stück nach unten scrollen, bis er fand, wovon Kaufmann gesprochen hatte.

Der Musiker hatte einen Eintrag mit zwei Fotos eingestellt. Selfies, auf denen er jeweils mit einer Frau im Arm zu sehen war, die mit ihm gemeinsam in die Kamera lachten. Auf dem ersten Bild war es Miriam Winkel, auf dem zweiten Dagmar Martiny. Der Text lautete:

R. I. P Miriam und Dagmar, ich widme euch mein neues Album, das in zwei Wochen erscheinen wird.

Das Album meines Lebens für die toten Frauen meines Lebens.

Max wandte sich um und sah zu Böhmer hoch. »Die Frauen seines Lebens? Dagmar Martiny? Und Miriam Winkel ist eine der *toten* Frauen seines Lebens? Ich denke, wir müssen uns mit Herrn Maier unterhalten.«

»Dringend«, pflichtete Böhmer ihm bei.

Während sie auf dem Weg nach unten waren, warf Max einen Blick auf die Uhr. Zwanzig vor sieben. Er musste Jenny Bescheid geben, dass es mindestens acht Uhr werden würde, bis er nach Hause kam.

Er war erleichtert, dass Böhmer sich hinter das Steuer klemmte, so konnte er Jenny eine Nachricht schreiben.

Hallo, du, wir sind noch unterwegs. Ich bin frühestens um acht zu Hause und muss dann dringend duschen. Wird wohl spät werden.

Während er auf Jennys Antwort wartete, wurde ihm bewusst, dass sie nun zum ersten Mal live erleben konnte, was es bedeutete, mit einem Polizisten zusammen zu sein. Er hoffte, sie konnte so gut damit umgehen, wie sie es ihm versichert hatte. Nach zwei Minuten kam ihre Antwort.

Dann komme ich eben zu dir. Ich wollte deine Wohnung sowieso mal begutachten. ☺ Wir sehen uns also um halb neun. Falls es später wird, schreib mir kurz.

Auf dich warte ich gerne. Vorausgesetzt, du gibst mir deine Adresse. Die habe ich nämlich noch nicht, Herr Bischoff.

Er schickte ihr die Adresse und schloss erleichtert die App. Das Telefon behielt er in der Hand, schaute aber bewusst nicht zu Böhmer hinüber. »Ich rufe Mister Replay mal an und erkundige mich, ob er überhaupt zu Hause ist. Immerhin haben wir Wochenende.«

Max hatte Maiers Nummer, ebenso wie die der meisten Personen, mit denen sie in diesem Fall zu tun hatten, mit dem Suffix *SoKo* abgespeichert.

Es stellte sich heraus, dass der Anruf eine gute Idee gewesen war, denn der Musiker war tatsächlich nicht zu Hause, sondern in einer Altstadtkneipe, wie er erklärte und wie auch unschwer am Hintergrundlärm zu hören war.

Sie brauchten zwanzig Minuten bis zu der angegebenen Adresse und nochmals fünf, bis sie einen Parkplatz gefunden hatten.

Die Kneipe war gut besucht. Es lief Rockmusik, allerdings in einer moderaten Lautstärke.

Maier saß mit zwei jungen Frauen an der Theke, die nach Max' Vermutung nicht älter als zwanzig waren. Alle drei lachten und schienen sich prächtig zu amüsieren.

Als der Musiker sie entdeckte, beugte er sich zu den Frauen vor und sprach kurz mit ihnen, woraufhin die beiden sich in einen anderen Teil der Kneipe verzogen.

»Hi.« Maier hob lässig eine Hand. »So spät noch im Dienst?«

»Normalerweise nicht«, entgegnete Max, zog sich einen Hocker heran und achtete darauf, dass er Böhmers Sicht auf Maier nicht verdeckte, wenn er sich setzte. »Aber wir haben einen Facebook-Eintrag von Ihnen entdeckt, den wir so seltsam fanden, dass wir uns gerne so schnell wie möglich mit Ihnen darüber unterhalten wollten.«

Max sah am Gesichtsausdruck des Musikers, dass er sofort begriffen hatte, worum es ging.

»Oh … ich glaube, ich weiß, was Sie meinen«, gab er ohne Zögern zu.

»Und?« Inzwischen hatte sich auch Böhmer auf einen der Holzhocker gesetzt.

»Was darf ich Ihnen bringen?«, fragte der Barkeeper sie, ein muskelbepackter Glatzkopf mit bunt tätowierten Unterarmen.

»Nichts, danke, wir …«, setzte Böhmer an, doch Max schnitt ihm das Wort ab. »Wir nehmen zwei Alt.«

Böhmer sah ihn zwar überrascht an, sagte aber nichts, sondern wandte sich wieder an Maier. »Also, erklären Sie uns doch bitte mal zwei Dinge. Erstens, wieso Dagmar Martiny eine der Frauen Ihres Lebens war, und zweitens, warum Sie Miriam Winkel auch als tote Frau bezeichnen. Zumindest nach unserem Informationsstand können wir nicht sicher sein, dass sie tot ist. Aber Sie scheinen offensichtlich mehr zu wissen. Ich bin ganz Ohr.«

Maier nahm einen großen Schluck von seinem Getränk, einer milchig-trüben Brühe in einem hohen Wasserglas.

»Nein, ich weiß gar nichts.« In seiner Stimme fehlte

der provokante Unterton, den er bei ihrer ersten Unterhaltung ihnen gegenüber angeschlagen hatte. »Ich wollte nur ein bisschen …« Er suchte nach Worten. »Hey, in zwei Wochen kommt mein neues Album auf den Markt. Es lief in letzter Zeit nicht so sonderlich gut, und meine Plattenfirma meinte, es sei echt wichtig, dass wir jetzt anständige Verkaufszahlen bekämen, sonst stünde die Zusammenarbeit mit mir auf der Kippe. Na ja … diese Sache mit Dagmar und Miriam … so was kommt immer gut an in den Social Media.« Er sah von Böhmer zu Max. »Ich weiß nicht, was mit Miriam passiert ist, echt nicht. Ich wollte nur ein bisschen Aufmerksamkeit für das neue Album.«

»Und was ist mit Dagmar Martiny? Eine der Frauen Ihres Lebens?«

»Das ist auch übertrieben. Ich hatte mal kurz was mit ihr, das war, als Miriam Schluss gemacht hat. Da bin ich zu ihr, und sie hat mich ein bisschen getröstet. Das war alles.«

Der Glatzkopf stellte zwei Altbier auf den Tresen vor Böhmer ab und verschwand wieder. Böhmer reichte eines der Gläser an Max weiter und prostete ihm zu, dann wandte er sich erneut an den Musiker.

»Wo waren Sie am Mittwochabend und in der Nacht zum Donnerstag?«, fragte er Andreas Maier.

»Keine Ahnung, Moment … Mittwoch. Da war ich zu Hause.«

»Ja«, sagte Böhmer, »das dachte ich mir fast. Kann das jemand bezeugen?«

»Nein, ich war allein.« Maier grinste. »Das bin ich echt selten, aber in der Nacht hab ich mal ein bisschen

Schlaf nachgeholt. War nötig. Ich war früh im Bett, so um elf.«

»Fassen wir also zusammen«, übernahm Max, der beachtliche Aggressionen in sich aufsteigen spürte. »Sie haben auf Facebook die verschwundene Miriam Winkel für tot erklärt und sich selbst eine große Liebe und eine Beziehung zu einer bestialisch gequälten und ermordeten Frau angedichtet, um den Verkauf Ihres neuen Albums anzukurbeln. Habe ich das richtig verstanden?«

Maier dachte einen Moment nach, dann nickte er vorsichtig. »Ja, das kann man so sagen.«

Mit zwei großen Schlucken trank Max sein Glas aus, erhob sich und stellte es auf dem Tresen ab. »Ich muss jetzt hier weg«, sagte er, an Böhmer gewandt, aber laut genug, dass Maier es hören konnte, »sonst kotze ich diesem armseligen Würstchen auf die Krokolederschuhe.«

Als er die Kneipe verließ, hörte er Böhmers Schritte hinter sich. »Täusche ich mich, oder magst du ihn nicht?«, fragte er. Max verzichtete auf eine Antwort.

Um zehn nach acht war Max zu Hause. Als es fünf nach halb neun an der Tür klingelte, war er geduscht und hatte eine Jeans und ein frisches T-Shirt an.

Er öffnete die Tür, zog Jenny ohne Worte zu sich herein und küsste sie stürmisch, bis sie sich von ihm losriss und lachend nach Luft rang. »Hey!« Sie schloss die Tür hinter sich und lehnte sich dagegen. »Ich bin fast erstickt. War das ein Mordversuch?«

»Nein, das war ein Versprechen.«

Nachdem sie sich seine Wohnung angeschaut und festgestellt hatte, dass das definitiv keine der üblichen

Junggesellenbuden war, wie sie sie kannte, machten sie es sich im Wohnzimmer bequem. Max öffnete eine Flasche Wein, und nachdem sie einen Schluck getrunken hatten, kuschelte Jenny sich an ihn und forderte ihn auf, ihr aus seinem Leben zu erzählen. Was er auch tat.

Er erzählte von seiner Kindheit, die zwar von Verzicht geprägt war, in der er sich andererseits aber wohlbehütet und umsorgt gefühlt hatte. Von einem strengen aber nie handgreiflich werdenden Vater, von seiner Mutter, die ihn mit Liebe überschüttete und ihm jeden Wunsch erfüllte, der ohne Geld zu erfüllen war. Von Johannes, seinem Spielfreund, der zwei Häuser neben ihnen gewohnt hatte und dem Max einmal geholfen hatte, als vier größere Jungs ihn verprügeln wollten. Was dazu geführt hatte, dass sie dann beide verprügelt worden waren. Selbst seine Großmutter mütterlicherseits ließ er nicht aus, die eines Morgens, als er bei ihr übernachtet hatte, tot neben ihm im Bett lag. Das hatte ihm damals eine Heidenangst eingejagt, er war erst neun Jahre alt gewesen. Schließlich kamen sie auf Kirsten zu sprechen. Für die Beschreibung ihres Unfalls, der schweren Zeit danach und sein inniges Verhältnis zu ihr nahm Max sich mehr Zeit. Als ihm bei diesen Schilderungen die Tränen in die Augen stiegen, streichelte Jenny ihm liebevoll über das Haar.

Irgendwann stellten sie fest, dass sie beide noch nichts gegessen hatten, und entschlossen sich, etwas vom Chinesen kommen zu lassen.

Es war kurz nach zwölf, als sie eng umschlungen auf Max' Bett sanken.

Um halb zwei sagte er ihr zum ersten Mal, dass er sie liebte, was sie, ohne zu zögern, erwiderte.

36

Ich bin verzweifelt.

Wieder habe ich es nicht bis zu diesem unbeschreiblichen, erlösenden Moment geschafft. Und dabei hat es so gut begonnen. Fast perfekt. Ich weiß, dass ich auf dem richtigen Weg war, dass meine Schritte gut überlegt waren und ich mich dir genähert habe, über sie. Mit jeder Stunde wurde meine Lust größer, mit jedem Stöhnen aus ihrem Mund und jedem Eindringen in diese feuchten, warmen Stellen an ihr spürte ich das Herannahen der Ekstase deutlicher.

Und doch gab es etwas, das im letzten Moment gestört hat. Aber ausgerechnet dieser Moment ist unumkehrbar, es gibt mit jeder Frau nur eine einzige Chance. Die Explosion der Lust geschieht in genau dieser einen Sekunde … oder gar nicht.

Aber ich werde nicht aufgeben, und ich denke, ich habe vorhin eine weitere Erkenntnis erlangt. Ich habe jemanden entdeckt, eine Frau, die etwas hat, was den beiden anderen fehlte. Vielleicht wird genau das den Unterschied machen. Aber da ist auch noch etwas anderes, das ich zwar nicht mit Sicherheit weiß, aber doch deutlich ahne; es ist eine Erkenntnis, die mich schmerzlicher trifft als alles, was ich bisher in meinem Leben ertragen musste.

Diese Erkenntnis betrifft dich. Ich ahne, nein, ich befürchte, du wirst mich verlassen müssen, wenn ich das Glück mit einer anderen finden soll. Es ist deine Nähe, die mich im letzten Moment hadern und zögern lässt, das ist mir jetzt klargeworden. Das Bewusstsein deiner Anwesenheit.

Ich habe durch Zufall einen Hinweis darauf gefunden, auf einer Website. Oder war es Schicksal? Ist es nicht immer so, dass das Schicksal uns den Weg zum wahren Glück zeigt? War es nicht auch bei uns so?

Hier, warte, ich habe es mir aufgeschrieben, es stammt von Laotse:

Wenn ich loslasse, was ich bin,
werde ich, was ich sein könnte.
Wenn ich loslasse, was ich habe,
bekomme ich, was ich brauche.

Du weißt, was ich brauche, nicht wahr? Und du weißt, was ich dafür loslassen muss. Ich weiß es.

Ich hätte nicht geglaubt, dass ich das einmal zu dir, der Liebe meines Lebens, sagen würde, aber ich lasse dich los. Ich gebe dich frei, schon sehr bald. Um selbst frei zu sein auf dem Weg zum höchsten Glück.

Ich weiß, du wirst es verstehen, und ich weiß, du wirst mir verzeihen.

37

Samstag

Max wusste nicht, ob es Jenny war, die ihn mit ihrem Kuss geweckt hatte, oder das Vibrieren des Smartphones. Auf jeden Fall verwirrten ihn die gleichzeitigen Sinneseindrücke ihres wunderschönen Gesichts über sich auf der einen und des vibrierenden Telefons neben sich auf der anderen Seite.

»Telefon«, hauchte Jenny lächelnd und küsste ihn auf die Stirn. Max richtete sich ein Stück weit auf und tastete auf dem Nachttisch nach dem Smartphone. Selbst im Rausch der vergangenen Nacht hatte er in Anbetracht der letzten Erfahrung daran gedacht, es ins Schlafzimmer mitzunehmen.

Es war zehn nach sieben, der Anrufer war Böhmer.

»Guten Morgen. Ich bin davon ausgegangen, dass du wach bist«, sagte er mit ungewohnt sanfter Stimme.

»Ja klar, bin ich. Was gibt's? Hoffentlich keine neue Schreckensnachricht?«

»Nein, Gott sei Dank nicht. Ich dachte nur … also ich hatte die Idee, wir könnten vielleicht zusammen frühstücken.«

»Zusammen frühstücken?«, wiederholte Max, nicht zuletzt, damit Jenny mitbekam, worum es ging. »Das … das ist grundsätzlich eine gute Idee. Es ist nur so, dass …« Jenny stieß ihn an, nickte eifrig und formte tonlos die Worte: Ja. Ich muss gehen.

Max schüttelte den Kopf, doch Jenny nickte nachdrücklich und schwang im nächsten Moment die Beine aus dem Bett.

»Max? Kommt mein Anruf ungelegen?«

»Nein, sorry, alles gut. Also … ja, klar. Lass uns zusammen frühstücken.«

»Schön. Soll ich außer Brötchen sonst noch was mitbringen?«

Max sah Jenny dabei zu, wie sie den BH anzog, und hatte das dringende Bedürfnis, aufzuspringen und ihn ihr wieder auszuziehen. »Ehm … nein. Ich habe alles hier. Wann wolltest du denn hier sein?«

»In einer halben Stunde könnte ich es schaffen, ist das okay?«

»Ja, dann bis gleich.« Max beendete das Gespräch, stieg aus dem Bett und ging zu Jenny, die gerade damit beschäftigt war, die Hosenbeine ihrer Jeans zu entwirren. Er schloss sie von hinten in die Arme und küsste sie auf den Nacken. »Du sollst nicht gehen, damit Böhmer hier aufkreuzen kann. Ich möchte lieber mit dir frühstücken als mit meinem Partner.«

»Das möchte ich auch, aber …«

»Außerdem bin ich süchtig nach dir. Ich habe wahnsinnige Lust auf dich.«

»Schon wieder? Jetzt?«

»Ja, jetzt sofort.«

Jenny schob ihn von sich weg, entledigte sich mit wenigen Handgriffen ihres BHs und ihres Slips und sagte: »Zeig mir, wie sehr. Du hast zehn Minuten.«

Max betrachtete überrascht ihren nackten Körper, allerdings nur für einen kurzen Moment, dann sank er vor ihr auf die Knie. Zehn Minuten waren schnell vorbei.

Kurz nachdem Jenny die Wohnung verlassen hatte, stand Böhmer vor der Tür. Max war gerade aus der Dusche gekommen und öffnete ihm, im Bademantel und mit nassen Haaren.

»Na, heute mal ganz ausgiebig geduscht?« Böhmer grinste breit und trat an Max vorbei in die Wohnung.

»Nein, ich … ich war nicht allein heute Nacht.«

»Ich weiß, ich habe sie aus dem Haus kommen sehen.« Böhmers Grinsen wurde noch breiter. »Ihre Haare waren genauso nass wie deine.«

Als Max zu einer Erklärung ansetzen wollte, wiegelte Böhmer ab. »Alles gut. Geht mich nichts an. Wo ist die Kaffeemaschine?«

Max führte seinen Partner in die Küche und zeigte ihm, wo er alles finden konnte, was sie zum Frühstück brauchten.

Als er Minuten später fertig angezogen zurückkam, hatte Böhmer den Tisch gedeckt und Kaffee gemacht.

»Du hast dich wahrscheinlich gewundert, als ich angerufen habe, stimmt's?«

»Das stimmt. Ich muss gestehen, ich hätte es nicht für möglich gehalten, dass du auf eine solche Idee kommen würdest.«

Wieder verzog sich Böhmers Gesicht zu einem Grinsen. »So viel zum Thema Profiling.«

Max schüttelte den Kopf. »Du kannst es nicht lassen, was?«

Böhmer legte sein Brötchen auf dem Teller ab und sah Max mit ernster Miene an. »Ich möchte mich bei dir wegen gestern entschuldigen. Meine Reaktion war vollkommen überzogen und nicht gerechtfertigt.«

Daher also wehte der Wind. Böhmer überraschte ihn zurzeit ziemlich häufig.

»Ist schon gut. Im Grunde hattest du ja recht mit dem, was du gesagt hast.«

»Noch mal: Es war übertrieben. Natürlich sollen wir jederzeit erreichbar sein. Aber wir müssen auch in einem komplizierten Fall das Recht haben, wenigstens für ein paar Stunden abzuschalten und uns den Dingen zu widmen, die in unserem Privatleben wichtig sind.« Er trank einen Schluck Kaffee.

»Hm … das ist so ziemlich das genaue Gegenteil von dem, was du mir gestern um die Ohren gehauen hast.«

»Ich weiß. Manchmal vergesse ich, dass es im Leben noch andere Dinge gibt, die zählen. Vielleicht zu oft.« Noch mal ein Schluck Kaffee. »Versteh mich nicht falsch. Wir haben einen Beruf, der mehr erfordert, als die Stunden im Büro abzusitzen, und ja, es gibt Situationen, da muss alles andere zurückstehen. Aber mach nicht den Fehler und ordne dein Privatleben immer dem Beruf unter. Oder verzichte womöglich auf eine Beziehung wegen des Jobs. Das wird dir irgendwann leidtun. Aber dann könnte es vielleicht zu spät sein.«

Ohne lange darüber nachzudenken, gab Max einem spontanen Gefühl nach und fragte: »Möchtest du darüber sprechen?«

»Was? Worüber?«

»Darüber, weswegen du hier vor mir sitzt und quasi

das Gegenteil von dem sagst, was du mir gestern an den Kopf geworfen hast.«

»Ich weiß nicht, was …«

»Horst. Du musst natürlich nicht darüber reden, aber du weißt genauso gut wie ich, dass es manchmal hilft. Gerade, wenn man mit jemandem spricht, der außen vor ist.«

Böhmer widmete sich seinem Brötchen, belegte es mit einer Scheibe Käse und legte noch eine Scheibe Schinken obendrauf.

»Ich habe dir gesagt, dass meine Ehe schon so lange hält, weil entweder meine Frau leidensfähig ist oder ich ein toller Hecht bin. Erinnerst du dich? Das Erste ist zutreffend. Oder besser, es war zutreffend.«

»Habt ihr Probleme?«

»Nicht mehr oder weniger als in den letzten zwanzig Jahren. Aber Eva leidet jetzt nicht mehr. Oder besser gesagt, sie hat etwas dagegen getan.« Böhmer sah Max traurig an. »Sie hat ein Verhältnis. Und das mit zweiundfünfzig.«

»Was?«, entfuhr es Max.

»Ja, und das Schlimme daran ist, dass ich ihr nicht einmal böse sein kann, weil es die logische Konsequenz der letzten zwanzig Jahre ist. Ich habe meinen Beruf immer an erste Stelle gestellt. Ob es nun zwingend nötig war oder nicht, Eva hat all die Jahre nur die zweite Geige gespielt. Anfangs war es, weil ich hochmotiviert war, Karriere machen wollte. So wie du jetzt. Ich habe mich voll in die Arbeit gekniet, und Eva hat es akzeptiert, weil ich immer wieder versprochen habe, dass es eine temporäre Geschichte ist. Wenn ich mal ein paar Jahre dabei und auf der Karriereleiter hinaufgeklettert wäre, würden wir es uns schön machen.«

Böhmer wandte den Kopf ab und betrachtete interessiert die Accessoires und Geräte, die in der Küche herumstanden. Max war sicher, dass er kein einziges davon wahrnahm.

»Leider habe ich den Absprung verpasst. Wir begannen zu streiten, als Eva irgendwann anfing mir vorzuwerfen, dass unsere Ehe in eine Katastrophe schlittert, weil ich mein Versprechen nicht hielt. Das habe ich natürlich weit von mir gewiesen, obwohl ich schon damals in irgendeiner Ecke meines Verstandes wusste, dass sie recht hatte. Im Laufe der Zeit hörten die Streitigkeiten auf. Genau wie alles andere, was vielleicht noch übrig war von unserer Ehe. Das habe ich allerdings nicht kapiert. Wir lebten nebeneinander her, wir funktionierten miteinander ohne Streit, besonders, wenn es um unseren Sohn ging. Ich weiß nicht, ob ich das wirklich für einen guten Zustand gehalten habe, aber … ich habe jedenfalls nichts dagegen unternommen.«

Er ließ den Blick durch die Küche schweifen. »Vor kurzem hat sie mir dann erzählt, dass sie einen Mann kennengelernt habe, der sie respektiert. Der aufmerksam ist und ihr Geschenke macht, sie umgarnt und ihr jeden Wunsch von den Lippen abliest. Kurzum: Er ist das genaue Gegenteil von mir.«

»Oh, Mann, das tut mir leid.«

»Ja, mir auch.«

»Und was willst du jetzt tun?«

Böhmer zuckte die Schultern. »Die Frage ist doch: Was kann ich noch tun? Wir reden offen darüber. Bisher hat sie noch nicht davon gesprochen, dass sie mich verlassen will. Aber selbst, wenn nicht … Ich weiß nicht, wie lange ich so leben kann.«

»Ja, ich kann mir vorstellen, dass das sehr belastend sein muss.«

»Das wirklich Durchgeknallte an der Sache ist ja, dass sich nichts, nicht die kleinste Kleinigkeit, in unserem Umgang miteinander dadurch geändert hat. Wir unterhalten uns sachlich, besprechen Organisatorisches, erledigen Dinge, die im Haus getan werden müssen. Funktionieren. So, wie ich es in all den Jahren vollkommen in Ordnung gefunden habe. Nur dass ich jetzt weiß, da ist jemand, der ihr das gibt, was ich ihr die ganze Zeit vorenthalten habe. Das macht mich eifersüchtig. Ist das nicht vollkommen irre?«

»Nein, ist es nicht. Es ist menschlich. Könntest du dir vorstellen, das wieder hinzubekommen? Ich meine, im Job zurückzufahren und dich wirklich um deine Ehe zu kümmern.«

Böhmer nickte wie in Zeitlupe. »Ja. Zumindest möchte ich es versuchen.« Und nach einer kurzen Pause fügte er hinzu: »Nach diesem Fall.«

»Hast du das deiner Frau schon gesagt?«

»Ja.«

»Und? Wie hat sie reagiert.«

»Besser, als ich es verdient habe. Sie möchte es abwarten.« Er klopfte auf die Tischkante. »So. Und jetzt wechseln wir das Thema und kommen zu dir und deinem theoretischen Wissen. Zeig mal, was du drauf hast. Charakterisiere unseren Täter.«

Der Wechsel kam so plötzlich, dass Max eine Weile

brauchte, bis er umgeschaltet hatte. »Also gut, ich kann es gerne versuchen. Unser Mann ist um die vierzig und unauffällig. Er …«

»Das hat dein Professor schon gesagt«, unterbrach Böhmer ihn in gewohnter Art.

»Okay, die Art, wie er die Frauen misshandelt, lässt auf traumatische Erlebnisse als Kind oder Jugendlichem schließen. Wahrscheinlicher ist aber das frühe Kindesalter.«

»Das ist vermutlich zutreffend, aber das weiß ich auch ohne Aufbaustudium und Unmengen psychologischer Bücher.«

»Es geht bei alledem um zwei Dinge: um Schmerz und um Macht. Ich bin überzeugt, er braucht beides in der exakt richtigen Dosierung, um seine sexuellen Phantasien ausleben zu können. Und er braucht dafür nicht nur einen ganz bestimmten Typ Frau, sondern auch die richtigen Begleitumstände. Wahrscheinlich versucht er – als Täter – etwas nachzuspielen, was er irgendwann – als Opfer – erleben musste. Das Erschreckendste an alldem ist aber eine andere Vermutung: Ich denke, er hat diese perfekte Kombination noch nicht gefunden.«

38

Der Anruf auf Böhmers Telefon kam um kurz nach elf. Als Max sah, wie das Gesicht seines Partners sich plötzlich veränderte, stieg ein mulmiges Gefühl in ihm auf. Böhmer sagte zwei-, dreimal »ja« und »okay«, dann legte er auf und sah Max mit regungsloser Miene an.

»Ein weiterer Leichenfund. Weiblich, in einem Waldstück in der Nähe von Schloss Eller.«

»Kacke«, stieß Max aus.

Böhmer erhob sich. »Auf geht's. Die Kollegen vor Ort sagten, der Anblick sei nichts für zarte Gemüter.«

»Schloss Eller … das ist nicht weit vom Fundort von Dagmar Martiny entfernt«, stellte Max fest, als sie Minuten später auf dem Weg waren.

»Ja, und die Frage ist, ob sich das zufällig ergeben hat oder ob der Mistkerl sich was dabei dachte.«

»Da ist noch was anderes, das mir gerade ziemliche Bauchschmerzen macht. Wenn die Theorie stimmt, dass er sich bei jeder Tat steigert, möchte ich mir nicht vorstellen, was wir gleich vorfinden werden.«

»Die Kollegen erwähnten so was bereits.«

Sie hatten nicht übertrieben. Der Anblick, der sich ihnen wenig später bot, war tatsächlich nichts für schwache Nerven. Und doch vollkommen anders, als Max es erwartet hatte.

Die Leiche wies zwar ähnliche Verletzungen an den gleichen Körperregionen auf wie die beiden anderen toten Frauen, aber es gab einen eklatanten Unterschied: Hände, Arme, Füße, Beine und der Kopf waren vom Rumpf abgetrennt und auf dem Waldboden wie bei einem Puzzle wieder zusammengesetzt worden. Doch das war nicht das Einzige, was Max überraschte.

»Verdammt«, stieß Böhmer aus und strich sich über die Wange. »Was ist das nur für ein abartiges Schwein?«

»Damit habe ich nicht gerechnet«, gab Max zu und betrachtete fassungslos den Kopf der Frau. »Hast du sie erkannt?«

Böhmer nickte. »Ja. Womit jetzt zumindest sicher ist, dass sie nicht mehr lebt.«

Auch wenn die Gesichtszüge entstellt wirkten und die Wangen extrem eingefallen waren, stand zweifelsfrei fest, dass dort vor ihnen auf dem Waldboden das lag, was der Täter von Miriam Winkel übrig gelassen hatte. Und man musste kein Rechtsmediziner sein, um festzustellen, dass sie noch keine zweieinhalb Jahre tot war.

Anders als bei seinen beiden anderen Opfern schien der Täter bei Miriam Winkel großen Wert darauf gelegt zu haben, sie auf eine würdevolle Art abzulegen – wenn man davon absah, dass er sie zuvor zerstückelt hatte. So, wie es aussah, hatte er ihr so etwas wie ein Bett aus Laub und Moos hergerichtet. Zudem wirkte der Boden in einem Umkreis von etwa zwei Metern um die Leiche herum wie gefegt. Es lagen weder Äste, noch sonstige Dinge herum, die störend gewirkt hätten. Auch hier war der Boden mit Laub bestreut worden.

»Sie hat ihm mehr bedeutet als die anderen beiden«,

vermutete Max. »Die eine hat er mehr oder weniger einfach weggeworfen, die zweite gewissermaßen abgelegt.« Er beschrieb mit der Hand einen Halbkreis um die Leiche. »Dagegen erinnert mich das hier eher an eine Aufbahrung.«

Eine halbe Stunde später richtete Dr. Reinhardt sich neben der Toten auf und kam auf Max und Böhmer zu, die ein Stück abseits standen, um den Kollegen von der Spurensicherung nicht im Weg zu sein.

»Eine sehr interessante Sache«, erklärte er, während er die Handschuhe abstreifte. »Anhand des Zustandes der Körperteile kann ich sagen, dass die Frau nicht erst seit gestern tot ist. Ich halte einen Todeszeitpunkt von bis vor vierzehn Tagen für wahrscheinlich, abhängig davon, wie kühl oder warm es dort war, wo die Leiche aufbewahrt wurde.«

Böhmer nickte. »Das deckt sich mit dem Auftauchen ihres Blutes vor elf Tagen.«

»Allerdings liegt sie seit maximal zehn oder zwölf Stunden hier draußen.«

»Dann hat der Täter die Leiche also zerstückelt und anderthalb Wochen lang versteckt?«

Reinhardt lächelte, was in Max die Frage aufwarf, ob es irgendetwas gab, das diesen Mann wirklich erschüttern konnte. »Das kann ich vor der Obduktion nicht bestätigen. Was ich aber definitiv sagen kann, ist, dass einige der Wunden, die dieser Körper an den gleichen Stellen aufweist wie bei den beiden anderen Frauen, schon vernarbt und damit etwas älter sein dürften.«

»Hm …«, brummte Böhmer. »Wie alt?« Böhmer war die Ungeduld anzumerken.

Reinhardt wiegte den Kopf hin und her. »Auch das ist unterschiedlich. Die ältesten vielleicht ein paar Monate.«

In Max' Kopf begannen die Gedanken zu rasen. Er versuchte, möglichst alle Fakten zu einem Gesamtbild zusammenzufügen, konnte sich aber keinen rechten Reim darauf machen.

»Petra Zedermann ist innerhalb weniger Stunden gefoltert und getötet worden; bei Dagmar Martiny hat der Täter sich dann drei Tage Zeit gelassen, bevor er sie umbrachte. Und bei Miriam Winkel also mehrere Monate. Falls die Verletzungen alle von unserem Täter stammen. Das wäre eine krasse, aber trotzdem logische Steigerung. Was ich allerdings nicht verstehe, ist, dass Miriam Winkel ja offensichtlich *vor* den beiden anderen getötet wurde.«

Reinhardt zuckte mit den Schultern. »Die Logik dahinter herauszufinden ist Ihre Aufgabe. Aber da mein Samstag jetzt sowieso dahin ist und diese Sache mein Interesse geweckt hat, werde ich gleich mit der Obduktion beginnen und Ihnen wohl heute Nachmittag schon etwas mehr sagen können.«

Sie sahen ihm nach, wie er auf sein Auto zuging.

»Warum sollte jemand eine zerstückelte Leiche elf Tage irgendwo verstecken, bevor er sie in den Wald legt? Und warum zerstückelt er sie überhaupt?«

»Weil sie sich so besser transportieren lässt«, mutmaßte Max und dachte im nächsten Moment an die Theorie, die er bezüglich Miriam Winkels Fingerabdrücken im Schlafzimmer gehabt hatte. Sie war gerade zerplatzt, und er war froh, sie Böhmer nicht erzählt zu haben.

Der sah ihn an. »Womit auch das letzte große Rätsel

um Miriam Winkel gelöst wäre: wie sie aus der Wohnung geschafft worden ist.«

Auch wenn diese Vermutung logisch erschien, wehrte sich etwas in Max noch immer gegen die Annahme, dass Miriam Winkel im Schlafzimmer ihrer Freundin umgebracht worden war.

»Wenn der Täter sie in der Wohnung zerstückelt hat, hätte die SpuSi doch Knochensplitter oder zumindest kleinste Fragmente irgendwo gefunden, die entstehen *müssen*, sobald Gliedmaßen abgetrennt werden.«

»Was weiß ich«, wiegelte Böhmer ab. »Wahrscheinlich hat er sie auf eine Plastikplane gelegt. Jedenfalls haben wir jetzt ihre Leiche und eine schlüssige Vorstellung davon, wie sie aus der Wohnung geschafft worden ist. Und wir haben nun definitiv noch etwas anderes: einen Mordverdächtigen.«

»Harry Passeck«, bestätigte Max, allerdings gegen seine Überzeugung. Aber letztendlich hatte Böhmer recht: Im Moment deutete tatsächlich alles auf Passeck als möglichen Täter hin.

Nach einem Anruf im Präsidium dauerte es nur zwanzig Minuten, bis sie wussten, in welchem Hotel Passeck abgestiegen war. Glücklicherweise hatte er unter seinem richtigen Namen eingecheckt.

Sie erreichten das kleine, aber edel und teuer wirkende Haus um Viertel nach sieben und erfuhren von der freundlichen jungen Frau an der Rezeption, dass Passeck nicht da war. Seinen Zimmerschlüssel hatte er beim Verlassen des Hotels etwa eine Stunde zuvor abgegeben. Die Rezeptionistin erklärte noch, er sei gutgekleidet gewesen.

»Hm …«, brummte Böhmer, als sie das Gebäude verließen. »Vielleicht ist er ja zu seiner Frau und hat sich für sie schick gemacht, um sie zu beeindrucken, damit sie ihn wieder bei sich aufnimmt.«

Max nickte. »Das lässt sich einfach herausfinden.«

Als Beate von Braunshausen ihnen dieses Mal die Tür öffnete, sah sie weit weniger durchgestylt aus als bei ihren vorangegangenen Besuchen. Die Haare fielen ihr zerzaust auf die Schultern, in der hellen Bluse waren Knitterfalten zu sehen, selbst das Make-up wirkte weniger perfekt als sonst.

Die Überraschung über den Besuch der beiden Polizisten war ihr deutlich anzusehen.

»Guten Abend, Frau von Braunshausen«, sagte Böhmer erst nach einem Moment, den er gebraucht hatte, um das Erstaunen über den ungewohnten Anblick der Frau überspielen zu können. »Kommen wir ungelegen?«

Mittlerweile schien sich Passecks Frau zwar halbwegs gefangen zu haben, doch als sie antwortete, war noch Unsicherheit in ihrer Stimme zu hören. Max verspürte so etwas wie Genugtuung angesichts der Tatsache, dass auch Beate von Braunshausen Nerven zeigte. Warum auch immer.

»Das kann man so sagen. Außerdem haben Sie den Weg umsonst gemacht, mein Mann wohnt hier nicht mehr.«

»Das wissen wir. Dürfen wir trotzdem einen Moment hereinkommen?«

Max wollte zu gerne wissen, was der Grund für die Unsicherheit der Frau war. Von Braunshausen strich sich mit den Händen über die Oberschenkel, als versuche sie, die Hose glatt zu ziehen. Sie war nervös.

»Das ist gerade etwas ungünstig.«

»Aber es ist wichtig«, beharrte Max. Er sah der Frau an, wie unwohl sie sich fühlte, doch sie schien zu spüren, dass sich die Polizisten nicht abwimmeln ließen. Schließlich nickte sie mit sichtbarem Widerwillen. »Also gut, dann kommen Sie herein.« Nur zögerlich gab sie den Eingang frei. »Ich habe Besuch, müssen Sie wissen. Eine gute Freundin.«

Die gute Freundin hatte ein hübsches Puppengesicht und war höchstens dreißig Jahre alt. Sie lag mehr auf der Couch, als dass sie saß, und fuhr erschrocken hoch, als Max und Böhmer hinter der Hausherrin den Raum betraten. Ihre Bluse hing nicht nur aus dem Bund ihres Rocks heraus, sondern war auch halb aufgeknöpft.

Passecks Frau deutete zur Couch. »Das ist Verena Rohlinger, eine gute Freundin«, und an die junge Frau gewandt sagte sie: »Die Herren sind von der Polizei. Es geht um meinen Mann.«

»Kennen Sie Harry Passeck?«, fragte Böhmer und blieb vor der Frau stehen. »Ich … nein. Also nicht persönlich.«

Max sah zu Beate von Braunshausen hinüber. »Das ist merkwürdig. Sagten Sie nicht, Sie sind gut befreundet?«

»Und? Was hat das mit meinem Mann zu tun?« Sie hatte offensichtlich wieder zu alter Form zurückgefunden.

»Nichts, außer dass es ungewöhnlich ist, dass eine gute Freundin den Ehemann nicht kennt.«

»Was ist denn so wichtig, dass Sie es unbedingt sofort mit mir besprechen mussten?«

»Wir suchen Ihren Mann«, sagte Böhmer und wandte

erst dann den Blick von Verena Rohlinger ab. »Es haben sich neue Entwicklungen ergeben, die ihn dringend als mordverdächtig erscheinen lassen.«

»Dann habe ich ja rechtzeitig die Konsequenzen gezogen. Allerdings verstehe ich immer noch nicht, was Sie bei mir wollen, wenn Sie bereits wissen, dass er nicht mehr hier wohnt.«

»Wir waren in dem Hotel, in dem er abgestiegen ist, aber das hat er vor einiger Zeit verlassen. Vielleicht haben Sie ja eine Idee, wo wir ihn finden können?«

Sie machte ein Geräusch, das ein kurzes, zynisches Lachen gewesen sein konnte. »Ich habe mich nicht dafür interessiert, wo er sich herumgetrieben hat, als er noch hier wohnte. Da werde ich es ganz sicher nicht tun, nachdem ich ihn rausgeworfen habe. Kann ich Ihnen sonst noch irgendwie helfen?«

Böhmer nickte. »Ja. Sie können uns noch einmal bestätigen, dass Sie sicher sind, dass Ihr Mann an dem Abend, an dem Dagmar Martiny ermordet wurde, hier bei Ihnen zu Hause war. Denken Sie nach. Vielleicht haben Sie sich bei Ihrer letzten Aussage ja im Tag geirrt.«

Sie legte die Stirn in Falten. »Wann war das noch mal?«

»Am Mittwochabend.«

Sie schüttelte den Kopf. »Nein, ich habe mich nicht geirrt. Er war hier. Wenn es nicht so wäre, würde ich es Ihnen mitteilen. Anders gesagt: Es würde mir nicht einfallen, ihm ein Alibi zu verschaffen. Ich hoffe, das ist Ihnen klar. Was er allerdings nach Mitternacht gemacht hat, weiß ich tatsächlich nicht.«

»Und?«, fragte Böhmer, als sie wieder im Auto saßen.

»Was, und?«

»Ist sie 'ne Lesbe oder nicht?«

Max grinste. »Ich zitiere einen Kollegen: *Wenn etwas aussieht wie eine Orange, riecht wie eine Orange und schmeckt wie eine Orange, sollte man davon ausgehen, dass es sich um eine Orange handelt.*«

39

»Ruf mal diesen Chefredakteur, den Lanz, an, vielleicht hat der eine Idee, wo sein Mitarbeiter stecken könnte.« Böhmer hatte vor einem Schnellimbiss angehalten, in dem es nach seiner Aussage die beste Bratwurst Düsseldorfs gab. »Was möchtest du?«

Das Klingeln von Max' Handy kam seiner Antwort zuvor. Es war Dr. Reinhardt. »Was ist denn mit dem Telefon Ihres Kollegen los?«, fragte er, nachdem Max sich gemeldet hatte, wartete die Antwort aber nicht ab. »Ich habe eine ganz interessante Information für Sie, deshalb dachte ich, ich gebe Ihnen gleich Bescheid.«

»Schießen Sie los.«

»Als Erstes: Mein erster Eindruck hat sich bestätigt. Die Wunden am Körper der Frau sind ihr über einen Zeitraum von etwa sechs bis zehn Monaten zugefügt worden. Die ersten Verletzungen waren noch relativ harmlos, kleine Schnitte und Stiche, aber im Laufe der Wochen wurden sie immer schlimmer. Sie hat gelitten, und das über einen langen Zeitraum hinweg. Auch spannend: Genau wie Dagmar Martiny hat sie fast kein Blut mehr im Körper.«

»Oh«, entfuhr es Max, während er gedanklich bereits die Schlussfolgerungen aus diesen Informationen zog.

»Richtig interessant wird es aber bei den abgetrennten

Gliedmaßen. Da gibt es nämlich einen zeitlichen Unterschied. Die Hände sind ihr als Erstes amputiert worden, und zwar direkt nach ihrem Tod, also vor eineinhalb bis zwei Wochen. Alle anderen Gliedmaßen sowie der Kopf hingegen sind zeitnah abgetrennt worden. Ich vermute, gestern. Wenn Sie meine Meinung hören wollen, hat der Kerl sie erst für den Transport in den Wald in gut zu tragende Häppchen zerlegt. Warum er die Hände schon früher abgeschnitten hat, weiß wahrscheinlich nur der Mörder selbst.«

»Ja«, sagte Max, »vermutlich.«

Vielleicht aber auch nicht, dachte er und verspürte eine gewisse Genugtuung, denn nach dieser Information war er fast sicher, dass seine Theorie zu den Fingerabdrücken in Martinys Schlafzimmer doch stimmte. Und nicht nur die.

»Das war's erst einmal. Bericht wie immer schnellstmöglich. Ich wünsche einen schönen Abend.« Als Max das Handy gerade sinken lassen wollte, fügte Dr. Reinhardt noch hinzu: »Ach, und sagen Sie Ihrem Partner, dass er sein Handy einschalten soll, wenn er die Informationen zeitnah erhalten möchte. Da kommt man sich ja schon ein bisschen veralbert vor.«

»Ja, mache ich, danke.«

Max legte auf und berichtete Böhmer, was er gerade erfahren hatte, und während sein Partner noch darüber nachdachte, fügte er hinzu: »Daraus können wir zumindest zwei wichtige Schlussfolgerungen ziehen.«

Böhmer zog die Stirn kraus. »Und welche?«

»Zum einen, dass unsere schöne Theorie, wie die Leiche aus Martinys Wohnung geschafft worden sein könnte, gerade geplatzt ist. Wenn sie erst gestern zerstückelt wurde, stehen wir wieder vor der gleichen Frage, auch, was Passeck als potentiellen Mörder betrifft: Wie soll es jemand geschafft haben, die Tote aus der Wohnung zu bringen? Und daraus resultierend: Hat es in der Wohnung überhaupt eine Tote gegeben?«

»Aha«, erwiderte Böhmer mit säuerlichem Gesicht. »Ich denke, dass es auch so möglich war, die Leiche da rauszuschaffen. Aber lassen wir das mal so stehen. Wie lautet die andere Schlussfolgerung?«

Max konnte sich ein Grinsen nicht verkneifen. »Die betrifft Miriam Winkels Fingerabdrücke im Schlafzimmer. Und wenn sie zutreffend ist, was sie mit ziemlicher Sicherheit sein wird, erübrigt sich die Frage danach, wie der Täter die Leiche aus der Wohnung gebracht hat.«

Böhmer war anzusehen, dass er kein Wort verstand, aber Max wusste, das würde sich gleich ändern, und es machte ihm Spaß, seinen Partner zu führen. »Also: Wir haben Blut, ein paar Haare und eine Menge Fingerabdrücke in einem Raum und wissen, dass es verdammt schwierig gewesen sein dürfte, eine Leiche dort herauszuschaffen. Auf der anderen Seite haben wir eine Leiche, die kaum noch Blut im Körper und zudem abgetrennte Hände hat. Na?«

Erwartungsvoll sah er Böhmer an, dessen Gesicht schon im nächsten Augenblick verriet, dass er verstand.

»Verdammt!«

»Genau. Der Täter hat ihr einen Büschel Haare ausgerissen, das Blut abgezapft und die Hände abgetrennt. Das alles hat er in eine Tasche gesteckt und ist damit in Martinys Wohnung gegangen, wo er auf Passeck gewartet und ihn niedergeschlagen hat. Anschließend hat er das Blut auf Passeck und um ihn herum verteilt, ebenso die Haare. Dann musste er nur noch mit den abgetrennten Händen von Miriam Winkel durch die Wohnung laufen und überall ihre Fingerabdrücke hinterlassen. Auch die blutige Spur an der Wand war kein Problem. Ich würde mal sagen, wir sind wieder bei unserer allerersten Vermutung angelangt: Da hat jemand etwas inszeniert, das Passeck belasten sollte.«

»Hm …« Böhmer löste seinen Sicherheitsgurt. »Das meiste davon klingt plausibel. Aber Passeck ist für mich noch nicht aus der Sache raus. Vor allem möchte ich sehen, wie er reagiert, wenn wir ihm von dem Fund von Winkels Leiche erzählen. Also, was willst du essen?«

»Bratwurst«, antwortete Max.

»Okay. Aber vorher rufst du Lanz an, vielleicht weiß er, wo Passeck steckt. Hast du seine Handynummer?«

Die hatte Max. Er erreichte den Chefredakteur erst beim zweiten Versuch.

»Ich weiß nicht genau, wann das losgeht«, erklärte Lanz auf Max' Frage nach Passeck, »aber heute Abend findet im Museum Kunstpalast eine Wohltätigkeitsgala statt, und Harry erwähnte, dass er hingehen wollte.«

Max erinnerte sich, dass Jenny ihm von diesem Event erzählt hatte. Sie sagte, sie müsse sich dort auf jeden Fall blicken lassen, deshalb könnten sie sich an diesem Abend nicht treffen. Gut möglich, dass Passeck ebenfalls dort war. Das würde auch zu der Aussage der Rezeptionistin passen, dass Passeck das Hotel gutgekleidet verlassen hatte.

»Falls Sie ihn dort nicht finden, weiß ich auch nicht,

wo er sein könnte. Oder, warten Sie … falls er allein sein wollte, ist er vielleicht ins alte Jagdhaus seines Schwiegervaters gefahren. Harry hat mir die Hütte mal gezeigt, als wir gemeinsam unterwegs waren. Er sagte, der alte Braunshausen nutzt sie nicht mehr und hat sie seiner Tochter geschenkt. Da draußen ist es wirklich einsam.«

Max wurde hellhörig. »Wo ist dieses Jagdhaus?«

»In einem Waldstück, ein paar Kilometer außerhalb der Stadt.« Lanz beschrieb ihm die Lage der Hütte.

»Danke, wir werden zuerst mal bei der Gala vorbeischauen. Vielleicht haben wir ja Glück.«

»Ich denke schon. So etwas lässt Harry sich normalerweise nicht entgehen.«

Nachdem er aufgelegt hatte, warf Max einen Blick auf die Uhr. Halb neun. Er öffnete WhatsApp und schrieb an Jenny.

Bist du schon auf dieser Veranstaltung? Falls ja, ist Harry Passeck dort?

Anders als sonst ließ Jenny sich Zeit mit der Antwort. Wahrscheinlich war sie bereits bei der Gala und sah die Nachricht nicht. Nach ein paar Minuten, in denen Max ununterbrochen auf das Display seines Smartphones gestarrt hatte, öffnete Böhmer die Autotür und riss ihn damit aus seinen Gedanken. Als er einstieg, breitete sich sofort der Duft von gebratener Wurst im Wageninneren aus. Er erinnerte Max daran, dass er schon eine ganze Weile nichts mehr gegessen hatte.

Sie erreichten das Museum Kunstpalast am Ehrenhof um kurz vor neun. Die Gala fand im Robert-Schumann-

Saal und dem angrenzenden Foyer statt. Vor dem breiten Eingang hatten sich zwei Männer in dunklen Anzügen aufgebaut, die Max und Böhmer kritisch musterten, als sie näher kamen. Das war nicht weiter verwunderlich, denn vor allem Max stach mit seinen Jeans unter den elegant gekleideten Besuchern heraus.

»Können wir Ihnen weiterhelfen?«, fragte der links stehende Mann aufgesetzt freundlich, während er dichter neben seinen Kollegen trat. Beide waren mindestens einen Meter neunzig groß und von recht kräftiger Statur.

»Kriminalpolizei.« Böhmers Tonfall ließ keinen Zweifel daran, dass er sich nicht auf Diskussionen über Einladungskarten einlassen würde. Er hielt den beiden seinen Dienstausweis entgegen. »Wir müssen da rein.«

»Tut mir leid«, sagte der Mann auf der rechten Seite. »Aber ohne Einladung können wir Sie leider nicht reinlassen.«

»Doch, das können und das werden Sie. Auf dieser Veranstaltung hält sich wahrscheinlich jemand auf, mit dem wir uns dringend unterhalten müssen. Ich betone: müssen! Entweder, Sie lassen uns jetzt durch, oder ich rufe ein Sondereinsatzkommando, das innerhalb von zehn Minuten hier ist und den ganzen Saal räumen wird. Vorher hätte ich aber gerne noch die Namen von Ihnen beiden, damit ich in meinem Bericht vermerken kann, wer uns daran gehindert hat, die Sache diskret und schnell über die Bühne zu bringen, und somit die Verantwortung dafür trägt, dass die Gala ein jähes Ende gefunden hat.«

Max wusste ebenso gut wie Böhmer, dass das, was er da gerade angekündigt hatte, ziemlicher Blödsinn war, auf die beiden Sicherheitsmänner schien es jedoch Eindruck zu machen, denn nachdem sie einen Blick gewechselt hatten, traten sie vom Eingang zurück. »Aber beeilen Sie sich«, raunte der rechts stehende Mann ihnen im Vorbeigehen zu. »Und seien Sie wirklich diskret.«

Sie machten ein paar Schritte in den Saal hinein und schauten sich um. In der einen Hälfte des großen Raums standen runde, weiß gedeckte Tische, an denen Leute saßen und auf ihren Tellern herumstocherten oder sich unterhielten. Auf der restlichen Fläche waren Stehtische verteilt, rechts an der Wand gab es eine Bar, hinter der zwei junge Männer in weißem Hemd und mit Fliege herumwirbelten und Getränke ausschenkten.

Vor dieser Bar stand Harry Passeck und hatte den Arm um die Taille einer jungen, schwarzhaarigen Frau gelegt, auf die er unentwegt einredete. Sein Gesicht war leicht gebräunt, und der Smoking stand ihm sehr gut. Max konnte Passecks Erfolg bei Frauen durchaus nachvollziehen.

»Na, da ist er ja mal wieder in seinem Element«, murmelte Böhmer und setzte sich in Bewegung. Max ging hinter ihm her und versuchte, unter den Gästen Jenny auszumachen. Er entdeckte sie in dem Moment, als sie den Journalisten fast erreicht hatten. Sie stand ein paar Meter von der Bar entfernt, zusammen mit einer Frau und zwei Männern. Einer dieser Männer war Andreas Maier alias Joe Replay. Der Exfreund von Miriam Winkel.

Jenny hatte Max noch nicht gesehen und schien sich prächtig zu amüsieren. Gerade beugte Replay sich zu ihr vor und sagte ihr etwas ins Ohr, woraufhin sie hellauf lachte. Max schimpfte sich insgeheim einen Idioten, weil er bei dem Anblick ein plötzliches Ziehen im Bauch spürte.

»Nein, ich glaub's ja nicht«, rief vor ihnen Harry Passeck und lenkte damit Max' Aufmerksamkeit auf sich. So, wie Passeck sich anhörte, hatte er schon einiges getrunken. Er wandte sich an die Frau in seinem Arm. »Liebes, darf ich vorstellen? Das sind die Herren Böhmer und Bischoff. Kriminalpolizisten von der ganz harten Sorte.« Er kicherte albern, griff sich ein Glas von der Theke und trank es mit einem großen Schluck aus.

»Wir müssen mit Ihnen reden.« Böhmer ignorierte Passecks betrunkenes Gequatsche. »Würden Sie kurz mitkommen?«

»No!«, sagte Passeck und schüttelte so übertrieben den Kopf, dass er das Gleichgewicht verlor und sich mit der freien Hand an der Theke abstützen musste, um nicht umzufallen. Sein »Wenn Sie was zu reden haben ...« klang wie: *Wensie assu redn ham.*

Er räusperte sich. »Also, tun Sie sich keinen Zwang an. Reden Sie. Ich habe keine Geheimnisse vor ... ähm ... Liebes, wie war noch mal dein Name?«

Das Lachen wich langsam aus dem Gesicht seiner Begleiterin.

»Hanna«, antwortete sie.

Böhmer verdrehte die Augen. »Herr Passeck, glauben Sie mir, es ist besser, wenn wir mit Ihnen allein sprechen.«

»Kein Problem, ich wollte sowieso mal zur Toilette.«

Die junge Frau trat zur Seite und befreite sich damit aus Passecks Arm, doch der Journalist griff mit einer schnellen Bewegung nach ihrer Schulter und hielt sie so grob fest, dass sie überrascht einen Schrei ausstieß.

»Nichts da, mein Liebes, du bleibst hier und hörst dir an, was die Herren zu sagen haben.«

Max machte einen Schritt auf Passeck zu und stand nun unmittelbar vor ihm. »Lassen Sie sie augenblicklich los«, zischte er und hatte Mühe, seinem Gegenüber nicht einen Stoß gegen die Brust zu geben. »Na, wird's bald?«

Passeck starrte ihn an, drei, vier Sekunden lang, dann grinste er und lockerte seinen Griff, woraufhin die Frau sich mit einem Ruck von ihm löste und sich sofort abwandte. Im Weggehen zischte sie noch: »Arschloch«, dann verschwand sie zwischen den anderen Gästen.

40

»So gehen Sie also mit Frauen um, die nicht so spuren, wie Sie sich das vorstellen«, sagte Böhmer und drängte Max ein Stück zur Seite, da er befürchtete, sein Kollege könne Passeck gegenüber doch noch handgreiflich werden. »Wie war das mit Miriam Winkel? Wollte sie auch nicht so, wie Sie sich das vorgestellt haben?«

Mittlerweile sahen bereits einige Leute zu ihnen herüber und steckten tuschelnd die Köpfe zusammen.

»Was soll'n der Scheiß jetzt schon wieder? Ich weiß nicht, was mit ihr ist, verdammt nochmal. Hey, Kellner!« Er wandte sich einem der beiden Barmänner zu. »Noch einen Whisky Sour.«

»Wir haben Miriam Winkels Leiche heute gefunden«, redete Böhmer unbeirrt weiter. »Jemand hat sie zerstückelt. Wo waren Sie in der letzten Nacht?«

Passeck starrte Böhmer begriffsstutzig an. »Was? Was sagen Sie da?«

»Ich sagte, dass Miriam Winkel tot ist. Und ich habe Sie gefragt, wo Sie gestern Abend waren.«

»Zer… zerstückelt? Scheiße. So eine elende Scheiße.« Passeck klang nun weinerlich. Er stützte sich an der Theke ab und fuhr sich immer wieder durch die Haare. Wenn er wirklich etwas mit dem Mord an Miriam Winkel zu tun hatte, war er ein ausgezeichneter Schauspieler.

»Das kann doch nicht sein.«

»Wo waren Sie gestern Abend, Herr Passeck?« Max bewunderte Böhmer für die Ruhe, mit der er die Frage zum wiederholten Mal stellte. Ein paar Sekunden lang reagierte Passeck nicht, doch dann flog sein Kopf regelrecht herum. Sein Gesicht war zu einer Grimasse verzerrt. »Das geht Sie einen Scheiß an, wo ich gestern Abend war«, schrie er Böhmer an. »Verstehen Sie? Einen verdammten Scheiß. Und jetzt hauen Sie ab.« Für seinen Zustand erstaunlich schnell, versetzte er Böhmer einen Stoß, dass dieser zurücktaumelte. Max schnellte vor, packte Passecks Handgelenk und drehte seinen Arm auf den Rücken, so fest, dass der Journalist einen Schmerzensschrei ausstieß. Die freie Hand zur Faust geballt, versuchte Passeck, nach Max zu schlagen, doch seine Bewegungen waren viel zu unkontrolliert, um etwas bewirken zu können. Statt Max zu treffen, fegte er eine ganze Reihe von Gläsern von der Theke herab, die klirrend auf dem Boden zerbrachen. Eine Frau im schwarzen Abendkleid stieß einen spitzen Schrei aus und sprang zur Seite. Routiniert bog Max auch Passecks zweiten Arm nach hinten und nahm ihm damit jegliche Möglichkeit zur Gegenwehr.

»Lass mich los, du Arsch«, brüllte Passeck und wand sich in Max' festem Griff. »Du dämlicher Bulle. Lass sofort los.«

Zwischen ihnen tauchte Böhmers Arm auf, gleichzeitig hörte Max hinter sich eine Frauenstimme seinen Namen rufen. Als die Handschellen zuschnappten, die Böhmer um Passecks Gelenke gelegt hatte, drehte Max sich um.

Jenny hatte die Arme schützend um ihren eigenen Körper geschlungen und starrte Max mit weit aufgerissenen Augen an. »Was … tust du denn hier?« Ihr Blick wanderte zu Böhmer und Passeck und wieder zu Max zurück.

Er trat einen Schritt auf sie zu und legte ihr die Hand auf die Schulter. »Alles okay, wir werden Herrn Passeck jetzt mitnehmen.« Dann beugte er sich noch ein Stück weiter zu ihr vor und sagte leise. »Mach dir keine Sorgen. Ich schreibe dir später noch.«

Sie nickte und sah ihn auf eine Art an, die ihm durch und durch ging. Am liebsten hätte er sie auf der Stelle an sich gezogen und sie geküsst.

Ein schnell aufeinanderfolgendes, klickendes Geräusch riss ihn aus diesen Gedanken. Etwa drei Meter neben ihnen stand Patrick Matuschka und schoss ein Bild nach dem anderen. Als ihre Blicke sich trafen, hob der Fotograf grüßend die Hand.

»Herr Matuschka …« Max machte ein paar Schritte auf ihn zu. »Könnten Sie das bitte sein lassen?«

Der Fotograf zuckte die Schultern. »Tut mir leid, aber das ist mein Job. Und so was« – er deutete mit dem Kinn zu Böhmer und Passeck hinüber – »nehmen mir die Zeitungen mit Kusshand ab. Damit verdiene ich mein Geld.«

Max wusste, er würde nichts gegen die Veröffentlichung tun können, und in gewisser Hinsicht verstand er Matuschka sogar. Letztendlich hatte Passeck es sich durch sein dämliches Verhalten selbst zuzuschreiben.

»Ich würde mal sagen, Sie haben sich gerade eine Menge Ärger eingehandelt«, sagte Böhmer in diesem Moment zu Passeck und schob ihn an den anderen vorbei auf den Ausgang zu. Max nickte Matuschka zu und folgte ihnen.

Mittlerweile waren die Gespräche im ganzen Saal verstummt und alle Augen auf sie gerichtet. »Widerstand gegen Vollstreckungsbeamte ist eine Straftat. Allein schon dafür können Sie in den Knast wandern.«

Passeck schwieg und ließ sich widerstandslos aus dem Raum führen. Es schien, als wäre alle Kraft aus ihm gewichen.

Als sie die Sicherheitsmänner erreicht hatten, die mittlerweile im Saal standen und ihnen entgegensahen, sagte einer der beiden: »Das verstehen Sie also unter diskret.«

Max nickte im Vorbeigehen. »Ja, und deshalb sollten Sie froh sein, dass wir unsere Kollegen nicht zur Unterstützung gerufen haben.«

Fast zwei Stunden später saßen Max und Böhmer im Vernehmungsraum Passeck gegenüber. Im Präsidium war am Samstagabend kurz vor Mitternacht nicht mehr viel los, lediglich die Einsatzzentrale war noch mit mehreren Beamten besetzt.

Sie hatten dem Journalisten erst mal starken Kaffee eingeflößt und ihm dann die Möglichkeit gegeben, sich im Waschraum kaltes Wasser über den Kopf fließen zu lassen.

Nun hatte er eine große Flasche Wasser und einen Plastikbecher vor sich stehen, aus dem er immer wieder trank. All das zeigte Wirkung. Er war deutlicher zu verstehen und verhielt sich auch wieder halbwegs normal. Auf Böhmers Frage, ob er nun seinen Anwalt anrufen wolle, schüttelte er wortlos den Kopf.

Nachdem sie ihm eine Weile dabei zugesehen hatten,

wie er den nächsten Becher Wasser Schluck für Schluck leer trank, klappte Böhmer die Mappe auf, die vor ihm lag, zog ein DIN-A4-großes Foto heraus und knallte es vor Passeck auf den Tisch. »So hat Miriam Winkel ausgesehen, als wir sie gefunden haben.«

Passeck beugte sich nach vorn, warf einen Blick auf das Foto, das die zerstückelte und wieder zusammengesetzte Leiche der Frau auf dem Waldboden zeigte, und sprang auf.

Mit ein paar schnellen Schritten hatte er eine Ecke des Raumes erreicht und übergab sich dort laut würgend, wobei er sich mit beiden Händen an der Wand abstützte.

Max warf Böhmer einen vorwurfsvollen Blick zu. Damit war zu rechnen gewesen, bei Passecks Zustand. Allerdings war ihm auch klar, was sein Kollege mit der Aktion bezweckt hatte. Er wollte Passecks Reaktion sehen. Hätte er die Frau wirklich umgebracht, hätte er wahrscheinlich anders reagiert. Sich auf Kommando zu übergeben, das war eine schauspielerische Leistung, die Passeck wohl kaum beherrschte.

Sie warteten geduldig, bis der Journalist zum Tisch zurückkehrte. Er presste sich eine Hand auf den Magen und sah wirklich elend aus.

»Tut mir leid.« Seine Stimme klang krächzend. »Aber wenn Sie mir so was zeigen … Können Sie das bitte wegnehmen?«

Böhmer steckte das Foto wieder in die Mappe, richtete dann den Blick auf den Spiegel und sagte laut: »Kann mal bitte jemand reinkommen und hier saubermachen? Es riecht etwas streng.«

Dann verschränkte er die Arme vor der Brust und sah Passeck eindringlich an. »Und? Was können Sie uns dazu sagen?«

Passecks Blick senkte sich. »Nichts. Ich weiß nicht, was mit Miriam passiert ist, seit sie verschwand, aber …«

»Aber was?«, hakte Max sofort nach.

»Das hört sich jetzt vielleicht verrückt an, aber … ich bin froh.«

»Was, zum Teufel, kann es für einen Grund geben, froh zu sein?«, polterte Böhmer. »Ich zeige Ihnen ein Foto der zerstückelten Leiche Ihrer Exfreundin, und Sie sind froh? Haben Sie vollkommen den Verstand verloren?«

»Nein«, antwortete Passeck leise. »Froh bin ich nur, weil ich jetzt sicher weiß, dass ich Miriam nicht getötet habe.«

Böhmer sah Max mit offenem Mund an. »Er hat den Verstand verloren. Wahrscheinlich weggesoffen. Wir sollten einen Arzt kommen lassen.«

»Können Sie uns erklären, was Sie damit meinen?«, fragte Max, woraufhin Passeck nickte. Er schien vollkommen fertig und auf eine schwer zu beschreibende Art tatsächlich auch erleichtert zu sein.

»Ich dachte lange Zeit, ich hätte Miriam auf dem Gewissen.« Er trank einen weiteren Schluck und atmete tief durch.

»Es wurde mir irgendwann zu viel. Zu eng. Miriam hatte begonnen zu klammern und redete immer öfter davon, dass ich meine Frau verlassen solle, damit wir uns endlich nicht mehr verstecken müssten.« Wieder griff er zum Becher. Er trank ihn leer, woraufhin Max nachschenkte.

»Aber das wollten Sie nicht.«

Passeck sah ihn offen an. »Nein. Aber nicht, weil ich meine Frau so sehr liebe. Das hat sie mir schon zu Anfang unserer Ehe ausgetrieben. Wir sind jetzt seit ziemlich genau vierzehn Jahren verheiratet. Beate hat vor dreizehn Jahren und zehn Monaten zum letzten Mal mit mir geschlafen. Sie hat kein Interesse an Sex. Von Anfang an nicht. Zumindest nicht mit mir. Ich glaube, entweder ihr Vater oder sie selbst wollten einfach nur, dass sie verheiratet ist. Vielleicht, um nach außen den Eindruck zu erwecken, dass sie … ach, ist ja auch egal. Mir ging es jedenfalls einzig und allein um meine Zukunft, die mein Schwiegervater, ohne zu zögern, mit einem Handstreich zerstört hätte, wenn ich seine Tochter wegen einer anderen Frau verlassen hätte.«

Die Tür wurde geöffnet, und ein junger Mann im braunen Arbeitsoverall des Facilitymanagements kam herein, in der Hand einen Eimer und einen Lappen. Er nickte ihnen grüßend zu, und widmete sich dann mit angewidertem Gesichtsausdruck Passecks Hinterlassenschaft in der Ecke des Zimmers. Sie schwiegen, bis der Mann die Stelle grob gesäubert und den Raum wieder verlassen hatte.

Passecks Blick wanderte zu Böhmer und wieder zurück zu Max.

»Wo war ich gerade … ach so, ja, ich entschloss mich also dazu, das Verhältnis mit Miriam zu beenden. Ich habe ihr eine Nachricht geschrieben, dass wir uns treffen müssen. In einem kleinen Waldstück, wo wir unbeobachtet waren. Wir hatten uns schon öfter dort getroffen, wenn wir im Auto …« Passeck schloss für einen Moment die Augen.

»Wo war das?«, fragte Max.

»In der Nähe von Schloss Eller.«

Böhmer und Max sahen sich an. »Dort wurde sie heute gefunden.«

Passecks Augen füllten sich mit Tränen. »Ich versteh das alles nicht.«

»Stellen Sie sich vor, wir auch nicht«, sagte Böhmer kalt. »Weiter.«

»Sie kam am Abend dorthin. Wir hatten die Autos wie immer hintereinander in einem kleinen, zugewachsenen Forstweg geparkt, wo selten jemand vorbeikam. Ich habe versucht, Miriam zu erklären, dass ich meine Frau nicht verlassen könne, weil dann meine ganze Existenz auf dem Spiel stünde. Lanz ist ein guter Freund meines Schwiegervaters. Ich wusste, der Alte würde so lange Druck auf ihn ausüben, bis er mich entlassen würde. Aber sie hat das nicht akzeptiert. Sie meinte, ich könne überall einen Job finden, und außerdem würde sie genug für uns beide verdienen. Als ich mich nicht umstimmen ließ, nannte sie mich einen Feigling und begann, mich zu beschimpfen.«

Erneut griff er nach dem Becher und trank ihn leer.

»Sie wurde vollkommen hysterisch und schlug mir sogar ins Gesicht. Da hatte ich die Nase voll. Ich bin in mein Auto gestiegen, das hinter ihrem stand, und bin dann mit Vollgas losgefahren. Ich war stinkwütend.«

Passeck machte eine Pause, in der er seine Hände betrachtete. »Plötzlich tauchte sie vor meinem Auto auf. Sie ist mir einfach in den Weg gesprungen. Es ging so schnell … Es gab ein fürchterliches Geräusch, dann war sie verschwunden. Ich habe gebremst und in den Rückspiegel geschaut. Miriam lag neben dem Weg. Sie hat sich nicht mehr gerührt. Ich … ich dachte, sie sei tot.«

»Und dann sind Sie einfach weggefahren«, sagte Böhmer wütend. »Sie haben sie dort liegen lassen und sind abgehauen, stimmt's?«

»Ja.« Passeck sprach so leise, dass es fast nicht zu verstehen war, dann schaute er auf und redete laut und schnell weiter. »Aber … Sie verstehen das nicht. Ich war in Panik. Mir schossen tausend Dinge durch den Kopf. Alles würde rauskommen. Meine Frau, ihr Vater … Ich dachte, ich müsste vielleicht sogar ins Gefängnis, mein ganzes Leben würde in Trümmern liegen. Und ich konnte doch wirklich nichts dafür.«

»Mir kommen gleich die Tränen.« Böhmer schlug mit einem lauten Knall auf die Tischplatte. »Na los, erzählen Sie weiter.«

»Ich bin nach Hause gefahren. Am nächsten Tag habe ich alle zehn Minuten die neuesten Pressemitteilungen und Polizeimeldungen durchgelesen. Aber da kam nichts. Und auch nicht am darauffolgenden Tag. Ich habe das nicht verstanden und bin noch mal zu der Stelle gefahren. Ich musste wissen, was mit Miriam war.« Passeck starrte auf den Becher, den er zwischen den Händen drehte. »Sie lag nicht mehr da. Ein paar Meter weiter gibt es eine ziemlich steile Böschung. Da geht es etliche Meter runter, und alles ist überwuchert mit Sträuchern und Gebüsch. Ich dachte, Miriam war vielleicht schwer verletzt und …«

»Sie dachten, sie hat sich aufgerappelt und ist die Böschung hinuntergestürzt«, beendete Max den Satz, als Passeck keine Anstalten machte, weiterzusprechen. Er nickte.

»Und dabei war es Ihnen scheißegal, dass Ihre Exgeliebte vielleicht schwerverletzt dort unten lag und elend verreckte«, fügte Böhmer hinzu und sprang auf. »Ich könnte auch kotzen.«

Für eine Weile breitete sich Stille in dem Raum aus, die nur durch ein kratzendes Geräusch unterbrochen wurde, das Böhmer erzeugte, als er sich in seiner typischen Geste mit einer Hand über die Wange strich.

»Erst einige Tage später gab es erste Meldungen, dass Miriam vermisst wurde. Sie ist nie gefunden worden, wie Sie wissen. Bis heute. Verstehen Sie jetzt, warum ich froh bin?«, fragte Passeck zaghaft.

»Nein«, antwortete Böhmer. »Ich verstehe jetzt, dass Sie ein feiges Schwein sind.«

»Ich rate Ihnen, Ihren Anwalt anzurufen, Herr Passeck.«

Max empfand keinerlei Mitleid mit dem Journalisten. Auch wenn er sicher war, dass Passeck nichts mit den Morden zu tun hatte, war das, was er zweieinhalb Jahre zuvor getan hatte, nicht zu entschuldigen. Er würde sich zumindest wegen Fahrerflucht und unterlassener Hilfeleistung verantworten müssen. Max wollte jedoch auf alle Fälle vermeiden, dass Dr. Farscheidt etwas finden würde, das er ihnen zu Last legen konnte. Das Gespräch mit Passeck wurde aufgezeichnet, so konnten sie gegebenenfalls nachweisen, dass sowohl Böhmer als auch er Passeck die Möglichkeit gegeben hatten, seinen Anwalt zu kontaktieren.

»Warum? Ich bin erleichtert, dass ich endlich alles erzählen konnte. Jetzt habe ich nichts mehr zu verheimlichen.« Und leiser fügte er hinzu: »Und wahrscheinlich auch nichts mehr zu verlieren. So, wie es aussieht, habe ich in den letzten Tagen eh alles verloren.«

Böhmer entschied, dass Passeck nach Hause gehen konnte. Mittlerweile glaubte auch er nicht mehr, dass der Journalist etwas mit den Morden zu tun hatte.

Als Max in seinem Bett lag, war es fast zwei Uhr. Er schrieb Jenny noch eine kurze Nachricht, dass sie ihm fehle und er sich freue, sie am nächsten Tag endlich wiedersehen zu können. Er zwang sich noch einige Minuten lang, die Augen offen zu halten, für den Fall, dass sie antwortete, doch dann übermannte ihn die Müdigkeit, und er schlief ein.

41

Sonntag

Um halb zehn Uhr riss der Summton des Radioweckers Max aus einem traumlosen, tiefen Schlaf. Noch leicht benommen tastete er nach seinem Smartphone und setzte sich im Bett auf. Er musste sich ein paarmal über die Augen reiben, bis er auf dem verschwommenen Bild des Displays etwas erkennen konnte.

Neben seiner Nachricht von letzter Nacht zeigten zwei graue Pfeile, dass sie auf Jennys Handy angekommen, aber noch nicht gelesen worden war. Wahrscheinlich schlief sie noch.

Max überlegte, ob er sie um diese Uhrzeit schon anrufen sollte, und entschied sich dafür. Er konnte es nicht erwarten, ihre Stimme zu hören, gerade dann, wenn sie noch schläfrig klang.

Gleich nach dem ersten Klingeln schaltete sich die Mailbox ein. »Ich bin es, Max«, meldete er sich verwundert. »Ich bin gerade aufgewacht und wollte deine Stimme hören, aber wahrscheinlich schläfst du noch tief und fest. Sei doch so lieb und melde dich bei mir, ja? Ich habe Sehnsucht nach dir.«

Er sprang unter die Dusche und machte sich Frühstück. Als er um Viertel vor elf in seinen Wagen stieg, entschied er sich, einen Umweg zu machen und zuerst zu Jennys Wohnung zu fahren. Der Gedanke, sie in den Arm nehmen und küssen zu können, war so verlockend, dass er nicht widerstehen konnte.

Auf sein Klingeln an der Haustür tat sich nichts, und auch ein zweiter Versuch war vergeblich. Max wollte sich schon resigniert abwenden, als die Tür geöffnet wurde, und ein junger Mann auf die Straße trat. Max grüßte ihn freundlich und schlüpfte in den Flur, bevor die Tür sich wieder schließen konnte. Zwei Stufen auf einmal nehmend, spurtete er die Treppe nach oben und stand wenig später keuchend vor Jennys Wohnungstür.

Als sich auch hier auf sein Klingeln hin nichts regte, begann er sich ernsthaft Sorgen zu machen. Der aktuelle Fall kam ihm in den Kopf, die Bilder der toten Frauen erschienen vor seinem geistigen Auge. Er klopfte mit den Fingerknöcheln gegen die Tür. Erst verhalten, dann immer energischer. Doch auch damit hatte er keinen Erfolg.

Max hielt inne. Jenny konnte unmöglich so fest schlafen, dass sie von dem Poltern nicht geweckt worden wäre. Ohne zu zögern, wandte er sich um, ging zu der nächsten Wohnungstür und drückte auf den Klingelknopf. Eine Frau um die vierzig öffnete einen Spalt und sah ihn skeptisch an. »Ja?«

»Entschuldigen Sie, mein Name ist Max Bischoff, können Sie mir sagen, ob es hier im Haus jemanden gibt, der einen Schlüssel zur Wohnung von Jennifer Sommer hat? Oder haben Sie vielleicht sogar einen?«

»Warum?«

Max spürte, dass er so nicht weiterkommen würde,

und zückte seinen Dienstausweis. »Kriminalpolizei. Ich muss dringend mit Frau Sommer reden.«

Die Frau studierte den Ausweis ausgiebig, bevor sie schließlich nickte. »Im Erdgeschoss, die erste Wohnung rechts. Herr Richter. Der ist hier so was wie ein Hausmeister.«

»Danke.« Max wandte sich ab und machte sich auf den Weg nach unten. Ingo Richter war Ende sechzig oder Anfang siebzig. Als er den Polizeiausweis sah, weiteten sich seine Augen ehrfurchtig. »Hat sie denn Probleme, die Frau Sommer?«

»Nein, alles in Ordnung. Ich möchte nur sicherstellen, dass ihr nichts geschehen ist.«

Jenny war nicht da, ihr Bett unberührt. So wie es aussah, war sie in der letzten Nacht gar nicht in ihrer Wohnung gewesen. Max' Sorge wuchs. Welchen Grund konnte Jenny gehabt haben, nicht nach Hause zu gehen und nicht auf seine Nachricht zu reagieren? Sollte er sich doch in ihr getäuscht haben? Hatte sie jemand anderen kennengelernt? Oder war sie etwa demjenigen begegnet, der bereits drei Frauen auf dem Gewissen hatte? Max wollte gar nicht daran denken.

Hektisch zog er sein Telefon hervor und wählte Böhmers Nummer. Während er darauf wartete, dass sein Partner das Gespräch annahm, nickte er Richter zu, der in der Diele stand und ihn beobachtete. »Danke, Sie können wieder nach unten gehen.«

»Aber ich kann Sie doch nicht einfach so …«

»Doch, doch, das können Sie. Sie haben ja meinen Ausweis gesehen.« Er deutete auf die Tür und nickte dem Mann erneut zu. Endlich meldete sich Böhmer.

»Max hier. Ich bin in Jennys Wohnung. Sie hat nicht auf meine Nachricht reagiert, die ich ihr letzte Nacht geschrieben habe, das sieht ihr überhaupt nicht ähnlich. Also habe ich sie angerufen, und als sie auch nicht ans Telefon gegangen ist, bin ich zu ihrer Wohnung gefahren. Der Hausmeister hat mir die Tür geöffnet, weil sie auch nicht auf mein Klingeln und Klopfen reagiert hat. So, wie es aussieht, ist sie aber gar nicht nach Hause gekommen. Ich mache ich mir ziemliche Sorgen. Ich weiß es nicht, aber ich habe das Gefühl, dass ihr etwas zugestoßen sein könnte. Schließlich läuft da draußen dieser Irre …«

»Jetzt mal langsam«, unterbrach Böhmer ihn und schnaufte hörbar ins Telefon. »Wahrscheinlich hat sie nur einen über den Durst getrunken und bei einer Freundin übernachtet. Kein Grund, daraus gleich ein Drama zu machen.«

»Nein, sie trinkt kaum Alkohol. Und selbst wenn, dann hätte sie auf jeden Fall meine Nachricht beantwortet oder wäre an ihr Telefon gegangen. Da muss was anderes passiert sein.«

»Gerade, wenn sie selten Alkohol trinkt, wird sie nach drei Gläsern blau sein. Und davon abgesehen … das wird dir jetzt nicht gefallen, aber du hast doch gesehen, wie viele gutaussehende Typen gestern Abend da rumgestanden haben. Die meisten von denen sind steinreich oder berühmt. Oder beides. Vielleicht hat sie sich mit einem von denen …«

»Quatsch, das hat sie nicht«, fiel Max ihm ins Wort. Dass Böhmer in Betracht zog, was er selbst gerade beiseitegewischt hatte, machte ihn wütend.

»Sie hätte sich auf jeden Fall bei mir gemeldet, wenn sie die Möglichkeit dazu gehabt hätte. Ich fürchte wirklich, ihr ist etwas zugestoßen. Vielleicht ein Unfall.«

»Okay, ich mache dir einen Vorschlag: Wir treffen uns gleich im Präsidium, und dann sehen wir gemeinsam, wo wir deine Jenny finden. Alles klar?«

»Okay.«

Max traf um Viertel nach zwölf im Präsidium ein, Böhmer kam zwanzig Minuten später. In der Zwischenzeit hatte Max mit Jennys Agentin und ihrem Manager telefoniert. Der Mann hatte keine Ahnung, wo sie sich aufhalten könnte, ihre Agentin gab ihm wenigstens die Nummer einer guten Freundin, mit der sie sich öfter traf. Doch auch die konnte ihm nicht weiterhelfen. Sie hatte Jenny schon über eine Woche nicht mehr gesehen oder gesprochen.

Mit jeder Minute, die ohne eine Nachricht von Jenny verstrich, wurde Max unruhiger.

»Na, schon was von ihr gehört?« Böhmer ließ sich auf seinen Stuhl fallen und nickte den Kolleginnen und Kollegen der *BAO Rheinufer* zu, die an ihren Schreibtischen saßen und entweder telefonierten oder auf ihre Monitore starrten.

Max schüttelte den Kopf. »Nein, nichts. Das ist nicht gut. Das ist gar nicht gut.« Er fühlte sich so hilflos wie seit langem nicht mehr. »Glaub mir, Jenny würde sich bei mir melden, wenn sie könnte.« Während er es aussprach, horchte Max in sich hinein, ob es wirklich so war, wie er es Böhmer gerade weismachte. Sein Partner nickte, aber an der Art, wie er das tat, konnte Max deutliche Zweifel erkennen.

»Und du weißt so gut wie ich, dass Jenny zu dem Kreis gehört, aus dem unser Irrer sich seine Opfer aussucht.« Indem Max seine schlimmsten Befürchtungen so deutlich aussprach, wurden sie plötzlich noch realer, rückten näher in den Bereich des Möglichen. Das raubte ihm fast den Verstand. »Was, wenn er sie gestern Abend nach der Gala entführt hat?«

Böhmer klapperte auf seiner Tastatur herum. »Okay. Ich bin zwar überzeugt davon, dass sich alles bald als harmlos herausstellen wird und deine Sorgen unbegründet sind, aber ich kann dich schon verstehen.« Er kniff die Augen ein wenig zusammen. »Veranstalterin gestern Abend war eine gewisse Dunja Kollmann. Sie ist Vorsitzende eines Vereins zur Förderung sozial benachteiligter Kinder, zu dessen Gunsten das Tamtam stattgefunden hat. Hier ist ihre Telefonnummer.« Böhmer las die Nummer vor, die Max schnell auf einem Zettel notierte.

Der Anruf bei der Frau ergab, dass sie kaum die Zeit gehabt hatte, sich um einzelne Gäste zu kümmern, aber dass sie gesehen habe, wie Jenny mit Joe Replay und ein paar anderen Gästen zusammengestanden habe. Und dass sie im Übrigen den Auftritt von Böhmer und Max mehr als fragwürdig fand. Die Gäste hätten den Rest des Abends über fast nichts anderes mehr geredet. Max schaffte es, ihr die Namen der beiden Personen zu entlocken, mit denen sie Jenny gesehen hatte.

Es waren ein Mann und eine Frau, beide waren wie Jenny Schauspieler. Die Frau konnte Max nicht erreichen, der Mann, ein gewisser Hannes Gerhard, wusste auch nicht mehr, als dass sie zusammen einiges getrunken hatten und dass dieser seltsame Musiker dabei gewesen war. Ein unangenehmer Mensch, wie Gerhard betonte.

Nachdem Max auch dieses Gespräch beendet hatte, warf er das Telefon auf den Tisch. »Ich muss mich mit Replay unterhalten. Aber das mache ich nicht am Telefon.«

Er stand auf und sah zu Böhmer hinüber. »Kommst du mit?«

Böhmer drückte sich aus seinem Stuhl hoch. »Ja, dem Kerl traue ich sowieso keinen Meter über den Weg.«

Im Hinausgehen gab Max einer Kollegin Jennys Handynummer und bat sie, herauszufinden, wo das Smartphone gerade eingebucht war.

Der Musiker öffnete erst dann die Tür, nachdem Max den Daumen für mindestens zehn Sekunden auf den Klingelknopf gedrückt hatte. Er sah fürchterlich aus. Die Haare standen ihm in alle Himmelsrichtungen vom Kopf ab, das Gesicht war aufgequollen, unter den Augen hingen dicke Tränensäcke. Replay trug ein schwarzes, ärmelloses T-Shirt und darunter eine ebenfalls schwarze Leggins.

»Was, zum Teufel, wollen Sie um diese Uhrzeit hier? Langsam gehen Sie mir echt auf die Nerven.«

»Wir müssen mit Ihnen reden«, erklärte Max. »Es geht um Jennifer Sommer.«

»Also gut, kommen Sie rein. Aber seien Sie leise, ich hab einen Scheißkater.«

Im Wohnzimmer lagen Kleidungsstücke auf dem Boden herum. Auf dem Couchtisch standen verschiedene Spirituosenflaschen und zwei Gläser, wovon eines noch halbgefüllt war.

Max deutete darauf. »Hatten Sie noch Besuch letzte Nacht?«

Replay ließ sich auf die Couch fallen und hielt sich stöhnend den Kopf. »Ja, aber leider hatte die Dame keine Lust, zu bleiben.«

Bei der Vorstellung, dass aus einem der beiden Gläser Jenny getrunken haben könnte, geriet Max' Blut in Wallung.

»Wer war die Frau?«

Replay sah zu ihm hoch. »Ich wüsste nicht, was Sie das angeht.«

Max kämpfte gegen den plötzlichen Drang an, den Musiker am T-Shirt zu packen und durchzuschütteln.

»Sie waren gestern Abend längere Zeit mit Jennifer Sommer zusammen. War sie anschließend noch hier?«

Replay zog die Stirn kraus. »Hä? Die Sommer? Hier bei mir? Oh, Mann, ich hätte nichts dagegen, aber ich befürchte, ich bin nicht ihr Typ.«

Max hoffte, dass das stimmte.

»Wann haben Sie sie zum letzten Mal gesehen?«, mischte Böhmer sich ein.

»Was weiß ich? Ich starre nicht die ganze Zeit auf die Uhr, wenn es was zu feiern gibt. Vielleicht um eins oder so. Da hat sie mit diesem Zeitungsfritzen rumgestanden, und ich bin an der Bar versackt.«

Max wurde hellhörig. »Mit wem stand sie zusammen?«

»Na, mit Harry Passecks Chef. Lanz oder wie der heißt.«

»Hans-Peter Lanz?«, fragte Max überrascht nach. Der Chefredakteur hatte nicht erwähnt, dass er ebenfalls zu der Gala wollte.

»Ja, genau der.« Erneut legte Replay die Hände an seine Schläfen. »Sonst noch was? Mir geht's echt beschissen.«

»Das sieht man«, kommentierte Böhmer. »Wir finden allein raus.«

»Du hast doch mit Lanz gesprochen.« Böhmer fuhr los und reihte sich in den Verkehr ein. »Und war er es nicht, der dir gesagt hat, dass Passeck auf dieser Gala ist? Erwähnte er, dass er auch dahin wollte?«

»Nein.« Max' Sorge um Jenny war nach dem Gespräch mit Maier nicht geringer geworden. Ganz im Gegenteil.

»Dann solltest du ihn vielleicht mal fragen.«

Das tat Max. Er rief Lanz an und erfuhr von ihm, dass er sich erst spät am Abend kurzfristig entschlossen hatte, an der Veranstaltung teilzunehmen. »Ich habe mich vielleicht zwanzig Minuten mit Frau Sommer unterhalten. Sie war müde und wollte nach Hause.«

»Wann war das?«

»Gegen halb zwei.«

»Hat sie die Veranstaltung allein verlassen?«

»Soweit ich gesehen habe, ja. Aber ich weiß natürlich nicht, ob sie im Foyer noch jemanden getroffen hat.«

Max bedankte sich und legte auf.

»Sie ist um halb zwei gegangen. Allein. Das behauptet zumindest Lanz.«

Böhmer warf Max einen schnellen Blick zu. »Und jetzt?«

»Zu Matuschka. Fotos sichten.«

42

Auf dem Weg zu dem Fotografen rief die Kollegin an, die sich um die Handyortung gekümmert hatte, und teilte Max mit, dass Jennys Telefon zuletzt gegen zwei Uhr an einer Funkzelle in der Nähe des Veranstaltungsortes angemeldet gewesen war. Danach musste es ausgeschaltet worden sein.

Die Beklemmung in Max wuchs. Welchen Grund sollte Jenny gehabt haben, freiwillig ihr Smartphone auszuschalten? Mit jeder Minute, die verging, wurde das mulmige Gefühl in ihm mehr und mehr zur Angst.

Im Gegensatz zu Replay wirkte Matuschka recht ausgeschlafen. Er erklärte sich bereit, ihnen die Fotos zu zeigen, die er auf der Gala geschossen hatte, stellte allerdings gleich klar, dass er sich nicht beeinflussen lassen würde, was die Veröffentlichung der Bilder betraf, die er von Passecks Festnahme gemacht hatte.

Zu Max' Verwunderung gab es sehr viele Aufnahmen von Jenny, auf denen sie mit den verschiedensten Leuten zu sehen war. Als er Matuschka darauf ansprach, nickte er. »Das sind unsortierte Fotos, die ich gemacht habe. Frau Sommer gibt ein gutes Motiv ab, da halte ich gerne ein paarmal öfter drauf, um sicher zu sein, dass nach der Durchsicht und dem Aussortieren noch genügend richtig gute Bilder übrig bleiben.«

»Wann haben Sie die Gala verlassen?«

Matuschka dachte kurz nach. »Das muss gegen zwei gewesen sein. Da war Frau Sommer aber, glaube ich, schon weg.«

Auf vielen der Fotos stand Jenny mit Joe Replay zusammen, auf zwei Aufnahmen auch mit Lanz. Einige der Leute kannte Matuschka, andere wiederum waren auch ihm fremd. Max wählte etwa fünfzehn Fotos aus und bat den Fotografen, sie für ihn auf einen Memorystick zu ziehen. Er wollte im Präsidium einen oder zwei Kollegen der BAO daran setzen, die Identität der Gäste festzustellen, die sich mit Jenny unterhalten hatten.

Auf dem Weg zurück ins Präsidium rief Kirsten an. Schon an der Art, wie sie sich meldete, bemerkte Max, dass etwas nicht stimmte. Wahrscheinlich ging es wieder um Jan. So sehr Max seine Schwester liebte, aber dafür hatte er im Moment keine Zeit.

»Hallo«, entgegnete er kurz, »alles in Ordnung bei dir?«

»Nein, ehrlich gesagt nicht. Es gibt da etwas, das ich gerne mit dir besprechen würde. Kannst du mal bei mir vorbeikommen?«

»Ich bin im Dienst, Kirsten. Du weißt schon, dieser Fall. Keine Ahnung, ob ich noch Zeit haben werde. Tut mir leid, aber das muss ein bisschen warten.«

»Ach … ja, gut, entschuldige. Das war egoistisch von mir. Du hast jetzt wirklich andere Sorgen. Tut mir leid.«

Er hörte ihr die Enttäuschung an und hätte sich gerne mit ihren Problemen befasst, aber es ging jetzt einfach nicht. Sobald sie Jenny gefunden hatten, würde er sofort zu seiner Schwester fahren, das nahm er sich fest vor. »Es tut mir leid, Kirsten. Ich melde mich, sobald es geht, okay? Dann nehme ich mir alle Zeit, die du brauchst.«

»Ja klar, ist gut. Bis dann.«

Als er aufgelegt hatte, sah Böhmer ihn von der Seite an, sagte aber nichts.

Max' Gedanken drehten sich sofort wieder um Jenny. War es doch ein Fehler gewesen, seinen Gefühlen nachzugeben? Und hatte Jennys Verschwinden vielleicht sogar etwas damit zu tun, dass sie mit ihm zusammen war?

Nie zuvor in seinem Leben hatte er sich derart hilflos gefühlt. Er war dazu verurteilt, zu hoffen, dass sein Gefühl ihn dieses Mal täuschte und Jenny sich bald fröhlich und wohlbehalten bei ihm melden und sich wundern würde, wenn sie von den Sorgen erfuhr, die er sich gemacht hatte. Er schwor sich, er würde ihr keine Vorwürfe machen und sie einfach nur in den Arm nehmen und an sich drücken, wenn sie bei ihm war.

Im Präsidium angekommen, gab Max den Stick an zwei Kollegen und bat sie um die Identifizierung der Personen auf den Fotos. »Ruft die Leute an. Fragt, wann Jennifer Sommer gegangen ist und ob sie jemanden dabeihatte. Und beeilt euch. Jede Minute zählt.«

An seinem Platz versuchte er ein weiteres Mal, Jenny zu erreichen, anschließend wählte er wieder die Nummer von Lanz. »Worüber haben Sie mit Jenny gesprochen?«, eröffnete er das Gespräch ohne erneute Begrüßung.

»Wie bitte?«, fragte Lanz überrascht. »Ich verstehe nicht …«

»Ich möchte wissen, worüber Sie und Jennifer Sommer gestern Abend gesprochen haben. Was, zum Teufel, ist an dieser einfachen Frage nicht zu verstehen?«

»Max«, mahnte Böhmer von seinem Platz aus.

»Ich … mein Gott, wir haben Smalltalk gemacht. Nichts Bestimmtes. Gesellschaftsklatsch.«

»Smalltalk, aha. Und über die Morde haben Sie nicht geredet?«

»Nein.«

»Finden Sie das nicht seltsam? Da geschehen grausame Morde in Düsseldorf, und Sie lassen es sich auf einer Gala gutgehen und sprechen kein Wort darüber?«

Er sah Böhmers mahnenden Blick, dachte aber nicht daran, sich zurückzuhalten.

»Ich habe Ihnen Ihre Frage beantwortet, Herr Kommissar.« Lanz' Ton war mit einem Mal deutlich eisiger geworden.

»Warum haben Sie mir nicht gesagt, dass Sie ebenfalls zu der Veranstaltung gehen, als wir gestern Abend telefoniert haben? Und warum sind Sie erst dort aufgetaucht, als Sie davon ausgehen konnten, dass wir nicht mehr da sind?«

»Das habe ich Ihnen doch alles schon erklärt. Ich muss gestehen, dass mir Ihr Ton ebenso wenig gefällt wie die Unterstellungen, die da mitschwingen.«

»Ja, das kann sein. Aber wenn jeder einem erzählt, was ihm gerade in den Sinn kommt, und wenn sich davon dann die Hälfte als Blödsinn herausstellt, ändert sich der Ton schon mal. Das wäre alles.«

Max legte auf und blickte zu Böhmer hinüber, der ihn ernst ansah. »Max, du musst dich zusammenreißen.

Wenn jemand sich über dich beschwert und Jennys Verschwinden offiziell wird, kann Gorges nicht anders, als dich von dem Fall abzuziehen. Und im Moment bin ich fast geneigt, das für eine gute Maßnahme zu halten.«

»Was heißt denn hier, wenn Jennys Verschwinden offiziell wird?«, brauste Max auf. »Was muss denn noch geschehen, damit du einsiehst, dass ihr etwas passiert ist?«

Böhmer seufzte. »Max, wir haben eine Mordserie aufzuklären. Ich verstehe ja, dass du aufgebracht bist, weil deine Freundin sich nicht bei dir meldet, aber noch haben wir keinerlei Anhaltspunkte dafür, dass sie entführt worden ist. Was wir aber haben, sind drei tote Frauen, eine schlimmer zugerichtet als die andere. Um die müssen wir uns kümmern. Dringend!«

»Aber genau darum geht es doch.« Max bemerkte, dass einige der Kolleginnen und Kollegen zu ihm herübersahen, und dämpfte seine Stimme. »Was, wenn dieser Irre sich Jenny geschnappt hat? Ich darf gar nicht daran denken.«

»Ich hoffe und glaube es nicht, aber gerade dann ist es wichtig, dass wir uns weiter intensiv mit dem Fall befassen.«

Max wollte Böhmer all das sagen, was in seinem Kopf tobte, riss sich aber unter Aufbietung aller Kraft zusammen. Sein Partner hatte recht. »Also gut.«

Böhmer nickte zufrieden. »Okay. Dann kann ich dir jetzt ja die Frage stellen, die mich schon den ganzen Tag beschäftigt: Ist es Zufall, dass die Leiche von Miriam Winkel ausgerechnet zu dem Zeitpunkt auftaucht, zu dem Harry Passeck von seiner Frau zu Hause rausgeworfen wird? Obwohl sie da schon fast zwei Wochen tot ist?«

»Du denkst immer noch, er hat was damit zu tun?«

»Sagen wir es mal so: Wenn Passeck unser Mann wäre, könnten wir zumindest einigermaßen sicher davon ausgehen, dass er deine Jenny nicht entführt hat. Er saß bis nach Mitternacht hier bei uns auf dem Präsidium. Wenn Jenny wirklich entführt worden wäre, hätte er von hier aus auf direktem Weg zu der Gala zurückfahren müssen, um sie nicht zu verpassen. Das halte ich für unwahrscheinlich.«

»Aber nicht unmöglich«, entgegnete Max, dessen Verstand wieder zu rotieren begann. »Denken wir das doch mal weiter. Wenn Passeck gezwungen war, seine tote Gespielin loszuwerden, weil er zu Hause rausgeflogen ist, würde das ja bedeuten, er hätte sie im Haus versteckt.«

»Das kann ich mir nicht vorstellen. Viel zu riskant.«

»Ich auch nicht. Warum aber würde er sie uns ausgerechnet zu diesem Zeitpunkt präsentieren?«

Böhmer richtete sich abrupt auf. »Weil das Versteck ebenfalls seiner Frau gehört, aber abseits liegt.«

Max wusste sofort, was er meinte. »Das Jagdhaus.«

Böhmer nickte. »Genau.«

Max hielt es nicht mehr auf dem Stuhl. Mit einem Ruck war er auf den Beinen. »Los, fahren wir dahin.«

»Langsam. Wir werden keinen Durchsuchungsbeschluss für die Hütte bekommen, das weißt du ebenso gut wie ich. Dazu ist unser Gedankenspiel zu vage.«

»Wer redet denn von einem Durchsuchungsbeschluss? Ich will einfach mal da raus und mir das Haus ansehen. Durchs Fenster schauen. Wer weiß, vielleicht fällt uns ja was auf?«

Als Böhmer nicht reagierte, stemmte Max die Hände

in die Hüften. »Hier sitzen wir doch sowieso nur rum und können nichts tun. Also, was ist jetzt? Kommst du mit, oder soll ich allein fahren?«

Böhmer war anzusehen, dass er nicht sehr begeistert war. Trotzdem stand er auf und nickte ergeben.

Den überwiegenden Teil der etwas mehr als halbstündigen Fahrt legten sie schweigend zurück. Sosehr Max sich auch dagegen wehrte, er schaffte es nicht, Reinhardts Stimme zu verdrängen, die er wie in einer Endlosschleife im Ohr hatte.

Anders als im letzten Fall sind dieser Frau die Verletzungen über einen längeren Zeitraum zugefügt worden, hatte er gesagt, nachdem sie Dagmar Martinys Leiche gefunden hatten. *Ich würde die ältesten Wunden auf drei bis vier Tage datieren.*

Drei bis vier Tage unbeschreibliche Qual. Max sah Jennys makellosen Körper vor sich, ihre samtig schimmernde, glatte Haut. Und er sah eine Messerspitze, die sich in diese Haut bohrte und in das Fleisch darunter, es aufschlitzte … sah Jennys Blut hervorquellen, hörte ihre Schmerzensschreie.

Das Haus lag abseits der Straße am Ende eines düster wirkenden Schotterweges, der zwischen eng stehenden Bäumen in den Wald führte. Er war derart mit Schlaglöchern durchsetzt, dass Böhmer an manchen Stellen bis auf Schritttempo abbremsen musste, weil ein Ausweichen kaum möglich war.

Das Haus bestand aus massiven Blockbohlen, war eineinhalbgeschossig und sogar unterkellert, soweit man das von außen beurteilen konnte. Eine Treppe führte auf eine großzügige Holzveranda, von der aus die mit Schnitzereien versehene, massive Eingangstür erreichbar war. Eine Jagdhütte hatte Max sich anders vorgestellt.

»Nett«, lautete Böhmers einziger Kommentar. Max stieg die Treppe hinauf und ließ den Blick über den langen Holztisch und die massiven Stühle auf der Veranda schweifen. Alles war bedeckt mit einer Schicht aus Laub, kleinen Aststückchen und Pflanzenteilen, wie sie auch auf dem Waldboden zu finden waren. Er drückte die Türklinke nach unten, doch erwartungsgemäß war die Tür abgeschlossen.

Neben ihm legte Böhmer die Hände trichterförmig an eine Scheibe und presste das Gesicht dagegen. Max tat es ihm am zweiten Fenster gleich.

Eine dunkle Couch und zwei Sessel bildeten den Mittelpunkt des Wohnzimmers, in das sie schauten. An den Blockbohlenwänden standen ein Bücherregal und eine Vitrine. Der Kaminofen in der Ecke sorgte im Winter sicherlich für gemütliche Wärme. Im hinteren Bereich führte eine schmale Holztreppe nach oben. Nichts deutete darauf hin, dass das Haus in letzter Zeit genutzt worden war.

»Ich schaue mal auf der anderen Seite nach.«

Max stieg die Treppe hinunter und ging um das Haus herum. Auf der Rückseite schloss sich eine etwa tennisplatzgroße Fläche an, vielleicht mal ein Rasen, nun aber glich sie eher einer von Wildblumen durchsetzten Waldlichtung.

Etwa in der Mitte der rückseitigen Hauswand führte eine Holztreppe zum Hintereingang, daneben gelangte man über ein paar Steinstufen nach unten zur Kellertür.

Ohne zu zögern, stieg Max hinab. Diese Tür erschien

ihm weniger massiv als der Vordereingang, aber auch sie war verschlossen. Ohne weiter darüber nachzudenken, nahm Max Schwung und ließ sich mit seinem ganzen Körpergewicht gegen das Holz fallen. Der Schmerz, der ihm im nächsten Moment von der Schulter ausgehend durch den Oberkörper fuhr, wich der Überraschung, als die Tür tatsächlich aufflog und Max in den Keller hineinstolperte.

Er fing sich schnell, rieb die schmerzende Schulter und sah sich in dem Raum um. Links von ihm war ein Regal angebracht, auf dem allerlei Werkzeuge herumlagen. Die meisten davon waren verrostet. Auf der anderen Seite standen ein altes Fitnessfahrrad und ein mit Spinnweben überzogener Rasenmäher. Max durchquerte den Raum und öffnete die Tür auf der gegenüberliegenden Seite. Sie führte in einen Flur, von dem zwei weitere Türen abgingen. Ganz links waren die untersten Stufen einer Treppe zu erkennen. Nachdem er einen kurzen Blick in die beiden anderen Kellerräume geworfen und dort nichts außer der Heizung und einem Hauswirtschaftsraum entdeckt hatte, ging er zu der Treppe. Plötzlich hörte er hinter sich Böhmers Stimme: »Max, verdammt, hast du den Verstand verloren?«

Max ließ sich nicht irritieren. Ohne sich umzudrehen, sagte er: »Ich hätte nicht gedacht, dass die Tür so einfach aufgeht. Jetzt kann ich mich auch mal kurz umsehen.«

Am oberen Ende der Treppe gelangte er in einen kleinen Flur, von dem Türen zu einer Küche, einem Badezimmer und dem Wohnzimmer führten, das sie von außen gesehen hatten.

Böhmer erreichte Max, als er sich im Wohnzimmer umschaute. »Lass das jetzt«, zischte Böhmer seinem Partner zu. »Wir verschwinden sofort wieder von hier. Wir sind Polizisten und keine Einbrecher.«

Max drehte sich zu ihm um.

»Nun mach dir mal nicht ins Hemd. Jetzt ist es sowieso egal. Wir sind drin, da wäre es doch bescheuert, sich nicht wenigstens mal umzusehen. Du kannst ja abhauen, wenn du Schiss hast, aber ich will wissen, ob es hier irgendetwas gibt, das uns einen Hinweis liefert. Vielleicht waren die Frauen wirklich hier.« Er sah zur Treppe. »Vielleicht ja da oben? Du willst nicht mal nachsehen, sondern einfach verschwinden? Dann mach's gut.«

Wütend stampfte er an Böhmer vorbei zur Treppe.

Der obere Bereich bestand nur aus einem großen Zimmer mit Dachschrägen, die fast bis zum Boden reichten. Als Max die letzte Stufe erreicht hatte und einen ersten Blick in den Raum warf, erstarrte er.

43

An der gegenüberliegenden Wand stand unter einem Fenster ein französisches Bett mit einem Stahlrohrgestell als Kopfteil. An diesem Gestell waren an verschiedenen Stellen Handschellen angebracht. Auf einem Regal daneben lagen Lederpeitschen, Latexmasken, Vibratoren in allen Größen und Formen und sonstige Gerätschaften, deren Zweck Max nur erahnen konnte. Von den Holzbalken an der Decke hingen Ketten, an deren Enden ebenfalls Handschellen angebracht waren, daneben ein Wirrwarr an Lederriemen und -schlaufen sowie eine Liebesschaukel.

»Scheiße«, keuchte Böhmer, der Max gefolgt war und nun neben ihm stand.

»Hab ich es dir nicht gesagt?« Max wusste zwar noch nicht genau, wie er das einordnen sollte, was sie da vorgefunden hatten, sah sich aber zumindest in seinem Vorgehen bestätigt. »Da haben wir wohl Herrn Passecks kleines Spielzimmer gefunden.«

Vorsichtig, als könne er durch einen falschen Schritt etwas beschädigen oder Spuren verwischen, ging er in den Raum hinein. Böhmer folgte ihm, wobei er darauf achtete, keine der Ketten oder Lederriemen zu streifen, die von der Decke herabhingen.

Vor dem Regal blieb Max stehen und betrachtete eingehend die verschiedenen Utensilien. Er drehte sich erst zu Böhmer um, als der sich hinter ihm räusperte.

»Ich glaube, du irrst dich.«

»Was?«

»Du meintest, das sei Passecks Spielzimmer. Ich glaube, du irrst dich.«

Max verstand nicht. »Wieso?«

Böhmer deutete in den schulterhohen Schrank, dessen Türen er geöffnet hatte. Max erkannte nur einen großen Flachbildschirm, erst als er näher herantrat, sah er, was sein Partner meinte. Auf Regalbrettern im Inneren des Schrankes standen und lagen etliche DVD-Hüllen. Es handelte sich augenscheinlich um Pornofilme, und ebenso deutlich zu erkennen war noch etwas anderes, zumindest auf den Covern, die offen dalagen. Er nahm einige Filme heraus, die aufgereiht nebeneinander standen, betrachtete die Hülle, griff nach dem Nächsten. Sie alle hatten eines gemeinsam: Es waren ausschließlich Lesbenpornos.

»Kacke«, entfuhr es ihm.

»Tja«, meinte Böhmer. »Wie es aussieht, spielt hier nicht Harry Passeck, sondern seine Frau.« Er wandte sich Max zu und sah ihn ernst an. »Du bist eindeutig zu weit gegangen.«

Max deutete mit einer ausladenden Handbewegung in den Raum. »Und das hier?«

Böhmer sah sich um. »Was ist damit? Beate von Braunshausen lebt hier offenbar ihre sexuellen Phantasien aus. Das ist Geschmackssache, aber nicht verboten. Und vor allem ist es kein Grund, in ein Haus einzubrechen. Du verlierst gerade die Kontrolle über dich, Max. So kenne ich dich nicht.«

Max wusste nicht, was er darauf entgegnen sollte. Ihm fielen eine Menge Antworten ein, aber jede einzelne wäre nichts weiter als eine Trotzreaktion gewesen, die Böhmer sofort zerpflückt hätte. Das machte ihn noch wütender. Er war nicht nur unfähig, Jenny zu finden, nein, er war nicht einmal mehr in der Lage, sein Verhalten gegenüber seinem Partner zu verteidigen. Also sah er sich einfach wieder in dem Schlafzimmer um.

»Das mag ja alles von Passecks Frau sein, aber was sollte ihn daran hindern, es zu benutzen?«

Böhmer legte ihm eine Hand auf die Schulter. »Wir verschwinden jetzt von hier. Los.« Die Geste hatte etwas Tröstendes, aber am liebsten hätte Max Böhmers Hand wütend weggeschlagen.

»Ich möchte, dass endlich eine Fahndung nach Jenny eingeleitet wird«, sagte er stattdessen bestimmt.

Böhmer nickte. »Wir werden sehen. Und jetzt raus hier.«

In der Einsatzzentrale kam ihnen Kaufmann entgegen. »Der Chef hat vor fünf Minuten nach euch gefragt.«

Max wunderte sich, dass Polizeirat Gorges im Präsidium war. Die Sonntage mit seiner Familie waren ihm grundsätzlich heilig, egal, ob es gerade einen aktuellen Fall gab oder nicht.

Ein Anzeichen dafür, wie groß der Druck auf ihn mittlerweile geworden war.

»Na dann …« Böhmer wandte sich um und machte sich, gefolgt von Max, auf den Weg zum Büro ihres Chefs.

Gorges sah ihnen ernst entgegen, als sie sein Büro betraten. Er wartete, bis sie vor seinem Schreibtisch

Platz genommen hatten, dann lehnte er sich in seinem Stuhl zurück. »Also, wo stehen wir? Und was war gestern Abend auf dieser Veranstaltung los? Ich hatte heute Morgen schon einen Anruf von der Staatsanwältin, die wiederum ein langes Telefonat mit Dr. Farscheidt geführt hatte. Er sagt, Sie hätten Herrn Passeck gestern Abend keine Möglichkeit gegeben, ihn als seinen Rechtsbeistand zu verständigen.«

»Das ist Blödsinn«, entgegnete Böhmer und schilderte ihm in knappen Sätzen, was sich seit dem Vortag alles ereignet hatte. Sein Bericht endete mit einer Beschreibung dessen, was sie in Beate von Braunshausens Jagdhütte entdeckt hatten.

»Wie sind Sie da reingekommen?«, wollte Gorges wissen, woraufhin Böhmer den Blick senkte.

»Ich habe die Kellertür aufgebrochen«, erklärte Max, und ehe ihr Chef darauf reagieren konnte, fügte er hinzu: »Wir müssen sofort eine Fahndung nach Jennifer Sommer rausgeben. Sie ist seit letzter Nacht verschwunden, und wir müssen davon ausgehen, dass sie das nächste Opfer dieses Irren sein könnte.«

Gorges hob die Brauen und warf Böhmer einen verwunderten Blick zu, bevor er sich wieder an Max wandte. »Moment mal, eins nach dem anderen. Sie haben grundlos die Tür eines Privathauses aufgebrochen? Ohne richterliche Anordnung? Und dann auch noch ausgerechnet das Jagdhaus von Marius von Braunshausen? Sind Sie denn von allen guten Geistern verlassen?«

»Es war nicht grundlos. Wir dachten … *Ich* dachte, dort vielleicht einen Hinweis zu finden, der uns weiterbringen könnte.«

Gorges atmete zischend aus und wandte sich an Böhmer.

»Wer ist Jennifer Sommer?«

»Sie ist Schauspielerin, wie Miriam Winkel und …«, erklärte Max, doch Gorges stoppte ihn mit einer Handbewegung. »Danke, Sie können schon mal rausgehen. Den Rest kläre ich mit Herrn Böhmer.«

Max wollte noch etwas hinzufügen, beherrschte sich aber, stand wortlos auf und verließ das Büro.

Es dauerte etwa zwanzig Minuten, bis Böhmer zurückkam. In dieser Zeit saß Max an seinem Schreibtisch und starrte auf den Monitor, auf dem nichts zu sehen war als die Suchmaske von Google. Sein Verstand überschwemmte ihn erneut mit Bildern von Jenny, die dem wahnsinnigen Killer hilflos ausgeliefert war. Gefesselt, misshandelt, gequält. Und er saß tatenlos herum und konnte nichts tun. Es war zum Verrücktwerden.

Er schreckte zusammen, als Böhmer ihm die Hand auf die Schulter legte. »Komm mal mit.«

Max sah zu seinem Partner hoch, dessen Gesichtsausdruck nichts Gutes verhieß. Er stand auf und folgte Böhmer auf den Flur, wo dieser stehen blieb und ohne Umschweife zur Sache kam. »Wir werden eine Fahndung nach Jenny rausgeben, aber Gorges hat dich von dem Fall abgezogen.«

Max hoffte, sich verhört zu haben. Das konnte, das durfte nicht sein. »Was?«

»Tut mir leid. Als er hörte, dass du und Jenny …«

»Wieso hast du ihm das erzählt?«, fuhr Max seinen Partner an.

Der hob die Hände. »Herrgott, was hätte ich denn

tun sollen? Er hat mich direkt danach gefragt. Ich kann ihn doch nicht anlügen. Und dann noch diese Sache mit der Jagdhütte … Max, ich denke, es ist wirklich besser so. Fahr nach Hause und such dir etwas, das dich ablenkt. Ich werde dich auf dem Laufenden halten.«

»Scheiße. Hast du sie nicht mehr alle? Ich hocke mich doch nicht zu Hause hin und löse Kreuzworträtsel, während Jenny in der Hand dieses Wahnsinnigen ist. Das kannst du vergessen.« Max war so laut geworden, dass eine Tür schräg gegenüber geöffnet wurde und eine Kollegin sie fragend ansah. Böhmer bedeutete ihr mit einer Geste, dass alles in Ordnung sei, woraufhin sie wieder in ihrem Büro verschwand.

»Ich gehe jetzt zu Gorges.« Max wollte sich abwenden, doch Böhmer hielt ihn am Arm fest und zischte: »Verdammt nochmal, das tust du nicht. Ich konnte ihn gerade noch davon abhalten, ein Disziplinarverfahren gegen dich einzuleiten. Du weißt genau, dass er keinen Spaß versteht, wenn es um die Dienstvorschriften geht. Jetzt sei vernünftig und geh nach Hause.«

Mit einem Ruck befreite Max sich aus Böhmers Griff; er war so wütend, dass er sich am liebsten auf ihn gestürzt hätte. Stattdessen wandte er sich brüsk ab und ging zurück in die Einsatzzentrale, um unter den verwunderten Blicken der Kollegen ein paar Sachen zusammenzusuchen.

Fünf Minuten später verließ er das Präsidium, ohne noch ein Wort mit Böhmer gesprochen zu haben. Eine Mischung aus Wut, Enttäuschung und der Sorge um Jenny brodelte in ihm und nahm ihm fast die Luft zum

Atmen. Er rannte zu seinem Auto, und als er die Tür hinter sich zugeschlagen hatte, war es mit seiner Beherrschung vorbei. Wie ein Besessener hämmerte er mit der Faust gegen das Lenkrad, spürte kaum den Schmerz in den Knöcheln. »Scheiße, Scheiße, Scheiße!«

Irgendwann ließ er die Hände einfach sinken und kippte über das Lenkrad nach vorn. Von einer Sekunde zur nächsten war alle Kraft aus seinem Körper gewichen. Er fühlte sich, als hätte er gerade einen Marathonlauf hinter sich gebracht.

Jenny. Er dachte ihren Namen, er sah ihr Bild vor sich, spürte ihre Berührungen und glaubte, den Duft ihres Atems wahrzunehmen. Und erneut hätte er aufschreien können vor Schmerz, wenn er sich vorstellte, dass sie in der Gewalt dieses Wahnsinnigen war. Mit einer unendlich müden Bewegung zog er sein Smartphone heraus, kontrollierte die Nachrichten und die Anrufliste. Nichts.

Wie von einer unsichtbaren Hand geführt, startete Max den Wagen, lenkte ihn vom Parkplatz auf die Straße und schlug die Richtung zu Jennys Wohnung ein. Zwanzig Minuten später parkte er direkt vor dem Haus im absoluten Halteverbot, ging zur Haustür, klingelte wieder und wieder, gab irgendwann resigniert auf.

Den Weg in seine Wohnung legte er wie in Trance zurück. Als er die Wohnungstür aufschloss, konnte er sich nicht einmal mehr daran erinnern, welche Route er gefahren war.

Er ließ sich auf die Couch fallen und gab sich dem Gefühl der Hilflosigkeit und Verzweiflung hin. Dachte an Jenny und immer wieder an Jenny. Nach einer Weile stand er auf, ging zu dem modernen Sideboard und nahm eine Flasche Hendricks und ein Glas heraus. Dann begann er, gegen den Schmerz anzutrinken.

44

Ich bin aufgeregt.

Weil ich weiß, dass ich jetzt endlich auf dem richtigen Weg bin. Auch wenn es ein schmerzlicher Schritt war, mich von dir zu trennen, er war notwendig, und er war richtig. Das weiß ich, spätestens seit sie *bei mir ist. Und ich weiß, du würdest es verstehen. Ich könnte mich nicht so auf sie konzentrieren, wie es nötig ist, wenn ich wüsste, du bist noch da. Hier, in meiner Nähe.*

Ich habe lange nur dagesessen und sie angesehen. So, wie ich dich stundenlang betrachtet und mir dabei vorgestellt habe, wie es sein wird, wenn unsere Körper sich ganz nahe sind. Wenn ich mich immer mehr fallen lassen und mein Tun mehr und mehr von der sich langsam steigernden Ekstase bestimmt werden würde.

Fast ist es ein bisschen unfair ihr gegenüber, dass ich sogar jetzt, wo ich bei ihr bin, an dich denke. Und doch ist es anders als bei den anderen zuvor, als du noch körperlich anwesend warst. Ich bin nicht mehr so gehemmt.

Ich gehe zu ihr. Ihre Augen weiten sich, und sie sagt etwas, das ich nicht verstehen kann. Das Klebeband …

Jetzt sieht sie, was ich ihr mitgebracht habe. Sie zerrt an den Fesseln, ihre Stimme wird lauter. Tränen lösen sich aus ihren Augenwinkeln. Sie versucht, die gespreizten Beine zusammenzudrücken. Als ob es die Riemen nicht gäbe, die sie auseinanderhalten.

Ich muss lächeln. Wie unwissend sie noch ist. Genau wie du am Anfang. Sie hat Angst, weil sie diese Erfahrung noch nicht gemacht hat, weil sie noch nicht weiß, wie eng Schmerz und Lust beieinanderliegen. So eng, dass es das eine ohne das andere nicht wahrhaftig geben kann.

Sanft streiche ich mit der Klinge über die Innenseiten ihrer Oberschenkel. Ihre Beine vibrieren vor Lust, ihr ganzer Körper vibriert, ich sehe es deutlich.

Jetzt erreicht die Spitze die Stelle zwischen ihren Beinen. Ich steche zu, kurz und nicht tief. Es ist eher ein Andeuten dessen, was wir noch miteinander erleben werden. Ihr Körper bäumt sich unter ihrer Lust auf, sie brüllt ihre Gier gegen das Klebeband an, doch ich ziehe die Klinge zurück. Nein, es gibt nicht mehr. Noch nicht. Süße Qual des Wartens. Des Er-wartens. Ich teile sie mit ihr. Und ich weiß, mit ihr wird es gelingen. Bald.

Sehr bald.

45

Montag

In Max' Kopf tobte ein Presslufthammer, sein Magen fühlte sich an, als kneteten zwei kräftige Fäuste ihn durch.

Er stand vornübergebeugt vor dem Badezimmerspiegel, die Hände auf dem Rand des Waschbeckens abgestützt, und starrte in sein aufgequollenes Gesicht, das ihm so fremd war wie selten zuvor. Auch konnte er sich nicht erinnern, wann er sich nach einem Besäufnis zum letzten Mal übergeben hatte. Er wusste weder, wie viel Gin er in sich hineingeschüttet hatte, noch, wann er auf der Couch eingeschlafen war. Er wollte auch nicht darüber nachdenken. Allein der Gedanke an Alkohol ließ ihn erneut würgen.

Nun war es jedenfalls acht Uhr am Morgen, und er fühlte sich in mehrfacher Hinsicht fürchterlich, denn trotz der Übelkeit und der hämmernden Kopfschmerzen dachte er sofort wieder an Jenny.

Er war also beurlaubt. Ausgerechnet jetzt, wo Jenny ihn brauchte, nachdem sie quasi vor seinen Augen entführt worden war. Warum war er so leichtsinnig gewesen, sie ungeschützt zu lassen, obwohl er doch genau wusste, dass dieser Wahnsinnige da draußen herumlief und Frauen entführte. Um sie dann tagelang zu quälen … »Nein, verdammt!«

Max erschrak vor seiner eigenen Stimme. Er starrte auf sein Spiegelbild, aus geröteten Augen, die halb von den geschwollenen Lidern verdeckt wurden. Nein, er sah nicht fürchterlich, er sah ekelerregend aus.

Angewidert wandte er sich um und trat in die Dusche, wobei er darauf achten musste, nicht das Gleichgewicht zu verlieren. Sein Kreislauf spielte noch verrückt.

Er drückte den Temperaturregler ganz nach rechts und stellte mit einem Ruck das Wasser an. Der eiskalte Schwall ließ ihn aufschreien, doch er zwang sich dazu, stehen zu bleiben und die Kälte zu ertragen. Er wusste, das würde seine Lebensgeister zumindest teilweise wieder zurückbringen. Mindestens eine Minute harrte er zitternd unter dem kalten Wasserstrahl aus, bevor er die Temperatur höher stellte, um die nächsten Minuten prustend unter dem dampfenden Wasser stehen zu bleiben. Als Max sich abtrocknete, ging es ihm schon etwas besser.

An ein Frühstück war nicht zu denken, lediglich zu einer großen Tasse Kaffee zwang er sich, obwohl sein Magen zu rebellieren drohte. Es war halb zehn, er verließ die Wohnung und machte sich auf den Weg zu seinem Auto. Er fühlte sich noch immer etwas wackelig auf den Beinen, aber er hatte keine Zeit, sich auszuruhen. Er musste Jenny finden.

Während der Fahrt kreisten seine Gedanken unablässig um sie, nur um sie. Wieder und wieder erzeugte sein Verstand diese furchtbaren Bilder, in denen Jenny vor Angst und Schmerzen fast den Verstand verlor, während dieser Wahnsinnige seine abartigen Spielchen mit ihr trieb. Immer wieder schlug Max auf das Lenkrad.

Der Verkehr in der Innenstadt war so dicht, dass er erst um kurz nach zehn vor der Villa von Beate von Braunshausen ankam.

Er musste zweimal klingeln, bis die Hausherrin ihm die Tür öffnete und ihn überrascht ansah. »Sie schon wieder? Ich habe Ihnen bereits alles gesagt, was es zu sagen gibt, und wüsste nicht, was dem noch hinzuzufügen wäre.« Offenbar hatte sie nicht vor, ihn hereinzubitten.

»Und – wenn ich das hinzufügen darf – so, wie Sie gerade aussehen, halte ich eine inhaltlich sinnvolle Unterhaltung mit Ihnen sowieso für eher unwahrscheinlich.«

»Wie wäre es mit ein paar Geschichten über das Jagdhaus Ihres Vaters?«

Ihr Gesichtsausdruck veränderte sich auf eine Art, die Max erkennen ließ, dass sie sofort begriff, worauf er anspielte. »Ich wüsste nicht, was die Jagdhütte mit Ihren Ermittlungen zu tun haben könnte.«

»Es reicht auch vollkommen, wenn ich es weiß. Wann waren Sie zum letzten Mal dort?«

»Waren Sie denn dort?«

Die selbstherrliche Art der Frau ging Max gewaltig auf die Nerven, aber er wusste, er musste vorsichtig sein, wenn er nicht schlimmere Konsequenzen als die temporäre Beurlaubung in Kauf nehmen wollte.

»Frau von Braunshausen, ich bitte Sie, einfach nur meine Fragen zu beantworten.«

»Andernfalls?«

»Was?«

»Wenn ich keine Lust mehr habe, Ihre Fragen zu beantworten, was passiert dann?«

Etwas in Max veränderte sich. Nicht langsam, schleichend, sondern mit einem Schlag, so, als hätte die Frau auf einen Knopf in ihm gedrückt, über dem deutlich stand: *Nicht berühren.*

»Was dann passiert? Es kann sein, dass eine unschuldige, junge Frau qualvoll getötet wird. Dann können Sie mit Stolz behaupten, dass Sie eine Mitschuld an ihrem Tod tragen, weil Sie erfolgreich die Ermittlungen behindert haben, verdammt nochmal.« Er war mit jedem Satz lauter geworden.

Sie lachte trocken. »Ich? Warum sollte ich die Ermittlungen behindern?«

»Aus Überheblichkeit und fehlendem Mitgefühl anderen gegenüber, zum Beispiel.«

Die Herablassung in ihrem Blick war nicht mehr zu überbieten. »Vielleicht muss die junge Frau aber auch sterben, weil Sie einfach unfähig sind und deshalb in diesem Fall keinen Meter weiterkommen?«

»Oder weil Sie zu feige sind, zu Ihren lesbischen SM-Spielchen zu stehen, für die Sie sich mit Ihren Gespielinnen im Jagdhaus Ihres Vaters verstecken.« In dem Moment, in dem Max das letzte Wort aussprach, wusste er, dass er sich zu einem groben Fehler hatte hinreißen lassen.

Das Gesicht der Frau schien zu versteinern.

»Wie kommen Sie auf diese Idee?«

»Ist es denn nicht so?«

Sie sah ihm drei, vier Sekunden lang starr in die Augen. »Das Gespräch ist beendet«, sagte sie dann und schlug ihm die Tür vor der Nase zu.

Eine Weile stand Max regungslos da, das Gesicht nur Zentimeter von der geschlossenen Tür entfernt. Er atmete schwer. Er war so aufgebracht, dass er am liebsten mit den Fäusten gegen das massive Holz gehämmert und die Frau angeschrien hätte, sie solle sofort wieder öffnen. Der Teil seines Verstandes, der noch halbwegs funktionierte, sagte ihm aber, dass ihn das nicht weitergebracht, sondern eher seine Schwierigkeiten noch verschlimmert hätte.

Also wandte er sich ab, stapfte zu seinem Auto und fuhr los. Wohin, das wusste er nicht. Wahllos bog er hier und da ab, reihte sich in den dichten Verkehr ein, stand vor roten Ampeln. Er konnte sich nicht erinnern, je zuvor in seinem Leben in einem ähnlichen Zustand gewesen zu sein, beherrscht von einer Mischung aus Verzweiflung und blanker Wut.

Er fuhr an Jennys Wohnung vorbei und wurde sich dessen erst bewusst, als er sie schon wieder hinter sich gelassen hatte. Am Ulanendenkmal parkte er den Wagen, stieg aus und lief über die Inselstraße zum Museum Kunstpalast. Im Ehrenhof blieb er stehen und stellte sich vor, wie Jenny aus dem Gebäude gekommen war, vielleicht gemeinsam mit einem Mann, und wie sie dann in dessen Auto einstieg. Aber wenn das so gewesen war, hätte irgendjemand etwas beobachten müssen. Ja, sie hatten die Leute befragt, mit denen sie sich an dem Abend unterhalten hatte, aber was war mit denjenigen, die nicht auf der Gala gewesen waren? Die vielleicht ganz zufällig draußen vorbeigelaufen waren und gesehen hatten, zu wem Jenny ins Auto gestiegen oder mit wem sie weggegangen war? Sie mussten … nein, nicht sie. *Böhmer* musste einen Aufruf an die Bevölkerung in den Zeitungen platzieren und darin … Sein Handy klingelte. Das Böhmer-Klingeln. Was war das? Gedankenübertragung?

»Horst«, meldete Max sich hastig. »Gut, dass du anrufst, ich wollte auch gerade …«

»Halt, stopp«, unterbrach Böhmer ihn lautstark. »Du irrst dich, es ist nicht gut, dass ich anrufe. Überhaupt nicht. Weil ich gerade aus Gorges' Büro komme. Ich bin rausgegangen, als Rauch aus seinen Nüstern kam, als er kurz davor war, Feuer zu spucken. Dämmert da was bei dir?«

»Nein, ich … Hör zu, ihr müsst …«

»Nein, verdammt, jetzt hörst du mir zu.« Böhmer wurde immer lauter. »Der Alte von Braunshausen hat bei der Staatsanwaltschaft angerufen und die Befürchtung geäußert, du könntest in das Jagdhaus seiner Tochter eingebrochen haben. Daraufhin hat die Möllemann bei Gorges im Büro gestanden und ihm die Hölle heißgemacht. Du kannst von Glück reden, dass du Gorges das gebeichtet hast. Er hat gegen seine Überzeugung die Hand über dich gehalten und was von dringendem Tatverdacht gegen Passeck erzählt und von Gefahr im Verzug gefaselt. Ärger wird er dennoch bekommen. Ich soll dir ausrichten, wenn er noch einmal deinen Namen in Verbindung mit diesem Fall hört, lässt er dich fallen. Dann kannst du deine Karriere vergessen und dir einen anderen Job suchen.«

»Ja, okay, aber jetzt hör mir doch bitte mal zu: Ihr

müsst unbedingt einen Aufruf an die Bevölkerung rausgeben, ob jemand nach der Gala Jenny draußen gesehen hat. Mit einem Mann. Und alle Taxifahrer befragen, die in der Nacht …«

»Sag mal, hältst du mich für einen Anfänger? Das ist alles längst in die Wege geleitet. Max, noch einmal: Halte dich ab jetzt aus diesem Fall raus. Und begib dich ja nicht mehr auch nur in die Nähe von Passecks Frau, sonst kann niemand mehr etwas für dich tun. Hast du das verstanden?«

»Diese eiskalte Schlampe«, tobte Max. »Du hättest mal erleben müssen, wie die sich mir gegenüber verhalten hat. Dass Jennys Leben auf dem Spiel steht, interessiert sie einen Scheiß. Ich hätte ausrasten können.«

»Max! Hast du verstanden, was ich dir gesagt habe?«

»Ja, ja, ja! Ich bin ja nicht taub. Tschüss.«

Wütend ließ er das Handy sinken und sah sich um.

Er hatte während des Telefonats den Ehrenhof auf der entgegengesetzten Seite wieder verlassen, hatte die Straße überquert und ging nun durch das Rheingärtchen zu seinem Wagen zurück. Spaziergänger kamen ihm entgegen, ein Mann mit seinem Hund, ein eng umschlungenes junges Paar, lachend, das Leben genießend. Max fragte sich, ob er jemals mit Jenny so durch einen Park laufen würde. Und gleichzeitig stellte er fest, dass die Gefühle, die er für diese Frau schon nach den wenigen Tagen entwickelt hatte, tiefer waren als alles, was er bisher einer Frau gegenüber empfunden hatte. Der Gedanke, dass jemand ihm Jenny wegnehmen könnte, schnürte ihm den Hals derart zu, dass das Atmen schwerfiel. Er musste unbedingt mit jemandem sprechen, der ihn gut genug kannte, um einschätzen zu können, was in ihm vor sich ging. Es gab nur einen Menschen, auf den das zutraf, und das war seine Schwester.

Er wählte Kirstens Festnetznummer, hörte ungeduldig das Freizeichen und legte auf, als die Mailbox sich einschaltete. Dann wurde ihm klar, dass es schon Montag war und seine Schwester wohl arbeitete. Also rief er sie auf dem Handy an und hatte sie Sekunden später am Apparat.

»Hi, ich bin's, dein treuloser Bruder.« Die fröhlichen Worte wurden von seiner matten Stimme Lügen gestraft.

»Was ist los?«, fragte Kirsten ohne Umschweife.

»Großer Mist. Ich muss dringend mit jemandem reden. Kann ich zu dir kommen, wenn du Feierabend hast?«

»Ist es so schlimm, wie es sich anhört?«

Er zögerte, doch nur kurz. »Es ist schlimmer.«

»Dann sehen wir uns in einer halben Stunde bei mir. Ich mache Feierabend.«

»Nein, ich …«, setzte er an, überlegte es sich dann aber anders. Es war nicht die Zeit für falsche Rücksichtnahme. »Gut, bis gleich. Danke.«

46

Um Viertel nach zwölf saß er seiner Schwester in deren Wohnzimmer gegenüber und hatte eine dampfende Tasse Kaffee vor sich. Neben der Sorge um Jenny bedrückte ihn auch das schlechte Gewissen, weil Kirsten auf seinen Anruf hin sofort gekommen war, im Gegensatz zu seiner Reaktion auf ihren besorgten Anruf am Sonntagvormittag, als er sehr kurz angebunden reagiert hatte.

Kirsten stand mit ihrem Rollstuhl so dicht vor ihm, dass ihre Fußspitzen seine Beine berührten. »Also, schieß los, was ist passiert?«

Max beugte sich nach vorn und ergriff ihre Hände. »Nein, zuerst möchte ich jetzt wissen, warum du mich gestern angerufen hast.«

»Das ist doch jetzt nicht …«

»Doch, es ist wichtig, und es tut mir wirklich sehr leid, dass ich mir keine Zeit für dich genommen habe. Entschuldige, bitte.«

Sie schüttelte den Kopf. »Für mich ist es kein Problem, einen halben Tag freizumachen. Bei deinem Job ist das was anderes. Vor allem in diesem Fall.«

»Trotzdem möchte ich jetzt wissen, worum es ging. Danach kommen wir zu meinem Thema.«

»Ach … ich interpretiere da vielleicht zu viel hinein, aber … seit einiger Zeit bekomme ich ganz seltsame

Nachrichten über Facebook. Erst war es ein Kerl namens Thomas. Er schrieb so eigenartige Dinge: dass es doch traurig sei, als junge Frau an den Rollstuhl gefesselt zu sein und keinen richtigen Sex haben zu können, zumindest nicht so, dass er einen Mann wirklich zufriedenstellt.«

»Ach, das war sicher irgendein verklemmter Typ. Hast du ihn blockiert?«

»Ja, aber ich frage mich, woher er weiß, dass ich im Rollstuhl sitze. Ich habe das nirgendwo auf Facebook geschrieben, und Fotos von mir gibt es dort keine, außer zwei Porträtaufnahmen. Er muss mich also irgendwoher kennen.«

»Wann war das?«

»Diese erste Nachricht kam vor etwa vier Wochen.«

»Hm … Aber wenn du ihn blockiert hast, kann er dich ja nicht mehr belästigen.«

»Nein, aber das ist ja das Merkwürdige. Ein paar Tage später bekam ich dann eine Nachricht von einem anderen User namens Dirk. Er schrieb, dass ich offenbar recht dünnhäutig wäre. Aber bald würde ich jemandem ganz nahe kommen, der anders sei als die üblichen Schlappschwänze, mit denen ich es bisher zu tun gehabt hätte. Danach kam eine Nachricht von einem Andreas und dann eine von Michael. Jedes Mal, wenn ich einen User blockiert habe, kamen neue Nachrichten über ein anderes Profil. Die Abstände wurden immer kürzer, die Nachrichten immer persönlicher und ekliger. Dann wurde es mir zu unheimlich, und ich habe die Möglichkeit, mir Nachrichten zu schicken, ebenso gesperrt wie das Posten auf meinem Profil.«

»Das war genau das Richtige.«

»Ja, das dachte ich auch. Und dann kam gestern das.« Kirsten hielt ihm ihr Smartphone hin, nachdem sie zwei-, dreimal darauf herumgeklickt hatte. Was er sah, war eine Nachricht über WhatsApp von jemandem, der offenbar nicht zu Kirstens Kontakten zählte, denn statt eines Namens war nur eine Telefonnummer hinterlegt.

Hallo Kirsten, schade, dass wir nicht mehr über FB kommunizieren können, aber es gibt ja zum Glück genügend andere Wege. Ich würde mich gerne ein bisschen mit dir über Sex unterhalten. Kennst du Cybersex? Bestimmt, oder? Das ist doch für jemanden wie dich eine der wenigen Möglichkeiten, deine Phantasien mal auszuleben. Ich kann dir helfen, glaube mir. Ich bin gut im Cybersex.

Und irgendwann werden wir uns dann real treffen. Keine Angst, du musst nichts dafür tun. Ich kümmere mich um alles. Irgendwann stehe ich vor dir.

Max zog sein Handy hervor und notierte sich die Telefonnummer. »Ein Spinner, und ein dämlicher noch dazu.«

Er versuchte, unbekümmert zu klingen, obwohl die Nachricht ihn beunruhigte. »Ich kümmere mich darum. Den Besitzer der Nummer haben wir schnell. Der wird sich nicht mehr melden, darauf kannst du dich verlassen.«

»Ja, gut«, sagte sie, aber Max spürte, dass sie nicht wirklich beruhigt war. »So. Und jetzt du. Was ist los?«

Max steckte das Telefon ein und begann zu erzählen.

Von Jennys Verschwinden und seinen Gedanken und Ängsten, dem Einbruch in das Jagdhaus und was sie dort vorgefunden hatten, seiner Beurlaubung und seinen Gesprächen mit Beate von Braunshausen, Passeck und Co. Dabei beschränkte er sich auf die Begegnungen der letzten beiden Tage.

»Gorges hat mich beurlaubt, weil er das tun musste, das weiß ich. Aber die Vorstellung, dass Jenny sich in der Gewalt dieses Psychopathen befindet … Ich kann doch nicht einfach nur herumsitzen und warten, was Böhmer und die Kollegen unternehmen. Aber alles, was ich tue, wird man mir als Missachtung der Dienstvorschrift auslegen. Im schlimmsten Fall bin ich meinen Job los. Kannst du verstehen, wie wahnsinnig mich das macht?«

»Ja, aber dir wird nichts anderes übrigbleiben, als auf deinen Partner zu vertrauen«, sagte Kirsten, als Max das Gesicht in den Händen verbarg.

Er ließ die Arme wieder sinken. »Das ist mir zu wenig. Ich weiß ja, dass Böhmer ein erfahrener Polizist ist, aber … seine Art zu denken ist recht altmodisch. Wir sind ein gutes Team, weil wir uns ergänzen, aber er allein …«

»Weiß er, wie wenig du von ihm hältst?«

»Was? Nein, das stimmt nicht, das habe ich nicht gesagt. Im Gegenteil, ich halte sehr viel von ihm, ich denke eben nur …«

»Dann vertraue ihm, Max. Er weiß, wie viel Jennifer dir bedeutet, und wird alles tun, was in seiner Macht steht.«

Max nickte. Natürlich würde Böhmer sein Möglichstes tun, trotzdem konnte er selbst nicht bloß tatenlos herumsitzen.

»Du hast wahrscheinlich recht. Jedenfalls hat es mir sehr gut getan, mit dir zu reden. Dafür danke ich dir.« Max stand auf und küsste Kirsten auf die Stirn. »Und um diesen Spinner mit den Nachrichten kümmere ich mich gleich. Das kriege ich auch noch als Beurlaubter hin.«

Sie umarmten sich ausgiebig. Dann verließ Max Kirstens Wohnung. So sehr er sich noch kurz zuvor danach gesehnt hatte, ihr seine Sorgen und Befürchtungen zu erzählen, so unruhig war er plötzlich geworden.

Kaum dass er im Auto saß, öffnete er den Browser seines Smartphones und klickte sich durch die Onlineausgaben der gängigen Zeitungen. Nach wenigen Minuten gab er es resigniert auf, schloss den Browser und rief Böhmer an.

»Hallo, Max«, begrüßte dieser ihn hörbar genervt. »Was möchtest du?«

»Wie sieht es aus? Gibt's was Neues?«

»Nein, denn wenn das so wäre, hätte ich dich schon längst informiert.«

»Was ist mit den Zeitungen? Ich konnte online noch nirgendwo einen Zeugenaufruf finden. Warum dauert das so lange? Du hast doch gesehen, was dieser Irre mit den anderen Frauen gemacht hat. Jede Minute zählt, wenn Jenny in der Gewalt dieses Dreckschweins ist.«

»Was wir immer noch nicht wissen.«

»Ach komm, jetzt hör aber auf. So naiv kannst du doch nicht sein. Sie ist jetzt seit eineinhalb Tagen verschwunden. Es gibt kein Lebenszeichen von ihr. Natürlich hat dieser Kerl sie.«

»Jedenfalls haben wir den Zeugenaufruf an alle Zeitungen weitergegeben. Die werden das schnellstmöglich online stellen und morgen auch in den Printausgaben bringen. Aber hexen können die auch nicht.«

»Ach, Scheiße, ich …«

»Max! Hör jetzt auf. Fahr nach Hause, lenk dich ab, aber denk gar nicht erst daran, auf eigene Faust zu ermitteln. Ich sage es dir noch einmal: Gorges wird dich im günstigsten Fall in den Innendienst versetzen, wenn du jetzt nicht die Füße stillhältst.«

»Ja, ich hab's verstanden. Aber du rufst mich sofort an, wenn ihr irgendetwas herausfindet, klar?«

»Ja, das tue ich.«

»Danke.«

Max legte auf und machte sich auf den Weg nach Hause.

Er hätte seine Wut und Verzweiflung darüber, dass er zur Untätigkeit verdammt war, am liebsten hinausgeschrien, aber auch das würde nichts bringen.

Es war früher Nachmittag, als er sein Wohnzimmer betrat. Auf dem Couchtisch stand noch immer die Ginflasche.

47

Dienstag

Die Nacht war ein einziger Albtraum gewesen.

Max hatte den Nachmittag damit verbracht, die Zeit irgendwie totzuschlagen, und dabei den Rest des Gins getrunken. So konnte er seine Untätigkeit und die Sinnlosigkeit dessen, was er gerade tat, wenigstens halbwegs ertragen.

Er war im Internet auf Zeitungsportale gegangen, auf Klatschforen und Facebook, hatte den Fernseher eingeschaltet und auf den Bildschirm gestarrt, ohne wirklich zu registrieren, was er sah. Die vorangegangene Nacht hatte ihm noch in den Knochen gesteckt, so dass er irgendwann in einen unruhigen, von schrecklichen Bildern begleiteten Schlaf gefallen war.

Er wälzte sich aus dem Bett und stellte sich minutenlang unter die Dusche. Böhmer hatte sich noch immer nicht gemeldet, das bedeutete, es gab keine Neuigkeiten von Jenny. Max checkte sein Smartphone, aber auch dort hatte sich seit dem vergangenen Abend nichts getan.

Nachdem er gefrühstückt hatte, verließ er das Haus. Er würde diesen Tag definitiv nicht wie den letzten verbringen, das schwor er sich. Sollte Gorges ihm doch ein

Disziplinarverfahren anhängen oder ihn versetzen, alles war besser, als nichts zu tun.

Jenny war nun seit zweieinhalb Tagen verschwunden. Wenn dieser Irre so weitermachte wie bisher, war sie wahrscheinlich noch am Leben. Allerdings durfte Max sich nicht vorstellen, was der Kerl ihr bis jetzt angetan haben könnte.

Er *musste* alles dafür tun, dass Jenny gefunden wurde. Und er wusste auch schon, womit er anfangen würde.

Er hatte Glück, Matuschka, der Fotograf, war zu Hause. Er schien verwundert, dass Max schon wieder vor seiner Tür stand.

»Entschuldigen Sie bitte, dass ich Sie nochmals belästige, aber wir … *ich* suche händeringend nach einem Hinweis darauf, was mit Jennifer Sommer geschehen sein könnte. Vielleicht ist auf einem Ihrer Fotos doch etwas zu sehen, das uns bisher noch nicht aufgefallen ist. Deshalb würde ich die Aufnahmen gerne noch einmal anschauen.«

»Hm … okay, wenn Sie meinen. Kommen Sie rein.« Sehr begeistert schien Matuschka nicht zu sein, was Max verstehen konnte.

Im Flur wandte Max sich um. »Da ist noch etwas, das Sie wissen müssen. Ich bin von dem Fall abgezogen und temporär beurlaubt worden, weil ich von Jennys Verschwinden persönlich betroffen bin. Ich kann Sie also nur als Privatmann bitten, mir zu helfen, Jenny zu finden, bevor es zu spät ist.«

Matuschka zog die Stirn kraus. »Sie sind beurlaubt, weil Sie persönlich betroffen sind?« Er schüttelte den Kopf. »Das soll mal einer verstehen. Gerade, wenn Sie ein persönliches Interesse daran haben, Frau Sommer zu finden, werden Sie sich doch besonders ins Zeug legen.«

»Ja, und genau da liegt das Problem. Wenn man sich so sehr ins Zeug legt, neigt man eher dazu, einen Schritt weiter zu gehen als die Vorschriften es erlauben.«

»Tja … also gut, ich zeige Ihnen die Fotos.«

»Würden Sie sie mir denn auch auf einen Stick ziehen, damit ich mich zu Hause ausgiebig mit ihnen befassen kann?«

»Hm … das tue ich nur, wenn ich mich darauf verlassen kann, dass Sie keines der Bilder weitergeben.«

Max nickte. »Darauf haben Sie mein Wort.«

Sie gingen zu Matuschkas Schreibtisch, wo der Fotograf mit ein paar Klicks die Fotos von der Gala auf den Bildschirm holte.

»Sind das alle?«, fragte Max, dem die Anzahl sehr gering erschien.

»Alle, die übrig sind. Ich habe die weniger guten schon aussortiert und gelöscht.«

»Mist. Endgültig?«

»Was meinen Sie damit?«

»Öffnen Sie doch bitte mal den Papierkorb.«

Matuschka verstand. »Sie haben recht. Da müssten wir sie noch finden.«

Tatsächlich befanden sich mindestens fünfzig Fotos des Abends in dem Ordner mit den gelöschten Dateien. Matuschka machte das Löschen rückgängig, woraufhin die Bilder wieder im ursprünglichen Ordner landeten. Gleich die erste Aufnahme, die Fotograf anklickte, zeigte Jenny, die in einer Gruppe von Leuten stand. Sie strahlte pure Lebensfreude aus. Der Anblick versetzte Max einen derartigen Stich, dass er sich auf der Schreibtischkante abstützen musste.

Matuschka sah besorgt zu ihm auf. »Alles in Ordnung?«

Binnen Sekunden kroch eine kaum zu ertragende Übelkeit in Max hoch. »Es geht gleich wieder. Kann ich kurz in Ihr Bad?«

»Ja, natürlich.«

Max stellte sich vor die Toilette und wartete darauf, dass er sich übergeben musste. Vergebens. Nach einer Weile trat er an das Waschbecken des kleinen Badezimmers und betrachtete sich im Spiegel. Er sah furchtbar aus. Seine Haut wirkte fahl, fast grau. Die rotgeäderten Augen und die Stoppeln auf seinen unrasierten Wangen taten ein Übriges dazu, dass sein eigenes Gesicht ihm fremd erschien.

Er riss sich von dem Anblick los und spritzte sich kaltes Wasser ins Gesicht, dann trocknete er sein Gesicht und seine Hände ab und hängte das Handtuch wieder an den Haken zurück. Dabei fiel sein Blick auf Matuschkas Armbanduhr, die auf der Ablage unter dem Spiegel lag. Das Glas hatte einen Sprung, aber sie funktionierte noch. Schon halb zwölf. Er wollte Lanz noch vor der Mittagspause einen Besuch in der Redaktion abstatten und würde sich beeilen müssen.

Als er zurückkam, stand Matuschka auf und streckte ihm einen Memorystick entgegen. »Hier sind alle Fotos von dem Abend drauf.«

Max nahm den Speicherstick an sich und ging hinter dem Fotografen auf den Ausgang zu. »Ich danke Ihnen.

Vielleicht habe ich ja Glück und finde etwas auf den Bildern.«

»Sie liegt Ihnen sehr am Herzen, nicht wahr?«

»Mehr als das.«

»Ja, das verstehe ich. Ich erlebe sie zwar immer nur auf irgendwelchen Events, aber sie ist wirklich eine tolle Frau.«

»Ja, also, nochmals danke für die Fotos.«

»Ich verlasse mich darauf, dass Sie alle Bilder löschen, wenn Sie sie nicht mehr benötigen.«

Max blieb neben Matuschka in der geöffneten Tür stehen. »Wäre es okay für Sie, wenn ich ein oder zwei Fotos von Jenny behalte?«

»Ja, das ist in Ordnung. Aber ich hoffe, Sie werden selbst noch viele Bilder von ihr machen können.«

»Das hoffe ich allerdings auch.«

Bis zur Redaktion brauchte Max fast vierzig Minuten, so dass er erst um Viertel nach zwölf dort ankam. Er hoffte, Lanz noch in seinem Büro zu erwischen, bevor er zum Essen ging. Zumindest was das betraf, hatte er Glück. Das Gespräch verlief allerdings vollkommen anders, als Max es sich vorgestellt hatte. Nachdem er Passecks Chef ebenso wie zuvor Matuschka reinen Wein bezüglich seines Status eingeschenkt und seine Beurlaubung erwähnt hatte, sah Lanz ihn mit eisigem Blick an.

»Ich soll Ihnen also noch weitere Fragen beantworten.« Er lehnte sich gegen die Schreibtischkante und verschränkte die Arme vor der Brust. »Wissen Sie, das Leben ist ein Geben und Nehmen. Ich erinnere mich, dass ich vor ein paar Tagen zum Fundort einer Leiche kam.

Ich war der erste Journalist dort und hätte eine gute Story gehabt, wenn ich ein paar Informationen bekommen hätte. Nichts, was die Ermittlungen gefährdet hätte, nur ein paar Details für einen Artikel. Aber die beiden Kriminalbeamten vor Ort hatten keine Lust, mir zu helfen, und ließen mich abblitzen. Ich finde es witzig, dass jetzt einer dieser beiden vor mir steht und mich um einen Gefallen bittet. Sie nicht?«

»Das ist doch etwas ganz anderes. Wir konnten Ihnen keine Infos geben, weil wir selbst noch so gut wie nichts wussten. Außerdem …«

»Sie sollten jetzt gehen, Herr Bischoff. Wir haben nichts zu besprechen.«

Max war fassungslos. »Sie riskieren den Tod einer jungen Frau aus gekränkter Eitelkeit? Ist das Ihr Ernst?«

»Gehen Sie freiwillig, oder muss ich erst bei der Polizei anrufen?«

Max stieß einen derben Fluch aus und verließ das Büro, aber nicht, ohne die Tür mit einem kräftigen Stoß zuzuknallen.

In seiner Wohnung angekommen, setzte er sich sofort an den PC und kopierte die Fotos von Matuschkas Memorystick auf seine Festplatte. Während das System noch mit der Übertragung der Daten beschäftigt war, ging Max in die Küche und nahm sich eine Flasche Wasser aus dem Kühlschrank. Alkohol hatte er für die nächste Zeit genug gehabt.

Zurück am PC, öffnete er das erste Foto, betrachtete es kurz und schloss es gleich wieder, weil Jenny nicht darauf zu sehen war. Wie sich herausstellte, war es eines der wenigen Fotos ohne sie. Auf fast jeder weiteren Aufnahme war sie zu sehen, mal sanft lächelnd, mal herzhaft lachend, fast nie ernst.

Sie musste sich an dem Abend praktisch mit jedem der Gäste unterhalten haben, denn es gab bei weitem nicht nur die Aufnahmen mit Lanz und Replay; sie stand auf fast jedem Foto mit anderen Leuten zusammen. Das machte es nicht einfacher, etwas zu finden, das Max einen Hinweis darauf geben konnte, mit wem sie die Veranstaltung gegen halb zwei Uhr nachts verlassen hatte.

Selbst mit Passeck hatte sie sich unterhalten, wovon es allerdings nur ein Foto gab. Zudem hatte Passeck ein recht gutes Alibi, falls er in der Nacht nicht in Rennfahrermanier vom Präsidium aus quer durch Düsseldorf gerast war, um Jenny beim Verlassen der Gala abzufangen.

Ein weiteres Foto: Jenny gemeinsam mit zwei Frauen, alle drei hielten Gläser in der Hand. Max suchte den Hintergrund des Bildes ab, fand aber nichts, das verdächtig gewirkt hätte. Er bewegte den Mauszeiger schon an die Ecke, um auch diese Aufnahme wieder zu schließen, als er etwas entdeckte, das ihm den Atem stockten ließ. Nein, das konnte nicht sein, er musste sich täuschen.

Er vergrößerte das Foto, verschob es, bis er den entsprechenden Bildausschnitt vor sich hatte, vergrößerte noch weiter. Dann gab es keinen Zweifel mehr, und die Erkenntnis raubte ihm fast die Sinne.

48

Für einen Moment saß Max wie versteinert vor dem Monitor. Er wollte sich nach vorn beugen, näher an den Bildschirm heran, doch seine Muskeln versagten ihm den Dienst. Aber das spielte auch keine Rolle mehr. Er hatte gesehen, was er sehen wollte. Und er hätte sich selbst dafür ohrfeigen können, dass er an keinem Detail, an keinem Wort bemerkt hatte, wer dieser psychopathische Irre tatsächlich war.

Mit zitternden Fingern griff Max nach seinem Smartphone. Es rutschte ihm aus der Hand, fiel zu Boden. Er bückte sich, ergriff es erneut und schaffte es diesmal, es festzuhalten und Böhmers Nummer zu wählen. Zum Glück hob der sofort ab.

»Max, ich habe dir doch gesagt …«, setzte Böhmer an, doch Max fiel ihm sofort ins Wort. »Horst, ich weiß, wer es ist.«

»Was?«

Max' Stimme überschlug sich fast, als er seinem Partner berichtete, was er auf dem Foto entdeckt hatte und was es bedeutete. Er schloss damit, dass er jetzt sofort losfahren würde und darauf hoffe, dass Böhmer ihm helfe. Ohne seine Antwort abzuwarten, beendete er das Gespräch, sprang von seinem Stuhl auf und stürzte aus der Wohnung. Seine Waffe hatte er im Präsidium zurücklassen müssen, aber das war ihm egal. Wenn nur Jenny noch lebte. Alles andere würde sich vor Ort zeigen.

Zum Glück hatte er ein Magnetblaulicht in seinem Privatwagen. Er setzte es aufs Dach und fuhr mit Vollgas los.

Während er durch Düsseldorfs Straßen raste und den Wagen dabei durch enge Gassen manövrierte, um die Hauptrouten und Ampeln zu meiden, spielte sein Verstand verrückt. Ihm schossen derart viele Gedanken gleichzeitig durch den Kopf, dass er nicht in der Lage war, auch nur einen davon aufzugreifen und zu Ende zu denken.

Er hämmerte auf die Hupe, wich anderen Fahrzeugen aus, schimpfte und fluchte. Die Angst, nein, die Panik, dass er jetzt, wo er endlich wusste, wer Jenny entführt hatte, doch noch zu spät kommen könnte, war kaum zu ertragen.

Nach einer gefühlten Ewigkeit kam er endlich an. Kaum dass der Wagen stand, zog Max den Schlüssel ab und sprang heraus. Er ließ die Fahrertür offen stehen, rannte zum Eingang, klingelte und hoffte, dass ihm arglos geöffnet werden würde. Aber nichts geschah, es blieb ruhig, nur das Geräusch eines näher kommenden Fahrzeuges war zu hören. Hoffentlich Böhmer, dachte Max und atmete auf, als tatsächlich der vertraute Wagen um die Ecke bog. Sein Partner stellte das Fahrzeug neben dem CC von Max ab und zog die Waffe, während er auf ihn zukam. »Und?«

»Nichts. Ich schlage jetzt die Scheibe ein.«

»Max, bist du sicher, dass das wirklich …«

»Ganz sicher«, entgegnete Max, während er seine Jacke auszog und sich um den Ellbogen wickelte, mit dem er im nächsten Augenblick die Scheibe neben der Eingangstür zertrümmerte. Das Klirren war so laut, dass es weit zu hören sein musste. Es war ihm egal. Mit schnellen Bewegungen zog er die restlichen Scherben aus dem unteren Bereich des Fensterrahmens und wollte sich gerade hochdrücken, als Böhmer ihn am Ärmel festhielt. Max fuhr wütend zu ihm herum, nur um zu sehen, dass Böhmer ihm eine Waffe reichte.

»Nimm, es ist deine. Ich habe sie vorsichtshalber mitgebracht.«

Max griff nach der Pistole, nickte seinem Partner dankbar zu und kletterte durch das Fenster. Sekunden später stand er im Flur und öffnete die Haustür für Böhmer.

Sie begannen mit dem Wohnzimmer. Böhmer sicherte, Max drehte sich mit einer schnellen Bewegung in den Eingang und richtete die Waffe in den Raum hinein. Sein Blick scannte das Zimmer blitzschnell. Nichts. Als Nächstes kam die Küche dran, dann das Badezimmer, das Arbeitszimmer. Raum für Raum arbeiteten sie sich durch das Erdgeschoss und standen schließlich an der Treppe, über die man zum Keller hinabgelangte. Wenige Meter weiter führten weitere Stufen in die erste Etage.

Böhmer sah Max fragend an. »Ich gehe in den Keller«, flüsterte der. Falls Jenny in diesem Haus festgehalten wurde, hielt er den Keller für den wahrscheinlicheren Ort ihrer Gefangenschaft. Böhmer nickte und deutete an, dass er oben nachschauen wollte. Sie konnten es nicht riskieren, zusammen nach unten zu gehen und dem Irren so vielleicht die Chance zu geben, zu flüchten, falls er sich doch oben aufhielt.

Vorsichtig nahm Max eine Stufe nach der nächsten, erreichte schließlich den gefliesten Kellerboden. Sein Atem ging flach und stoßweise und erschien Max unnatürlich laut, obwohl er sich bemühte, jedes Geräusch zu vermeiden. Nach einem schnellen Rundumblick entschloss er sich, mit der Tür im hintersten Bereich zu beginnen. Vorsichtig legte er die Hand auf die Klinke, schloss für einen Moment die Augen, stieß dann die Tür auf und machte mit vorgehaltener Waffe einen Schritt in den Raum. Eine Heizung, ein Öltank, ein paar Kartons mit Fliesen auf dem Boden, sonst nichts.

Die nächste Tür, das gleiche Prozedere. Atem anhalten und los. Die Szene, die Max jetzt vor sich hatte, traf ihn mit der Wucht eines Blitzschlages. Sein Verstand erfasste die Details in kürzester Zeit und flutete seinen Körper im Bruchteil einer Sekunde mit Adrenalin.

Dick verkleidete Wände, in der Ecke eine Toilettenschüssel ohne Sitz, eine Pritsche.

Jenny auf einem Stuhl daneben, nackt, mit weit gespreizten Beinen eine fürchterliche, große Wunde darbietend. Den Körper über und über mit entsetzlichen Verletzungen übersät, blutige Schlieren überall. Ihr Kopf hing kraftlos herab, ebenso der rechte Arm. Die Hand steckte in einem Kanister. Etwas, das aus ihrem Unterarm herausragte, ebenfalls.

Ihr gegenüber Matuschka, auch nackt, stark schwitzend. Eine Hand auf Jennys Brust, ein ausgestreckter Finger tief in der Wunde, wo einmal eine Brustwarze gewesen war. Mit der anderen Hand war er zwischen seinen Beinen beschäftigt. Noch während Matuschka ihm den Kopf zuwandte, spurtete Max los. Kurz vor

Matuschka stieß er sich vom Boden ab und sprang ihn an, traf den nackten, schweißnassen Körper mit solcher Wucht, dass er zwei Meter zur Seite geschleudert wurde. Max selbst stürzte ebenfalls, registrierte einen stechenden Schmerz in der Hüfte, ignorierte ihn ebenso wie den auf dem Boden liegenden Matuschka, der kaum noch menschlich klingende Geräusche von sich gab. Hastig rappelte Max sich auf, war mit zwei Schritten bei Jenny. Er rief ihren Namen, stieß ihn aus wie den Befehl, ein Lebenszeichen von sich zu geben.

Jenny reagierte nicht. Er betrachtete ihren Körper, der eine einzige, blutige Wunde war, wusste nicht, wo er sie anfassen sollte. Sein Blick fiel auf den herunterhängenden Arm, aus dem ein Röhrchen herausragte und in dem Kanister endete. Ihr Blut floss durch dieses Röhrchen aus ihr heraus in den Behälter. Mit einem beherzten Griff zog Max es aus ihrem Fleisch, woraufhin das Blut auf sein Hemd schoss. Sofort presste er den Daumen oberhalb der Wunde auf die Schlagader und drückte so fest zu, dass der Blutstrom versiegte.

Hinter sich hörte er Geräusche, dann seinen Namen. Böhmer.

»Einen Krankenwagen, schnell«, stieß Max hervor. Seine Stimme klang unnatürlich fremd. Keine Sekunde wandte er sich von Jenny ab. Sie lebte noch, das wusste er. Ihr Herz hatte schließlich das Blut aus ihrem Körper gepumpt. »Jenny«, flüsterte er. »Bitte, bleib bei mir. Bitte.« Wieder wanderte sein Blick über ihren Körper. Er musste sie befreien. Sofort. Mit zittrigen Fingern löste er die Riemen, die ihre Beine auseinanderhielten. Er zwang sich dazu, das verstümmelte Fleisch zwischen ihren Oberschenkeln nicht anzusehen. Er weinte, fluchte, während seine Finger immer wieder von den Knoten abrutschten. Schließlich hatte er es geschafft, konnte den schlaffen Körper gerade noch auffangen, als er nach vorn kippte.

Vorsichtig hob er sie hoch und legte sie auf der Pritsche ab. Ihre Arme und Beine hingen herab, ebenso ihr Kopf. Nichts an ihr deutete darauf hin, dass sie noch lebte.

Max sah kurz auf, registrierte, dass Böhmer mit Matuschka beschäftigt war, der noch immer auf dem Boden lag, wandte sich wieder Jenny zu. Die folgenden Minuten vergingen wie einer der Albträume, in denen alles in Watte gepackt schien, umgeben von dichtem, kaum zu durchdringendem Nebel.

Irgendwann zog ihn jemand am Arm. Max wollte nach dem Angreifer schlagen, doch es war ein Sanitäter, der ihn verständnisvoll ansah, während eine Ärztin sich über Jenny beugte.

Er ließ es geschehen, dass man ihn ein Stück zur Seite schob. Zwei Sanitäter waren damit beschäftigt, Jennys Arm abzubinden, ein dritter kam gerade in den Raum, mehrere dunkle Plastikbeutel mit Schläuchen in den Händen. *Blutkonserven*, flüsterte eine Stimme in einer versteckten Ecke seines Verstandes. Der Nebel um ihn herum lichtete sich einfach nicht. Max stand an die Wand gelehnt wie ein Gegenstand, den man dort abgestellt hatte, und beobachtete die Ärztin. Jennys Blut klebte auf ihrer weißen Hose. Mittlerweile waren noch weitere Leute in den Raum gekommen. Wahrscheinlich Kollegen. Entweder sie sprachen nicht, oder Max hörte einfach nicht, was sie sagten. Es war ihm egal. Sein Focus lag auf Jenny, wie ein Scheinwerfer, der, auf eine bestimmte Stelle gerichtet, alles andere in tiefer Dunkelheit versinken ließ. Irgendwann richtete die Ärztin sich auf. Langsam. Viel zu langsam. Und auch die Sanitäter ließen von Jenny ab. Max drückte sich von der Wand ab. »Warum … hören Sie auf? Geht es ihr besser?«

Der Blick der Ärztin. Max kannte ihn, aber sein Verstand wehrte sich vehement dagegen, zu akzeptieren, was er ausdrückte. Nein. NEIN!

»Nun sagen Sie schon, wie steht es um sie? Sie schafft es, oder?«

Die Frau antwortete nicht. Sie sah ihn nur mitfühlend an, während die Sanitäter bereits damit begannen, ihr Material zusammenzuräumen.

Niemand kümmerte sich um Jenny. Sie lag nackt auf der schmutzigen Pritsche, allein, unbeachtet. Das konnte doch nicht sein. Noch während er nach einer Möglichkeit suchte, zu verstehen, was gerade geschehen war, sprach die Ärztin das Unfassbare, das Undenkbare aus.

»Tut mir leid.«

Max wusste nicht, wie lange er die Frau anstarrte, bis sie sagte: »Sie hat einfach zu viel Blut verloren. Ihr Kreislauf hat es nicht mehr geschafft.«

Er holte Luft, wollte etwas sagen und wusste im nächsten Moment nicht mehr, was. Die Welt bestand nicht mehr aus Worten. Nicht in diesem Moment. Sie bestand nur noch aus ihm und einer weiteren Person.

Langsam drehte er sich um, bis er Matuschka sah, der, die Hände hinter dem Rücken gefesselt, auf dem Boden saß, flankiert von Böhmer und Kaufmann.

»Es hätte geklappt«, sagte Matuschka. »Mit ihr hätte es geklappt, wenn Sie nicht gekommen wären.«

Noch während Max nach vorn schnellte, hörte er Böhmers Schrei: »Festhalten! Haltet ihn fest!«, doch da war er schon bei Matuschka und rammte ihm die Faust ins Gesicht. Der Fotograf kippte nach hinten, Max setzte nach, prügelte und trat mit seiner ganzen Kraft auf den nackten Mann ein. Einige seiner Kollegen zerrten Max ein Stück zur Seite, doch er konnte sich befreien und war sofort wieder über Matuschka. Rufe, Schreie, Schläge ... erneut wurde er weggezerrt. Er wurde zu Boden gedrückt, spürte einen Stich. Mit den Beinen stieß er nach seinen Widersachern, schlug um sich. Es nutzte nichts. Nach einer Weile wurde sein Körper unnatürlich schwer, die Köpfe über ihm sahen verzerrt aus, alles begann, sich zu drehen, etwas zog an seinem Bewusstsein, dann endlich kam die gnädige Dunkelheit.

49

Donnerstag

Als Max das Nebenzimmer des Verhörraumes betrat, waren Polizeirat Gorges und Staatsanwältin Möllemann schon anwesend. Er war eine Stunde zuvor aus dem Krankenhaus entlassen worden und auf direktem Wege ins Präsidium gefahren. Böhmer hatte ihm versprochen, den Beginn des Verhörs so lange hinauszuzögern, bis er eingetroffen war.

Möllemann kam auf ihn zu und reichte ihm die Hand. »Tut mir leid, das mit Ihrer Freundin.«

»Danke«, antwortete er knapp. Auch Gorges streckte ihm die Hand entgegen, sagte allerdings nichts, sondern nickte ihm nur zu und beugte sich dann nach vorn, um in ein Mikrophon zu sprechen. »Wir können anfangen.«

Durch die Scheibe konnte Max seinen Partner sehen. Ihm gegenüber saßen Matuschka und sein Rechtsanwalt, ein noch recht junger Mann im grauen Anzug.

Beim Anblick des Fotografen hämmerte Max' Herz sofort los, doch er hatte sich geschworen, nichts zu tun, das dazu führen könnte, dass er von dem Verhör ausgeschlossen wurde.

Während Böhmer noch Unterlagen sortierte, sah Gorges Max an. »Und Sie sind durch eine Uhr auf ihn gekommen?«

»Ja. Er hatte sie im Badezimmer liegen. Es war Jennys Uhr. Ich habe es auf einem Foto gesehen.«

Möllemann beugte sich vor und sagte an Gorges vorbei: »Haben Sie nicht in Betracht gezogen, dass es diese Uhr vielleicht mehrfach geben kann, dass es sich einfach nur um das gleiche Modell handeln könnte?«

»Nein, weil das Glas der Uhr in Matuschkas Badezimmer einen Sprung hatte. Genau wie das von der Uhr, die Jenny auf dem Foto trug.«

»Trotzdem, eine ziemlich riskante Schlussfolgerung.« Sie wandte sich ab und richtete den Blick auf die Scheibe.

»Wir haben ihn, oder?«, kommentierte Max und konzentrierte sich dann auf das Geschehen in dem Verhörraum.

Gorges räusperte sich. »Böhmer hat angegeben, dass der Mann sich stark gewehrt hat, so dass nichts anderes übrigblieb, als ihn mit mehreren Kollegen gewaltsam zu überwältigen.«

Böhmer … Max dankte seinem Partner im Stillen und nickte. »Ja, so war es.«

»Herr Patrick Matuschka, geben Sie zu, Jennifer Sommer entführt und sie tagelang gefoltert zu haben?«, drang Böhmers elektronisch verzerrte Stimme aus den Lautsprechern. »Und ihr eine Wunde am Arm zugefügt zu haben, in der Absicht, sie durch den hohen Blutverlust zu töten?«

»Mit ihr hätte es funktioniert«, antwortete Matuschka in einer Art, als berichte er gerade von seiner Lieblingsspeise. »Wenn Sie nicht gekommen wären, hätte es funktioniert.« Er wirkte gelassen und vollkommen ruhig.

»Beantworten Sie bitte meine Frage.«

»Das wird er nicht«, entgegnete sein Anwalt. »Herr Matuschka hat sich entschlossen, zu diesem und allen anderen Vorwürfen weder Auskunft zu geben noch Stellung zu beziehen. Sie können sich alle weiteren Fragen also sparen.«

Böhmer schlug voller Wut auf den Tisch. »Sagen Sie mir nicht, wie ich meine Arbeit zu machen habe, und erst recht nicht, was ich mir sparen kann. Ich werde Ihren Mandanten so lange verhören, wie ich es für richtig erachte. Die Beweislast ist so eindeutig, dass er sowieso für den Rest seines Lebens in den Knast oder in die Klapsmühle wandert.«

Er wandte sich wieder an Matuschka. »Meine Kollegen haben sich eine Weile mit Ihren Computern beschäftigt und dabei verschlüsselte Dateien auf einer externen Festplatte entdeckt. Sie werden es nicht glauben, was wir da gefunden haben. Hunderte von Fotos, mit denen Sie jeden Schritt Ihres perversen Treibens dokumentiert haben. Jennifer Sommer, Dagmar Martiny, Petra Zedermann und besonders Miriam Winkel. Von ihr existieren Tausende von Fotos. Ihr Schweigen nutzt Ihnen also überhaupt nichts.«

Er machte eine Pause, in der er zu dem Einwegspiegel hinübersah, der den Verhörraum vom Nebenzimmer trennte.

»Was mich interessieren würde: Wo war Miriam Winkel in den zweieinhalb Jahren, die sie als verschwunden galt?«

Matuschka nickte. »Sagte ich schon, dass es dieses Mal fast funktioniert hätte? Vollkommene, konzentrierte Ekstase. Aber leider …«

Max steckte die Hände in die Hosentasche und ballte die Fäuste.

50

Du musst keine Angst haben.

Sie wollen wissen, wo du die ganze Zeit über gewesen bist, aber sie werden es nie erfahren. Und auch nicht, was wirklich zwischen uns war, wie sehr sie auch bohren. Das wird unser süßes, verruchtes Geheimnis bleiben. Weil ich schweigen werde und ganz sicher bin, auch du wirst es ihnen bestimmt nicht verraten. Entschuldige den kleinen Scherz.

Ach, Miriam, weißt du *denn noch, wie es begonnen hat mit uns beiden? Wie ich dich gefunden habe? Ja?*

Ich denke oft und gerne daran.

Ich war dir gefolgt, als du dich wieder einmal mit ihm *getroffen hast. Ich war fast immer in deiner Nähe, wenn ihr an diesem Platz wart. Ich habe auf dich aufgepasst, auch, wenn mich jede eurer Begegnungen tief verletzt hat.*

Hast du eine Vorstellung davon, wie es für mich war, dabei zuzusehen, wie er die Liebe meines Lebens besudelte, wenn er deinen wunderschönen, zarten Körper beschmutzte? Wenn er dich bestieg wie ein räudiger Köter? Wenn er dich gefickt *hat, dieses elende Schwein.*

Ich wollte jedes Mal die Autotür aufreißen, ihm seinen verdammten Schwanz abschneiden und ihm ins Maul stopfen. Ich … aber entschuldige. So wollte ich nicht mit dir reden. Ich habe mich gehen lassen. Es macht mich nur immer so wütend, wenn ich an ihn denke. An euch.

Und dann hat er dich angefahren und im Dreck liegen lassen wie ein Karnickel, das man mit dem Auto erwischt hat. Du wärst verblutet, wenn ich nicht da gewesen wäre. Ich habe dich mitgenommen und deine Wunden versorgt. Wenn ich an diesen Moment denke, als ich dich zum ersten Mal bei mir zu Hause hatte, als du zum ersten Mal ganz allein mir gehört hast … Ich konnte dich einfach nicht wieder gehen lassen. Aber du hattest es ja gut bei mir.

Zwei Wochen lang habe ich geschuftet, um die alte Dunkelkammer für dich herzurichten. Ich habe dir ein Bett besorgt, das Fenster von innen zugemauert und die Wände mit schallisolierendem Material verkleidet, damit du nicht durch Geräusche von außen gestört wirst. Sogar eine Toilette habe ich für dich eingebaut.

Wie undankbar du in der ersten Zeit warst. Du hast mich beschimpft und angeschrien, sogar nach mir geschlagen.

Doch dann kam irgendwann dieser wundervolle Moment, der mir die Augen geöffnet hat. In dem du mir geholfen hast, zu erkennen, was wahre Ekstase bedeutet. Weißt du es noch? Ich erinnere mich daran, als sei es gestern gewesen.

Ich wollte dich nur ein wenig streicheln, aber du hast mich gekratzt. Du hast deine Fingernägel durch mein Gesicht gezogen und mir blutige Striemen beigebracht. Das hat mich so wütend gemacht, dass ich dich dafür bestrafen musste.

Und dann kam dieser Moment, als die Messerspitze durch die Haut deiner Brust fuhr, der sanfte Widerstand des Fleisches, der Anblick dieser wunderschönen, feucht glänzenden Wunde … Damals erlebte ich zum ersten Mal, was sexuelle Erregung wirklich bedeutet. Da warst du schon fast ein Jahr bei mir.

Wie aufregend es war, ab dem Moment diese herrliche Lust mit dir auszuleben, sie immer wieder zu steigern und immer neue Spielarten zu entdecken.

Und doch fehlte noch das letzte Quäntchen zur absoluten Erfül-

lung. Und du hast mich lange darauf warten lassen. Was habe ich nicht alles mit dir versucht …

Über zwei Jahre habe ich gebraucht, um zu verstehen, dass es die Ekstase bis zur absoluten Erfüllung nur ein einziges Mal mit einer Frau geben kann. Der Moment muss *irreversibel sein, um ihn vollkommen und zu etwas ganz Besonderem werden zu lassen.*

Was habe ich mir den Kopf zerbrochen, wie ich diesen Moment, dieses einmalige Liebesspiel, so lange wie möglich hinauszögern kann. Irgendwann war die Erkenntnis dann plötzlich da. Und es war so einfach. Ein Kanister, ein Röhrchen, dick genug, damit die Ader sich nicht wieder verschließt, dünn genug, damit es nicht zu schnell geht. Fast eine ganze Stunde lang hast du mir Freude mit diesem Vorspiel bereitet, bis die Erlösung kam, genau in dem Moment, als dein Herz den letzten Schlag machte. Es war eine Explosion der Lust, ein Feuerwerk der Leidenschaft, wie ich es selbst in meinen kühnsten Träumen nicht ahnen konnte. Ich habe lange neben dir gelegen, mit zuckendem Körper, vollkommen von Sinnen von dem, was ich gerade erleben durfte. Und noch unter diesem Eindruck kam mir dann die geniale Idee, diesem Schwein Passeck einen Denkzettel zu verpassen.

Sei ehrlich, wem sonst wäre es eingefallen, dein Blut so sinnvoll einzusetzen? Und dabei deine Hände mitzunehmen, um deine Fingerabdrücke in der Wohnung zu hinterlassen? Was haben sie gerätselt. Ich muss lachen, wenn ich daran denke, wie es Passeck ergangen sein muss, als die Wirkung der Tropfen am Morgen nachgelassen hat und er in deinem Blut lag. Dieses Arschloch.

Dass ich deinen Körper dann ein wenig … manipulieren musste, als ich ihn in den Wald bettete, damit sie nicht gleich die Sache mit den Fingerabdrücken von dir in der Wohnung begreifen, wirst du mir hoffentlich verzeihen. Ich weiß, dass du das tust.

Ach, Miriam … du warst so einzigartig, im wahrsten Sinne

des Wortes. Und doch konnte ich den Gedanken nicht ertragen, dass ich dieses Glück nie wieder erleben sollte.

Gut, es mit einer vollkommen Fremden zu versuchen, das war dumm von mir und konnte nicht funktionieren. Als ich dann deine Freundin zu mir genommen und die Praktiken mehr an das angepasst habe, was wir beide miteinander erlebt hatten, wurde es schon deutlich besser. Aber es war auch mit ihr in diesem besonderen, letzten Moment nicht möglich, die absolute Erfüllung zu erlangen. Nicht so, wie ich sie mit dir hatte.

Dann habe ich Jennifer auf einem meiner Fotos gesehen und bin mir erst da ihrer verblüffenden Ähnlichkeit mit dir bewusst geworden. Als sei sie deine jüngere Schwester. Ausgerechnet dieser Polizist, der mit ihr zusammen war, hat mich auf sie aufmerksam gemacht. Welch ein köstlicher Streich des Schicksals.

Ich habe mir einfach vorgestellt, du säßest vor mir, als ich mit ihr begann, und ich habe gleich gespürt, dass es dieses Mal gelingen würde. Es hätte auch funktioniert, wenn dieser Mistkerl uns nicht so kurz vor dem erlösenden Moment gestört hätte …

Jetzt wollen sie mich in den Knast stecken. Aber mein Anwalt hat mir gesagt, dass sie damit nicht durchkommen, dafür werden die Gutachter schon sorgen.

Ja, sie werden mich in eine psychiatrische Klinik sperren, aber ich werde eine Therapie bekommen. Mein Anwalt sagte, die Chancen stehen gar nicht schlecht, dass ich nach ein paar Jahren wieder raus darf, wenn ich mich nicht dumm anstelle. Und dumm bin ich sicher nicht, das weißt du ja.

Vielleicht finde ich dann ja sogar eine Frau, die dir noch mehr gleicht als Jenny?

Epilog

»Wie geht es dir?« Böhmer legte Max die Hand auf die Schulter und sah ihn mitfühlend an.

»Nicht gut«, entgegnete Max und ließ sich auf einen Stuhl sinken, um Böhmers Hand zu entgehen. Er ertrug im Moment nicht die geringste Berührung.

»Danke übrigens.«

»Wofür?«

»Dafür, dass du Gorges die Geschichte von Matuschkas Gegenwehr aufgetischt hast.«

»Du kannst jederzeit wieder in den Dienst. Gorges hat die Beurlaubung zurückgezogen. Allerdings rät er dir, noch ein paar Tage zu Hause zu bleiben. Du sollst dich krankschreiben lassen, was ich dir im Übrigen auch rate.«

Max nickte müde. »Ja, ich denke, das werde ich tun.« Er stand auf. »Viel Glück noch bei den Verhören. Vielleicht kannst du ihn austricksen, wenn du ihn an seiner Ehre packst. Stell ihn als Schlappschwanz dar, der eine Frau nicht befriedigen …«

»Max! Geh nach Hause.«

»Ja. Bis bald, ich melde mich.«

Max verließ das Büro und dann das Gebäude. Er dachte darüber nach, zu Kirsten zu fahren, verwarf den Gedanken aber gleich wieder. Sie war der einzige Mensch, mit dem er vorbehaltlos offen reden konnte, aber selbst mit ihr wollte er nicht über Jenny sprechen. Noch nicht. Die Gedanken an sie waren ihm heilig, er wollte sie mit niemandem teilen, nicht einmal mit seiner Schwester.

Zu Hause setzte er sich auf die Couch, ließ sich nach einer Weile zur Seite sinken und legte die Beine hoch. Er drehte sich auf den Rücken und starrte an die weiß getünchte Decke.

Seit Jennys Tod hatte sich eine Leere in ihm ausgebreitet, die sich anfühlte, als hätte man seine Seele gestohlen.

Jahrelang hatte er zufrieden allein gelebt. Jeder Versuch einer Frau, ihm näherzukommen, endete spätestens dann, wenn sie es tatsächlich ein kleines Stück geschafft hatte. Und das war gut so gewesen. Er hatte sich vollkommen auf seinen Beruf konzentriert, und es hatte sich richtig angefühlt.

Bis er Jenny getroffen hatte. Er überlegte, wie er für sich selbst beschreiben konnte, was er für sie empfand. Es einfach nur als Liebe zu bezeichnen, das war ihm zu wenig. Dieses Wort wurde viel zu leichtfertig benutzt, als dass es dem, was er fühlte, auch nur ansatzweise gerecht werden konnte. Aber vielleicht war es ja genau das, wonach er suchte? Das, was er für Jenny empfunden hatte, was er immer noch für sie empfand, war mit Worten eben nicht zu beschreiben.

Er ignorierte die Tränen, die über seine Schläfen liefen und an den Ohren vorbei zum Nacken rannen.

Von nun an würde er nur noch für seinen Beruf leben und dafür, Abschaum wie Matuschka zu erwischen und für immer hinter Gitter zu bringen.

Jenny war fort, aber sie würde für eine lange Zeit sein Herz so sehr ausfüllen, dass darin kein Platz mehr für jemand anderen war.

Irgendwann würde die Erinnerung an sie verblassen, das wusste Max, obwohl er es sich jetzt noch nicht vorstellen konnte. Aber auch dann würde sie nicht vollkommen verschwinden, denn sie würde etwas in seinem Herzen hinterlassen.

Eine tiefe Narbe.

Max Bischoff ermittelt weiter. Sein zweiter Fall bringt ihn bis an die Grenzen seiner psychischen Belastbarkeit. Und einen Schritt darüber hinaus …

Scheinbar wahllos dringt ein Unbekannter nachts in Wohnungen und Häuser ein, überwältigt die Bewohner und treibt ein grausames Spiel mit ihnen. Wenn er wieder verschwindet, lässt er eine Leiche zurück. Er ist wie ein Schatten. Niemand sieht ihn kommen, niemand gehen. Die Polizei ist ratlos. Wählt er seine Opfer zufällig aus oder folgt er einem Muster?
Als der Leiter der Klinik für Forensische Psychiatrie Dortmund bei der Düsseldorfer Polizei anruft und erklärt, einer seiner Patienten – ein verurteilter Mörder – habe diese Morde genau vorausgesagt, übernehmen Max Bischoff und sein Partner Horst Böhmer dessen Befragung. Und müssen schnell feststellen, dass sie es mit einem hochintelligenten und äußerst gefährlichen Gegner zu tun haben, der ein ganz bestimmtes Ziel zu verfolgen scheint.